Maurice Leblanc

Die Gräfin von Cagliostro oder Die Jugend des Arsène Lupin

Aus dem Französischen von Erika Gebühr

Diogenes

Titel der Originalausgabe:
›La comtesse de Cagliostro‹

Die deutsche Erstausgabe erschien
1972 im Diogenes Verlag
Umschlagmotiv nach einer
Illustration der französischen
Originalausgabe

Veröffentlicht als Diogenes Taschenbuch, 1981

80/86/36/2
ISBN 3 257 20933 9

Inhalt

Dies ist Arsène Lupins erstes Abenteuer, und es wäre zweifellos vor den anderen veröffentlicht worden, wenn er sich nicht immer wieder und ganz entschieden dagegen gewehrt hätte.

»Nein«, sagte er. »Zwischen der Gräfin de Cagliostro und mir ist noch nicht alles geregelt. Wir wollen noch warten.«

Das Warten dauerte länger, als er geahnt hatte. Ein Vierteljahrhundert verging, ehe sie endgültig miteinander abrechneten. Und erst heute ist es möglich, das schreckliche Duell von Liebe und Haß zu erzählen, in dem ein junger Mensch von zwanzig Jahren und Die Tochter des Cagliostro *aneinandergerieten.*

Der zwanzigjährige Arsène Lupin

Raoul d'Andrésy warf sein Fahrrad, dessen Licht er vorher ausgelöscht hatte, hinter eine mit Gestrüpp bewachsene Böschung. Im selben Augenblick schlug es drei Uhr von der Turmuhr in Bénouville.

In der undurchdringlichen Finsternis der Nacht suchte er den Feldweg zum Gut von Haie d'Etigues und gelangte schließlich zu den Einfriedungsmauern. Er wartete einige Sekunden. Pferde stampften, Räder rollten über das Pflaster eines Hofes, Schellengeläute ertönte, die beiden Türflügel öffneten sich mit einem Schlag, und ein offener Wagen schoß heraus. Raoul fand kaum die Zeit, Männerstimmen und einen Gewehrschuß wahrzunehmen, denn schon hatte der Wagen die Chaussee erreicht und fuhr in Richtung Etretat davon.

›Los‹, sagte er sich, ›die Möwenjagd ist fesselnd, der Felsen, auf dem man die Tiere tötet, ist fern, ich will endlich wissen, was diese improvisierte Jagdpartie und das ewige Kommen und Gehen bedeuten.‹

Er glitt links an den Mauern des Besitztums entlang, schlich um sie herum und blieb nach der zweiten Ecke beim vierzigsten Schritt stehen. In der Hand hatte er zwei Schlüssel. Mit dem ersten öffnete er eine kleine, niedrige Pforte und stieg über eine Treppe einen alten, fast verfallenen Wall an einem der Flügel des Schlosses hinauf. Auf der Höhe der ersten Etage öffnete ihm der zweite Schlüssel einen geheimen Eingang.

Er ließ seine Taschenlampe aufleuchten, ohne dabei besonders vorsichtig zu sein, denn er wußte, daß das Personal auf der anderen Seite wohnte und daß Clarisse d'Etigues, die einzige Tochter des Barons, ihr Zimmer auf der zweiten Etage hatte. Er ging einen Flur entlang, der ihn zu einem großen Arbeitszimmer führte. Dort hatte Raoul vor einigen Wochen den Baron um die Hand seiner Tochter gebeten, und dort war er mit einem vehementen Wutausbruch empfangen worden, an den er eine unangenehme Erinnerung bewahrte.

In einem Spiegel sah er sein blasses Jungengesicht, das noch bleicher war als gewöhnlich. Trotz seiner Erregung behielt er sich in der Gewalt und machte sich kaltblütig ans Werk.

Es dauerte nicht lange. Während seiner Unterredung mit dem Baron hatte er festgestellt, daß dieser von Zeit zu Zeit einen Blick auf einen großen Mahagonischreibtisch warf, dessen Platte nicht geschlossen war. Raoul kannte alle Plätze, an denen man ein Versteck anbringen konnte, und jeden Mechanismus, den man in derartigen Fällen spielen läßt. Eine Minute später entdeckte er in einer Ritze einen auf dünnes Papier geschriebenen, wie eine Zigarette aufgewickelten Brief – ohne Unterschrift, ohne Adresse.

Er studierte dieses Schreiben, dessen Text ihm zunächst zu nichtssagend erschien, als daß es nötig gewesen wäre, es so sorgfältig zu verstecken. Nach genauer Prüfung und indem er sich an einige bedeutungsvollere Worte hielt und gewisse Sätze, die offensichtlich nur die Zwischenräume ausfüllen sollten, ausließ, konnte er folgendes entziffern:

»Ich habe in Rouen die Spur unserer Feindin gefunden und in den Zeitungen des Ortes eine Annonce aufgegeben, daß ein Bauer aus der Umgebung von Etretat auf seiner Wiese einen alten Leuchter aus Kupfer mit sieben Armen ausgegraben habe. Sie hat sofort an den Fuhrmann von Etretat telegraphiert, daß man ihr am zwölften um drei Uhr nachmittags einen Wagen zum Bahnhof von Fécamp schicken möchte. Am Morgen dieses Tages wird der Fuhrmann durch mich eine andere Depesche bekommen, durch die dieser Auftrag abbestellt wird. Sie wird also Ihren Wagen am Bahnhof von Fécamp vorfinden, in dem sie unter Aufsicht gerade zu dem Zeitpunkt zu uns gebracht wird, wenn wir unsere Versammlung abhalten.

Wir können uns dann zum Gerichtshof aufwerfen und gegen sie unbarmherzig zu Gericht sitzen. Zu Zeiten, in denen die

Erhabenheit des Ziels die Mittel rechtfertigt, erfolgt die Strafe sofort. Ist die Bestie tot, ist das Gift ungefährlich. Wählen Sie die Lösung, die Ihnen am meisten zusagt, aber erinnern Sie sich an die Worte unserer letzten Unterredung und bedenken Sie wohl, daß das Gelingen unseres Unternehmens und unser Leben selbst von dieser teuflischen Kreatur abhängt. Seien Sie klug. Organisieren Sie eine Jagdpartie, die den Verdacht ablenkt. Ich werde über Le Havre um Punkt vier Uhr mit zwei von unseren Freunden kommen. Vernichten Sie diesen Brief nicht. Sie müssen ihn mir wiedergeben.«

›Zuviel Vorsicht ist falsch‹, dachte Raoul. ›Wenn der Korrespondenzpartner des Barons nicht so mißtrauisch wäre, hätte der Baron diese Zeilen verbrannt, und ich wüßte nicht, daß eine Entführung, ein ungesetzlicher Urteilsspruch und sogar, Gott verzeih mir, ein Mord geschehen soll. Donnerwetter! Mein zukünftiger Schwiegervater, so gottesfürchtig er auch sein mag, scheint in Affären verwickelt zu sein, die seinem katholischen Glauben wenig entsprechen. Wird er bis zum Mord gehen? Das alles ist verdammt ernst und könnte mir eine gute Handhabe gegen ihn geben.‹

Raoul rieb sich die Hände. Die Sache gefiel ihm, und sie wunderte ihn nicht übermäßig, da er schon seit einigen Tagen auf verschiedene Einzelheiten aufmerksam geworden war. Er beschloß, in seine Herberge zu gehen, dort zu schlafen und rechtzeitig zurückzukehren, um das Komplott des Barons und seiner Gäste mitzuerleben und zu erfahren, wer diese ›teuflische Kreatur‹ war, die man vernichten wollte.

Er legte alles an seinen Platz zurück, aber anstatt fortzugehen, setzte er sich vor einen Nipptisch, auf dem eine Photographie von Clarisse stand. Er baute sie vor sich auf und betrachtete sie mit inniger Zärtlichkeit. Clarisse d'Etigues war kaum jünger als er. Achtzehn Jahre alt. Sinnliche Lippen, träumerische Augen, ein frisches, rosiges und feines Gesicht mit fahlblonden Haaren, wie man sie bei den kleinen Mädchen auf den Straßen von Caux findet, und ein so sanfter Ausdruck und so viel Charme!

Raouls Blick wurde härter. Er konnte den schlechten Gedanken, der ihn überfiel, nicht zurückdrängen. Clarisse war allein dort oben in ihrem einsamen Appartement, und zweimal hatte er sie schon mit Hilfe der Schlüssel, die sie ihm selbst gegeben hatte, zur Teestunde aufgesucht. Wer hielt ihn heute zurück? Die Dienstboten konnten nichts hören. Der Baron sollte erst im Laufe des nächsten Nachmittags zurückkehren. Warum sollte er fortgehen?

Raoul war kein Wüstling. Viele redliche und saubere Gefühle hielten ihn von der Entfesselung der Triebe ab, deren ungestüme Heftigkeit er kannte. Aber wie sollte er einer derartigen Versuchung widerstehen? Sein Stolz, die Sehnsucht, die Liebe, der ungeheure Eroberungsdrang trieben ihn zur Tat. Ohne sich noch weiteren vergeblichen Skrupeln hinzugeben, stieg er schnell die Treppenstufen hinauf.

Vor der geschlossenen Tür zögerte er. Bisher hatte er die Schwelle nur am Tag als ehrerbietiger Freund überschritten. Welche Bedeutung würde dieselbe Tat zu dieser Nachtstunde haben! Der Gewissenskonflikt währte nicht lange. Mit kleinen Schlägen klopfte er an die Tür und flüsterte:

»Clarisse... Clarisse... ich bin es.«

Als er nach einer Minute nichts vernahm, wollte er von neuem und lauter klopfen, doch die Tür des Schlafzimmers wurde einen Spalt geöffnet, und ein junges Mädchen erschien mit einer Lampe in der Hand auf der Schwelle.

Er bemerkte, daß sie blaß und verstört war. Das erschreckte ihn so sehr, daß er zurücktrat und fortgehen wollte.

»Sei mir nicht böse, Clarisse... Ich bin gekommen, obwohl ich es nicht tun wollte... Du brauchst nur ein Wort zu sagen, und ich gehe...«

Hätte Clarisse diese Worte gehört, wäre sie gerettet gewesen. Sie hätte mühelos einen jungen Mann beherrscht, der seine Niederlage im voraus akzeptierte. Aber sie konnte nichts hören noch sehen. Sie wollte sich entrüsten und stotterte nur unverständliche Vorwürfe. Sie wollte ihn fortjagen, doch ihr Arm hatte nicht die Kraft, eine einzige Geste zu machen. Ihre zitternde Hand mußte die Lampe niedersetzen. Sie drehte sich um sich selbst und fiel ohnmächtig zu Boden.

Sie liebten sich seit drei Monaten, seit dem Tag ihrer Begegnung in Südfrankreich, wo Clarisse einige Zeit bei einer Internatsfreundin verbrachte.

Sie fühlten sich sofort zueinander hingezogen, was für ihn das Köstlichste auf der Welt war und für sie ein Zustand der Sklaverei, den sie in zunehmendem Maße liebte. Von der ersten Minute an erschien Raoul ihr wie ein unantastbares, geheimnisvolles Wesen, dessen Handlungen sie nie verstehen würde. Oft betrübte er sie durch unbesonnene Ausbrüche, bösartige Ironie und schlechte Laune. Und dann wieder begeisterte er sie durch seinen Charme, seine Fröhlichkeit, durch plötzliche Begeisterungsausbrüche und jugendliche Überspanntheit. Alle seine Fehler erschienen als übermäßige Qualitäten, seine Laster wurden zu unergründlichen Tugenden.

Nach ihrer Rückkehr in die Normandie erkannte sie eines Morgens überrascht die schmale Gestalt des jungen Mannes, der sich ihrem Fenster gegenüber an eine Mauer lehnte. Er hatte sich in einer Herberge einquartiert, die nur wenige Kilometer entfernt lag, und so kam er fast täglich auf seinem Fahrrad her, um sie in der Umgebung von la Haie d'Etigues zu treffen.

Clarisse, die ihre Mutter früh verloren hatte, fühlte sich bei ihrem Vater nicht glücklich. Er war ein harter Mann mit finsterem Charakter, der übermäßig fromm war und sich viel auf seinen Titel einbildete. Er war gewinnsüchtig, und seine Pächter fürchteten ihn wie einen Feind. Als Raoul, der ihm nicht einmal vorgestellt worden war, die Kühnheit hatte, ihn um die Hand seiner Tochter zu bitten, wurde der Baron gegen diesen bartlosen Bewerber, der keine Stellung und keine Verbindungen hatte, so wütend, daß er ihn durchgeprügelt hätte, wenn ihn der junge Mann nicht mit jenem Dompteurblick angesehen hätte, der ein wildes Tier bändigt.

Nach dieser Unterredung beging Clarisse, um Raoul zu versöhnen, den Fehler, ihm zweimal die Tür ihres Zimmers zu öffnen. Es war eine gefährliche Unklugheit von ihr, auf die sich Raoul mit der Logik eines Verliebten etwas zugute hielt.

An jenem Morgen tat sie, als fühle sie sich nicht wohl, und ließ sich das Mittagessen auf ihr Zimmer bringen, während sich Raoul in einem Nebenraum versteckte. Nach dem Essen standen sie lange engumschlungen vor dem offenen Fenster, durch die Erinnerung an ihre Küsse und durch all die naive Zärtlichkeit, die sie trotz des begangenen Unrechts empfanden, vereint.

Doch Clarisse weinte...

Die Stunden vergingen. Ein frischer Wind, der vom Meer heraufkam und über die Hochebene wehte, streifte ihre Gesichter. Ihnen gegenüber, jenseits eines von Mauern umschlossenen Obstgartens und inmitten der goldgelben Rapsfelder, sahen sie entlang einer Mulde auf der rechten Seite die hohen weißen Klippen bis nach Fécamp; auf der linken Seite lag die Bucht von Etretat, der Engpaß von Aval und die Spitze der riesigen Aiguille.

Zärtlich sagte er zu ihr:

»Seien Sie nicht traurig, meine Geliebte. Das Leben ist in unserem Alter so schön, und es wird noch schöner für uns sein, wenn wir alle Hindernisse beseitigt haben. Weinen Sie nicht.« Sie trocknete ihre Tränen und versuchte zu lächeln, während sie ihn ansah. Er war so schlank wie sie, hatte aber breite Schultern und sah elegant und kräftig aus. In seinem energischen Gesicht fielen der schalkhafte Mund und die vor Fröhlichkeit strahlenden Augen auf. In seiner kurzen Hose und dem Jackett, hinter dem ein weißer Wollpullover hervorschaute, sah er unglaublich geschmeidig aus.

»Raoul, Raoul«, sagte sie voll Angst, »in diesem Augenblick, da Sie mich ansehen, denken Sie nicht an mich! Sie denken nicht an mich trotz allem, was zwischen uns gewesen ist! Ist das möglich! Woran denken Sie, mein Raoul?«

Er antwortete lachend:

»An Ihren Vater.«

»An meinen Vater?«

»Ja, an den Baron d'Etigues und seine Gäste. Wie können Männer in ihrem Alter ihre Zeit damit vergeuden, auf einem Felsen arme, unschuldige Vögel zu töten?«

»Es macht ihnen Spaß.«

»Sind Sie sicher? Ich bin ziemlich neugierig. Sehen Sie, wenn wir nicht im Jahre 1894 nach Christi lebten, könnte ich vielmehr vermuten, daß ... Sie werden nicht gekränkt sein?«

»Sprechen Sie, mein Liebling.«

»Also gut, sie sehen aus, als ob sie Verschworene spielen. Ja, es ist so, wie ich es Ihnen sage, Clarisse, der Marquis de Rolleville, Mathieu de la Vaupalière, Graf Oscar de Bennetot, Roux d'Estiers usw., alle diese adligen Herren von Caux befinden sich in einer Verschwörung.«

Sie schmollte.

»Sie erzählen mir Dummheiten, mein Liebling.«

»Aber Sie hören mir in so entzückender Weise zu«, erwiderte Raoul, der überzeugt war, daß sie von nichts wußte. »Sie machen ein so komisch erwartungsvolles Gesicht, daß ich Ihnen etwas Ernstes erzählen muß!«

»Etwas Liebes, Raoul!«

Er umschlang leidenschaftlich ihren Kopf. »Mein ganzes Leben wird nur von der Liebe zu dir erfüllt sein, meine Geliebte. Wenn ich andere Sorgen und Interessen habe, so nur deswegen, weil ich dich erobern will, Clarisse. Nimm einmal folgendes an: dein Vater wird als Verschwörer verhaftet und zum Tode verurteilt, und plötzlich rette ich ihn. Wieso sollte er mir danach nicht die Hand seiner Tochter geben?«

»Eines Tages wird er nachgeben.«

»Nie! Kein Geld ... keine Verbindungen ...«

»Sie haben Ihren Namen ... Raoul d'Andrésy.«

»Nicht einmal den!«

»Wieso?«

»D'Andrésy war der Mädchenname meiner Mutter, den sie

wieder angenommen hat, als sie Witwe wurde, und zwar auf Anordnung der Familie, die mit ihrer Heirat nicht einverstanden gewesen war.«

»Warum?« fragte Clarisse etwas erstaunt über diese unerwarteten Geständnisse.

»Warum? Weil mein Vater nur ein gewöhnlicher Bürger war, arm wie Hiob... ein einfacher Lehrer... und Lehrer wofür? Gymnastik, Fechten und Boxen!«

»Wie heißen Sie denn?«

»Oh, ein ganz gewöhnlicher Name, meine arme Clarisse!«

»Welcher?«

»Arsène Lupin.«

»Arsène Lupin...?«

»Ja, er ist nicht gerade glänzend, darum war es besser, ihn zu ändern, nicht wahr?«

Clarisse schien völlig niedergeschmettert zu sein. Ob er sich nun so oder so nannte, besagte nichts. Aber in den Augen des Barons war das Adelsprädikat die wichtigste Eigenschaft, die ein Schwiegersohn haben mußte...

Trotzdem sagte sie:

»Sie hätten Ihren Vater nicht verleugnen sollen. Es ist keine Schande, Lehrer zu sein.«

»Keine Schande«, sagte er und lachte laut, ein Lachen, das Clarisse weh tat, »und ich schwöre dir, daß ich großen Nutzen aus den Box- und Gymnastikstunden gezogen habe, die er mir schon gab, als ich noch die Flasche bekam. Aber meine Mutter hat vielleicht andere Gründe gehabt, ihn zu verleugnen, diesen ausgezeichneten Menschen, und das geht niemanden etwas an.« Er umarmte sie mit plötzlicher Heftigkeit und begann zu tanzen und sich um sich selbst zu drehen. Als er auf sie zukam, rief er: »Aber lach doch, Mädchen! Das ist alles so komisch. Lach doch! Arsène Lupin oder Raoul d'Andrésy, das ist doch gleichgültig. Die Hauptsache ist, Erfolg zu haben. Und ich werde ihn haben. Darüber gibt es keinen Zweifel, siehst du. Es gibt keine einzige Wahrsagerin, die mir nicht eine große Zukunft und allgemeines

Ansehen vorausgesagt hat. Raoul d'Andrésy wird General oder Minister oder Botschafter ... wenn es nicht Arsène Lupin wird. Das ist eine vom Schicksal gewollte Tatsache, abgemacht und von beiden Teilen unterschrieben. Ich bin bereit. Muskeln aus Stahl und ein erstklassiges Gehirn! Willst du, daß ich auf den Händen gehe? Oder soll ich dich mit dem kleinen Finger in die Luft heben? Soll ich dir deine Uhr stehlen, ohne daß du es merkst, oder dir auswendig Homer auf Griechisch und Milton auf Englisch aufsagen? Mein Gott, ist das Leben schön! Raoul d'Andrésy ... Arsène Lupin ... die beiden Gesichter derselben Statue! Welches wird der Ruhm, die Sonne der Lebenden, beleuchten?« Er hielt inne. Seine Heiterkeit schien ihn plötzlich zu stören. Schweigend betrachtete er den kleinen, ruhigen Raum, dessen Frieden er störte, wie er die Ruhe und das reine Gewissen des jungen Mädchens gestört hatte. Mit einem jener unvorhergesehenen Stimmungsumschwünge, die den Charme seines Naturells ausmachten, kniete er sich vor Clarisse nieder und sagte ernst:

»Verzeihen Sie mir. Ich habe schlecht daran getan herzukommen. Es ist nicht meine Schuld. Ich kann so schwer mein Gleichgewicht finden ... Gut und Böse, beides zieht mich gleichermaßen an. Du mußt mir helfen, Clarisse, meinen Weg zu finden, und du mußt mir verzeihen, wenn ich den falschen einschlage.«

Sie nahm seinen Kopf zwischen die Hände und sagte leidenschaftlich:

»Ich habe dir nichts zu verzeihen, mein Liebling. Ich bin glücklich. Ich bin sicher, daß ich viel durch dich zu leiden haben werde, aber ich akzeptiere im voraus mit Freuden alle diese Schmerzen, die du mir bereiten wirst. Hier, nimm meine Photographie. Und verhalte dich so, daß du nie zu erröten brauchst, wenn du sie ansiehst. Ich werde immer die sein, die ich heute bin, deine Geliebte und deine Frau. Ich liebe dich, Raoul!«

Sie küßte ihn auf die Stirn. Schon lachte er wieder und sagte, indem er aufstand:

»Du hast mich zum Ritter geschlagen. Von nun an werde ich unbesiegbar und immer bereit sein, meine Feinde zu vernichten. Erscheint, Navarresen!... Mein Auftritt beginnt!«

Raouls Plan – wir wollen den Namen Arsène Lupin zunächst beiseite lassen, da er ihn selbst nur mit einiger Verachtung nannte und zu jener Zeit sein Schicksal noch nicht kannte – war sehr einfach. Zwischen den Bäumen des Obstgartens gab es auf der linken Seite des Schlosses neben der Einfriedungsmauer, deren Bollwerk er früher war, den sehr niedrigen Stumpf eines Turmes, den ein Dach überschirmte und der hinter Stauden von Efeu verschwand. Raoul bezweifelte nicht, daß die Versammlung um vier Uhr in dem großen Innensalon stattfinden würde, in dem der Baron seine Pächter empfing. Er hatte eine Öffnung, ein altes Fenster oder ein Luftschacht, entdeckt, die nach dem freien Land hinausging.

Für einen so geschickten Jungen war es eine einfache Kletterpartie. Er trat aus dem Schloß und kroch unter dem Efeu auf dem Boden entlang, dann schwang er sich an den riesigen Ranken bis zur Öffnung in der dicken Mauer, die so tief war, daß er sich darin lang ausstrecken konnte. Fünf Meter vom Boden entfernt und den Kopf hinter Blättern versteckt, konnte er nicht gesehen werden, während er selbst den ganzen Saal überblickte, ein großer Raum mit etwa zwanzig Stühlen, einem Tisch und einer langen Kirchenbank.

Vierzig Minuten später trat der Baron mit einem seiner Freunde ein. Raoul hatte sich in seinen Vermutungen nicht getäuscht. Baron Godefroy d'Etigues hatte die Figur eines Jahrmarktringers und ein ziegelsteinfarbenes Gesicht, das ein roter Bart umrahmte und dessen Blick Schärfe und Energie verriet. Sein Begleiter, Oscar de Bennetot, der ein Vetter von ihm war und den Raoul vom Sehen her kannte, verkörperte den gleichen normannischen Junkertyp, nur daß er gewöhnlicher und schwerfälliger wirkte. Augenblicklich schienen beide sehr aufgeregt zu sein.

»Schnell«, murmelte der Baron. »Vaupalière, Rolleville und d'Auppegard werden gleich kommen. Um vier Uhr kommt dann noch Beaumagnan mit Prinz d'Arcole und de Brie durch den Obstgarten, dessen Pforte ich geöffnet habe ... und dann ... und dann ... wird *sie* kommen ... wenn sie, wie ich hoffe, in die Falle geht.«

»Das ist zu bezweifeln«, brummte Bennetot.

»Warum? Sie hat einen Wagen bestellt, der Wagen wird dort sein, und sie wird einsteigen. D'Ormont fährt sie und wird sie herbringen. In der Steige von Quatre-Chemins springt Roux d'Estiers auf das Trittbrett, öffnet, überwältigt die Dame, und beide werden sie fesseln. Es kann gar nicht anders sein.«

Sie hatten sich dem Platz genähert, über dem Raoul lauschte. Bennetot flüsterte: »Und dann?«

»Dann werde ich die Situation unseren Freunden erklären, die Rolle dieser Frau ...«

»Und du glaubst, daß wir von ihnen ihre Verurteilung erreichen?«

»Ob ich sie erreiche oder nicht, das Resultat bleibt dasselbe. Beaumagnan fordert es. Können wir nein sagen?«

»Oh!« stöhnte Bennetot, »dieser Mann wird uns alle ins Verderben stürzen.« Baron d'Etigues zuckte die Schultern. »Wir brauchen einen Mann wie ihn, um gegen eine Frau wie sie kämpfen zu können. Hast du alles vorbereitet?«

»Ja, die beiden Boote sind am Strand, am Fuß der Escalier du Curé. Die Planken des kleineren sind angebohrt, es wird zehn Minuten, nachdem wir es ins Wasser gelassen haben, sinken.«

»Hast du es mit einem Stein beschwert?«

»Ja, mit einem durchlöcherten Feldstein, den man an einer Seilschlinge festbinden kann.« Sie schwiegen.

Raoul d'Andrésy war kein Wort der Unterhaltung entgangen, jeder Satz hatte seine heftige Neugier nur noch gesteigert.

›Donnerwetter!‹ dachte er, ›ich würde meine Balkonloge nicht für ein Königreich hergeben. Was für Kerle! Die reden über einen Mord wie andere vom Kragenwechseln.‹

Vor allem setzte Godefroy d'Etigues ihn in Erstaunen. Wie konnte die zärtliche Clarisse die Tochter dieses finsteren Mannes sein? Was für ein Ziel verfolgte er? Was für dunkle Beweggründe hatte er? Haß, Habsucht, Rachegefühle, triebhafte Grausamkeit? Er erinnerte an einen Henker von früher, der bereit ist, seine schreckliche Arbeit zu tun. Der Schein der Flammen erleuchtete sein purpurrotes Gesicht und den rötlichen Bart.

Die drei anderen Gäste kamen. Raoul erkannte sie als Stammgäste des Schlosses Haie d'Etigues. Als sie saßen, wandten sie den beiden Fenstern, die den Salon erhellten, den Rücken zu, so daß ihre Gesichter im Halbschatten blieben.

Erst um vier Uhr trafen zwei Neuankömmlinge ein. Der eine war schon älter, von militärischer Gestalt, er war in einen Umhang gehüllt und trug einen kleinen Kinnbart, den man unter Napoleon III. Zwickelbart nannte. Er blieb auf der Schwelle stehen.

Die Anwesenden standen auf, um dem anderen entgegenzugehen, den Raoul sofort für den Schreiber des nichtunterzeichneten Briefes hielt, den Mann, den man erwartete und den der Baron mit Beaumagnan bezeichnet hatte.

Obwohl er der einzige war, der weder einen Titel noch ein Adelsprädikat führte, wurde er wie das Oberhaupt empfangen, mit einem Eifer, der seiner herrischen Haltung und seinem selbstbewußten Blick entsprach. Das Gesicht war glattrasiert, seine Wangen eingefallen, wunderbare schwarze Augen spiegelten seine Leidenschaft wider; in seiner Art sich zu bewegen und in seiner Kleidung lag etwas Unnachgiebiges, ja sogar Asketisches. Er sah aus wie ein Geistlicher.

Er forderte die Anwesenden auf, sich wieder zu setzen, entschuldigte seinen Freund, den Grafen de Brie, den er nicht hatte mitbringen können, und stellte seinen Begleiter vor:

»Prinz d'Arcole ... Sie wußten, nicht wahr, daß Prinz d'Arcole einer der Unseren ist, aber der Zufall wollte es, daß er nie zu unseren Versammlungen erscheinen konnte und daß er seine Taten unabhängig von uns vollbrachte, übrigens mit besten

Erfolgen. Heute brauchen wir seine Zeugenaussage, denn schon zweimal, im Jahre 1870, hat Prinz d'Arcole die teuflische Kreatur, die uns bedroht, getroffen.«

Raoul rechnete schnell im Kopf nach und war ein wenig enttäuscht; ›die teuflische Kreatur‹ mußte über fünfzig Jahre alt sein, da ihr der Prinz vor vierundzwanzig Jahren begegnet war. Der Prinz setzte sich zu den Gästen, während Beaumagnan Godefroy d'Etigues etwas zur Seite nahm. Der Baron überreichte ihm einen Umschlag, der zweifellos den kompromittierenden Brief enthielt. Dann sprachen sie leise flüsternd, doch sehr lebhaft miteinander, bis Beaumagnan die Unterhaltung plötzlich mit einer herrischen Bewegung abbrach.

›Der Herr ist nicht sehr umgänglich‹, dachte Raoul, ›das Urteil ist bereits gesprochen. Ist die Bestie tot, ist das Gift ungefährlich. Das Ertränken findet statt, denn es scheint, als sollte das die einzige Lösung sein.‹

Beaumagnan ging zur letzten Reihe. Aber bevor er sich setzte, sprach er folgende Worte:

»Meine Freunde, ihr wißt, wie ernst diese Stunde für uns ist. Fest verbunden und in völliger Übereinstimmung über das Ziel, das wir erreichen wollen, haben wir ein gemeinsames Werk von großer Bedeutung unternommen. Wir haben mit Recht den Eindruck, daß die Interessen des Landes, unserer Partei und unserer Religion – ich will das eine nicht von dem anderen trennen – an das Gelingen unseres Vorhabens gebunden sind. Dieses Vorhaben wird jedoch seit einiger Zeit durch die Kühnheit und die unversöhnliche Feindschaft einer Frau in Frage gestellt, die über gewisse Angaben verfügt und sich auf die Suche nach dem Geheimnis begeben hat, das wir fast entdeckt haben. Wenn sie vor uns das Ziel erreicht, bedeutet das für uns den Zusammenbruch aller unserer Bemühungen. Sie oder wir, für beide ist kein Platz. Wir wollen von ganzem Herzen hoffen, daß der begonnene Kampf zu unseren Gunsten beendet wird.«

Beaumagnan setzte sich, stützte sich mit beiden Armen auf die

Rückenlehne seines Vordermannes und krümmte seine hohe Gestalt, als wollte er nicht gesehen werden.

Die Minuten vergingen.

Zwischen diesen Männern, die sich aus einem Anlaß versammelt hatten, der die Unterhaltung hätte beleben müssen, herrschte absolute Stille, so sehr war die Aufmerksamkeit aller auf die entferntesten Geräusche gerichtet, die vom Feld her kommen konnten. Die Gefangennahme jener Frau beherrschte sie. Sie konnten es kaum erwarten, ihren Gegner zu sehen und in Händen zu haben.

Baron d'Etigues hob den Finger. Der dumpfe Rhythmus von Pferdegetrappel ließ sich in der Ferne vernehmen.

»Das ist mein Wagen«, sagte er.

Ja, aber würde die Feindin im Wagen sitzen?

Der Baron ging zur Tür. Wie gewöhnlich lag der Obstgarten verlassen da, denn das Personal hielt sich immer nur im Schloßhof auf, der vor der Vorderfront lag.

Das Geräusch kam näher. Der Wagen verließ die Straße und fuhr über die Felder. Plötzlich erschien er zwischen den beiden Säulen des Eingangs. Der Fahrer machte ein Zeichen, und der Baron schrie: »Hurra! Wir haben sie.«

Der Wagen hielt. D'Ormont sprang vom Kutschbock, auch Roux d'Estiers schwang sich heraus. Der Baron half ihnen, eine Frau aus dem Inneren zu ziehen, deren Hände und Füße gefesselt waren und deren Kopf ein Schleier verhüllte; sie trugen die Frau bis zur Kirchenbank in der Mitte des Saals.

»Es war nicht schwierig«, erzählte d'Ormont. »Sie stieg aus dem Zug und stürzte sich gleich in den Wagen. Bei der Steige von Quatre-Chemins haben wir sie ergriffen, ohne daß sie Zeit gehabt hätte, auch nur ein Wort zu sagen.«

»Nehmen Sie den Schleier ab«, befahl der Baron. »Übrigens können wir ihr ohne weiteres die Fesseln abnehmen.«

Er knotete selbst die Stricke auf.

D'Ormont zog den Schleier zur Seite. Die Anwesenden stießen überraschte Rufe aus; von seinem Platz aus konnte Raoul die Gefangene im vollen Licht sehen, er war über die strahlend schöne und jugendliche Erscheinung genauso überrascht.

Ein Schrei übertönte das Gemurmel. Prinz d'Arcole war vorgetreten, sein Gesicht war verzerrt, seine Augen weiteten sich, er stotterte:

»Sie ist es... sie ist es... ich kenne sie wieder... Oh! wie entsetzlich!«

»Was ist denn?« fragte der Baron. »Was ist denn so entsetzlich? Sagen Sie es doch!«

Und der Prinz antwortete mit diesem unverständlichen Satz: *»Sie ist noch genauso alt wie vor vierundzwanzig Jahren!«*

Die Frau saß aufrecht und hatte ihre Hände um die Knie geschlungen. Ihren Hut mußte sie wohl bei dem Angriff verloren haben, ihre Frisur hatte sich halb gelöst, und das von einem goldenen Kamm gehaltene Haar fiel in dichten Strähnen nach hinten, während zwei fahlrot schimmernde Locken sich über ihrer Stirn teilten und an den Schläfen herabhingen.

Das Gesicht war von bewundernswürdiger Schönheit, sehr rein und von einem Ausdruck, in dem das Lächeln der Kaltblütigkeit oder aber der Angst zu stehen schien. Mit ihrem eher spitzen Kinn, den leicht vorspringenden Backenknochen, den geschlitzten Augen und den schweren Lidern erinnerte sie an die Frauen von Leonardo da Vinci oder Bernardino Luini, deren ganzer Charme in einem Lächeln liegt, das man nicht sieht, das man jedoch errät und das einen gleichzeitig bewegt und beunruhigt. Ihre Kleidung war einfach. Unter ihrem Reiseumhang, den sie zu Boden fallen lassen hatte, zeichnete ein enganliegendes graues Wollkleid ihre Taille und Schultern nach.

›Donnerwetter!‹ dachte Raoul, der sie nicht aus den Augen ließ, ›sie scheint ziemlich harmlos zu sein, diese teuflische und wunderbare Kreatur. Und sie brauchen neun oder zehn Männer, um sie zu besiegen?‹

Sie beobachtete aufmerksam die Männer um sich herum, d'Etigues und seine Freunde, und versuchte, die anderen im Halbdunkel zu erkennen.

Schließlich sagte sie:

»Was wollen Sie von mir? Ich kenne keinen der Anwesenden. Warum haben Sie mich hierher gebracht?«

»Sie sind unsere Feindin«, erklärte Godefroy d'Etigues.

Sie schüttelte leicht den Kopf:

»Ihre Feindin? Das muß ein Mißverständnis sein. Sind Sie sicher, daß Sie sich nicht irren? Ich bin Frau Pellegrini.«

»Sie sind nicht Frau Pellegrini.«

»Ich versichere Ihnen ...«

»Nein«, wiederholte Baron Godefroy hart.

Und er fügte jene Worte hinzu, die ebenso unverständlich waren wie die des Prinzen d'Arcole:

»Pellegrini war einer der Namen, hinter dem sich im 18. Jahrhundert ein Mann versteckte, dessen Tochter Sie zu sein vorgeben.«

Sie antwortete nicht sofort, als hätte sie diesen absurden Satz nicht begriffen. Dann fragte sie:

»Wie heiße ich also nach Ihrer Meinung?«

»Joséphine Balsamo, Gräfin de Cagliostro.«

Joséphine Balsamo, geboren im Jahre 1788...

Cagliostro! Die außergewöhnliche Persönlichkeit, die Europa so stark beunruhigte und den Hof Frankreichs zur Regierungszeit Ludwigs XVI. so sehr erregte! Das Kollier der Königin... Kardinal de Rohan... Marie-Antoinette... Was für aufregende Episoden dieser so überaus geheimnisvollen Existenz!

Er war ein eigentümlicher, rätselhafter Mann, mit der genialen Begabung des Ränkeschmieds, ein Mann, der über eine echte Macht, die Menschen zu beherrschen, verfügte und über dem noch manches Dunkel lag.

Ein Betrüger? Wer weiß es? Hat man das Recht, zu leugnen, daß manche Wesen mit verfeinertem Sinn in die Welt der Lebenden und Toten Einblicke haben, die uns versagt sind? Soll man jemanden als Scharlatan oder Verrückten behandeln, dem die Erinnerungen an seine vergangenen Leben gegenwärtig sind?

Der sich kraft dieses Erinnerungsvermögens frühere Errungenschaften, verlorene Geheimnisse und vergessene Einsichten zunutze macht und damit über die Macht verfügt, die wir übernatürlich nennen, während er nur jene Kräfte auswertet, die wir vielleicht gerade unterdrücken möchten?

Wenn auch Raoul d'Andrésy auf seinem Beobachterplatz skeptisch blieb und über die Wendung, die die Ereignisse nahmen, innerlich lachte, so schien es doch, daß die Anwesenden von vornherein die höchst ungereimten Behauptungen wie selbstverständlich hinnahmen. Besaßen sie über diese Affäre besonderes Beweismaterial? Hatten sie bei der, die nach ihrer Meinung die Tochter des Cagliostro war, die Gaben der Hellsichtigkeit und des Wahrsagens wiedergefunden, die man damals dem berühmten Taschenspieler zusprach und deretwegen er wie ein Magier und Hexenmeister behandelt wurde? Godefroy d'Etigues, der als einziger von ihnen stehen geblieben war, beugte sich zu der jungen Frau und sagte:

»Ihr Name ist de Cagliostro, nicht wahr?«

Sie überlegte. Man hätte meinen können, daß sie die beste Antwort zur Verteidigung suchte und daß sie, bevor sie in die Sache verwickelt wurde, die Waffen kennen wollte, über die der Feind verfügte. Sie antwortete ruhig:

»Nichts verpflichtet mich dazu, Ihnen zu antworten, genausowenig wie Sie das Recht haben, mich auszufragen. Warum sollte ich jedoch leugnen, daß meine Geburtsurkunde auf den Namen Joséphine Pellegrini ausgestellt ist und daß ich mich aus Spaß Joséphine Balsamo, Gräfin de Cagliostro nenne, da die beiden Namen de Cagliostro und Pellegrini zur Persönlichkeit des Joseph Balsamo gehören, der mich immer interessiert hat.«

»Dessen direkter Nachkomme Sie Ihrer Aussage nach und im Gegensatz zu verschiedenen Ihrer Erklärungen nicht wären?« bemerkte der Baron.

Sie zuckte mit den Schultern und schwieg. War es Klugheit? Verachtung? Protest gegen eine derartige Absurdität?

»Ich will Ihr Schweigen weder für eine Zustimmung noch für Leugnen halten«, fuhr Godefroy d'Etigues fort, und, indem er sich an seine Freunde wandte, meinte er: »Die Aussagen dieser Frau sind nicht wichtig, und es wäre verlorene Zeit, wollte man sie widerlegen. Wir sind hier, um wichtige Entscheidungen in einer Angelegenheit zu treffen, die wir alle in ihrer Gemeinsamkeit kennen, von der aber die meisten von uns gewisse Einzelheiten nicht wissen. Es ist also unumgänglich notwendig, die Tatsachen aufzuzählen. Sie sind so kurz wie möglich in dem Memorandum zusammengefaßt, das ich euch jetzt vorlesen werde. Ich möchte euch bitten, aufmerksam zuzuhören.«

Langsam las er die folgenden Seiten, und Raoul zweifelte nicht daran, daß sie von Beaumagnan aufgesetzt worden waren:

»Zu Beginn des März 1870, das heißt vier Monate vor dem Krieg zwischen Frankreich und Preußen, erregte in dem Strom der Ausländer, die Paris überschwemmten, die Gräfin de Cagliostro größte Aufmerksamkeit. Sie war schön und elegant, gab das Geld mit vollen Händen aus, war fast immer allein oder in Begleitung eines jungen Mannes, den sie als ihren Bruder ausgab; überall, wo sie erschien, in allen Salons, in denen sie empfangen wurde, erregte sie die größte Neugier. In erster Linie waren es ihr Name und die wirklich eindrucksvolle Art, wie sie sich aufgrund ihres betont geheimnisvollen Benehmens, einiger wunderbarer Heilungen, die ihr gelangen, und der Antworten, die sie den Leuten gab, die sie nach ihrer Vergangenheit oder Zukunft fragten, als Verwandte des berühmten Cagliostro ausgab. Der Roman von Alexandre Dumas hatte Joseph Balsamo, den sogenannten Grafen de Cagliostro, in Mode gebracht. Sie imitierte die Lebensweise vielleicht noch um einiges kühner, rühmte sich, die Tochter des Cagliostro zu sein, versicherte, daß sie das Geheimnis der ewigen Jugend kenne, und erzählte lächelnd von diesen oder jenen Begegnungen, die sie gehabt habe, oder von Ereignissen, die sie zur Zeit Napoleons I. erlebt hatte.

Ihr Erfolg war so groß, daß sie die Tore der Tuilerien bezwang und am Hof von Napoleon III. erschien. Man erzählte sich sogar von privaten Audienzen, die die Kaiserin Eugénie und ihre intimsten Getreuen der schönen Gräfin gewährten. Eine Sonderausgabe der satirischen Zeitung ›Charivari‹, die übrigens sofort beschlagnahmt wurde, berichtete über eine Sitzung, bei der einer der gelegentlichen Mitarbeiter der Zeitung zugegen war. Ich habe folgenden Absatz daraus notiert:

›Etwas über die Mona Lisa. Ein Ausdruck, der sich nicht sehr ändert, den man jedoch kaum definieren kann, der ebenso einschmeichelnd und harmlos wie grausam und entartet ist. In ihrem Blick liegt so viel Erfahrung, in ihrem unveränderlichen Lächeln so viel Bitterkeit, daß man ihr die Behauptung glaubt, achtzig Jahre alt zu sein. Bei solchen Anlässen holt sie einen kleinen goldenen Spiegel aus ihrer Tasche, kippt zwei Tropfen aus einem nicht wahrnehmbaren Fläschchen darauf, trocknet ihn und betrachtet sich. Und von neuem ist sie die Verkörperung bezaubernder Jugend.

Als wir sie aushorchten, antwortete sie uns:

,Dieser Spiegel gehörte Cagliostro. Für die, die sich vertrauensvoll darin betrachten, steht die Zeit still. Sehen Sie, auf der Fassung ist das Datum eingetragen, 1783, darunter stehen vier Zeilen, die vier große Rätsel aufgeben. Diese Rätsel, die er lösen wollte, hatte ihm die Königin Marie-Antoinette aufgegeben, und er behauptete – erzählte man mir –, daß derjenige, der sie lösen kann, der König der Könige sein würde.'

,Darf man sie erfahren?' fragte jemand.

,Warum nicht? Wenn man sie kennt, heißt das nicht, daß man sie auch löst, und Cagliostro selbst hatte nicht die Zeit dazu. Ich kann Ihnen also nur deren Wortlaut nennen. Hier sind sie:

In robore fortuna.
Die Steinplatte der Könige von Böhmen.
Das Vermögen der Könige von Frankreich.
Der Leuchter mit den sieben Armen.'

Dann sprach sie mit uns über andere Dinge und machte Äußerungen, die uns in Erstaunen setzten.

Aber das war nur ein Vorspiel, und die Kaiserin, die sich hütete, auch nur eine einzige Frage über ihr persönliches Leben zu stellen, wollte wissen, wie die Zukunft aussähe.

,Wenn Ihre Majestät die Güte haben möchten, leicht zu hauchen', sagte die Gräfin und reichte ihr den Spiegel.

Nachdem sie das beschlagene Glas gemustert hatte, murmelte sie: ,Ich sehe schöne Dinge... einen großen Krieg für diesen Sommer... den Sieg... die Rückkehr der Truppen unter dem Triumphbogen... Man jauchzt dem Kaiser zu... dem Kronprinzen.'‹

Das ist das Dokument, das uns überliefert wurde«, fuhr Godefroy d'Etigues fort. »Ein Dokument, das Verwirrung stiften mußte, da es einige Wochen vor dem angekündigten Krieg veröffentlicht wurde. Wer war diese Frau? Wer war diese Abenteuerin, deren gefährliche Voraussagen auf den schwachen Geist der unglücklichen Kaiserin einwirkten und die Katastrophe von 1870 heraufbeschworen? Eines Tages fragte sie jemand (das steht in derselben Nummer der ›Charivari‹):

›Tochter des Cagliostro, gut, aber wer ist Ihre Mutter?‹

›Meine Mutter‹, antwortete sie, ›müssen Sie in den obersten Kreisen unter den Zeitgenossen von Cagliostro suchen ... noch weiter oben ... Ja, Sie haben es ... Joséphine de Beauharnais, die spätere Frau von Bonaparte, die spätere Kaiserin ...‹

Die Polizei Napoleons III. konnte nicht untätig bleiben. Ende Juni übergab sie einen kurzen Bericht, der nach einer sorgfältigen Ermittlung von einem der besten Agenten aufgesetzt worden war. Ich lese ihn vor:

›Der italienische Paß der Signorina, der allerdings kein Geburtsdatum enthält‹, schrieb der Agent, ›ist auf den Namen Joséphine Pellegrini-Balsamo, Gräfin de Cagliostro, ausgestellt, die am 29. Juli 1788 in Palermo geboren wurde. Ich bin nach Palermo gefahren, und mir ist es gelungen, die alten Register der Gemeinde Mortarana ausfindig zu machen. In ihnen habe ich unter dem Datum des 29. Juli 1788 die Geburtsanzeige von Joséphine Balsamo, Tochter von Joseph Balsamo und Joséphine de la P., einer Bediensteten des Königs von Frankreich, gefunden.

War es Joséphine Tascher de la Pagerie, der Mädchenname der vom Grafen de Beauharnais getrennten Frau und späteren Gattin General Bonapartes? Ich habe in dieser Richtung weitergeforscht und nach sorgfältigen Ermittlungen durch handgeschriebene Briefe eines Pariser Gerichtsoffiziers erfahren, daß man im Jahre 1788 kurz davor stand, Cagliostro zu verhaften, der, obwohl er nach der Kollier-Affäre aus Frankreich ausgewiesen worden war, unter dem Namen Pellegrini ein kleines Haus in Fontainebleau bewohnte, in dem er täglich eine große, schlanke Dame empfing. Joséphine de Beauharnais wohnte zu jener Zeit ebenfalls in Fontainebleau. Sie ist groß und schlank. Am Vorabend vor seiner Verhaftung verschwand Cagliostro. Am nächsten Morgen reiste Joséphine de Beauharnais plötzlich ab. Einen Monat später wurde in Palermo das Kind geboren.

Dieses Zusammentreffen von Ereignissen ist immerhin eindrucksvoll. Aber um wieviel größer wird ihre Bedeutung noch, wenn man sie mit folgenden zwei Tatsachen in Zusammenhang bringt: achtzehn Jahre später führt Kaiserin Joséphine im Malmaison ein junges Mädchen ein, das sie für ihr Patenkind ausgibt und das die Zuneigung des Kaisers in einem Maße gewinnt, daß Napoleon mit ihr wie mit einem eigenen Kind spielt. Wie heißt dieses Mädchen? Joséphine, oder vielmehr Josine.

Der Sturz des Kaiserreichs. Zar Alexander I. nimmt Josine auf und schickt sie nach Rußland. Welchen Titel nimmt sie an? Gräfin de Cagliostro.‹«

Baron d'Etigues ließ diese letzten Worte in der Stille nachhallen. Man hatte ihm mit äußerster Aufmerksamkeit zugehört. Raoul, den diese unglaubliche Geschichte in Verwirrung gebracht hatte, versuchte, in dem Gesicht der Gräfin Unruhe oder irgendeine andere Gefühlsregung zu entdecken. Doch sie blieb unbeweglich, mit einem leichten Lächeln in ihren schönen Augen. Der Baron fuhr fort:

»Dieser Bericht und wahrscheinlich auch der gefährliche Einfluß der Gräfin in den Tuilerien mußten ihre Favoritenstellung zunichte machen. Gegen sie und ihren Bruder wurde ein Ausweisungserlaß unterzeichnet. Der Bruder verschwand nach Deutschland, sie nach Italien. Eines Morgens stieg sie in Modane ab, wohin sie ein junger Offizier begleitet hatte. Er verbeugte sich vor ihr und verabschiedete sich. Dieser Offizier war Prinz d'Arcole. Er ist es auch, der sich die beiden Dokumente, die Nummer der Zeitung ›Charivari‹ und den geheimen Bericht, dessen Original sich mit Siegeln und Unterschriften in seinen Händen befindet, hat beschaffen können. Er ist es schließlich auch, der vorhin vor Ihnen die unzweifelhafte Identität derjenigen bestätigte, die er an jenem Morgen gesehen und die er heute sieht.«

Prinz d'Arcole erhob sich und sagte ernst:

»Ich glaube an keine Wunder, doch was ich sage, ist die Bestätigung eines Wunders. Aber die Wahrheit verpflichtet mich, auf meine Soldatenehre zu erklären, daß diese Frau dieselbe ist, von der ich mich vor vierundzwanzig Jahren im Bahnhof von Modane verabschiedet habe.«

»Von der Sie sich kurz, ohne ein einziges höfliches Wort verabschiedet haben?« fragte Joséphine Balsamo.

»Was wollen Sie damit sagen?«

Sie hatte sich zum Prinzen gewandt und antwortete mit heiterer, ein wenig ironischer Stimme:

»Ich will damit sagen, daß ein französischer Offizier zu höflich ist, um sich durch einen einfachen, vom Protokoll vorgeschriebenen Gruß von einer hübschen Frau zu verabschieden.«

»Und das bedeutet?«

»Das bedeutet, daß Sie wohl einige Worte gesprochen haben müssen.«

»Vielleicht. Ich erinnere mich nicht mehr...«, sagte Prinz d'Arcole ein wenig verlegen.

»Sie haben sich vor der Verbannten verbeugt, mein Herr. Sie haben ihr die Hand ein wenig länger als nötig geküßt, und Sie haben zu ihr gesagt: ›Ich hoffe, Madame, daß die Augenblicke, die ich mit Ihnen erleben durfte, nicht ohne Zukunft sind. Ich jedenfalls, ich werde Sie nie vergessen.‹ Und, indem Ihnen Ihre Absicht, galant zu sein, einen besonderen Tonfall eingab, haben Sie wiederholt: ›Niemals, hören Sie, Madame? Niemals...‹«

Prinz d'Arcole war ein sehr gut erzogener Mann. Doch verwirrte ihn die genaue Wiedergabe der vor einem Vierteljahrhundert erlebten Minute so sehr, daß er murmelte:

»Himmelherrgottnocheinmal!«

Er beherrschte sich jedoch sofort und ging mit Heftigkeit zum Angriff über:

»Ich habe es vergessen, Madame. Wenn die Erinnerung an diese erste Begegnung angenehm war, so hat die Erinnerung an das zweite Mal, da ich Sie sah, sie ausgelöscht.«

»Und dieses zweite Mal, mein Herr?«

»Es war zu Beginn des darauffolgenden Jahres in Versailles,

wohin ich die französischen Bevollmächtigten begleitete, die mit den Kapitulationsverhandlungen beauftragt waren. In einem Café habe ich Sie erkannt, Sie saßen an einem Tisch, tranken und lachten mit deutschen Offizieren, von denen der eine der Adjutant Bismarcks war. An jenem Tag habe ich Ihre Rolle in den Tuilerien begriffen und gewußt, wessen Abgesandte Sie waren.«

Alle diese Enthüllungen über die markanten Ereignisse eines legendenumwitterten Lebens spielten sich innerhalb von zehn Minuten ab. Keine Argumentation. Kein Versuch, derart unbegreifliche Behauptungen mit den Mitteln der Logik oder der Beredsamkeit aus der Welt zu schaffen. Nichts als Tatsachen. Nur Beweise, kurz, heftig, wie Faustschläge und um so erschrekkender, da sie gegen eine ganz junge Frau gerichtete Tatsachen beschworen, die teilweise mehr als ein Jahrhundert zurücklagen.

Raoul d'Andrésy konnte es nicht begreifen. Die Szene erschien ihm wie aus einem Roman oder mehr noch aus irgendeinem phantastischen und düsteren Melodrama; auch die Verschworenen erschienen ihm außerhalb jeder Realität, sie, die alle diese Geschichten anhörten, als hätten sie den Wert unbestreitbarer Tatsachen. Natürlich wußte Raoul um die geistige Mittelmäßigkeit dieser Landjunker, die die letzten einer vergangenen Epoche waren. Aber trotzdem! Wie konnten sie die Voraussetzungen des Problems unbeachtet lassen, die durch das Alter, das man dieser Frau zumaß, gegeben waren? So leichtgläubig sie auch sein mochten, sie mußten doch Augen im Kopf haben!

Übrigens erschien die Haltung der Cagliostro ihnen gegenüber noch seltsamer. Warum schwieg sie, was im ganzen gesehen ein Akzeptieren, fast schon ein Geständnis war? Wollte sie die Legende von der ewigen Jugend nicht zerstören, die ihr angenehm war und die Ausführung ihrer Absichten begünstigte? Oder ahnte sie nichts von der sie bedrohenden schrecklichen Gefahr und sah dieses ganze Schauspiel nur als einen vorübergehenden Scherz an?

»Das ist die Vergangenheit«, schloß Baron d'Etigues. »Ich will nicht näher auf die dazwischen liegenden Episoden eingehen, die das Vergangene mit dem Heute verbinden. Joséphine Balsamo, Gräfin de Cagliostro, war – obwohl sie dabei im Hintergrund blieb – in die Tragikomödie des Generals Boulanger und in den Panama-Skandal verwickelt, denn bei allen für unser Land düsteren Ereignissen stößt man auf sie. Wir haben darüber jedoch nur Angaben, die auf Vermutungen basieren und keine Beweise sind. Keine Tatsachen. Übergehen wir diese Zeit und kommen wir zum gegenwärtigen Zeitpunkt. Ein Wort noch. Haben Sie gegen alle diese Punkte keine Einwände, Madame?«

»Doch«, sagte sie.

»Sprechen Sie!«

Die junge Frau sagte im gleichen, ein wenig ironischen Tonfall:

»Ich möchte, da Sie mir meinen Prozeß nach der Art mittelalterlicher Gerichte zu machen scheinen, gerne wissen, ob das bis jetzt angehäufte Belastungsmaterial für Sie ausschlaggebend ist. In diesem Fall können Sie mich sofort dazu verurteilen, bei lebendigem Leib als Hexe, Spionin, Ketzerin verbrannt zu werden; es sind ja alles Verbrechen, die die Heilige Inquisition nicht verzieh.«

»Nein«, sagte Godefroy d'Etigues. »Ich habe diese verschiedenen Abenteuer nur berichtet, um in wenigen Zügen ein möglichst klares Bild von Ihnen zu geben.«

»Sie glauben, daß Sie von mir ein klares Bild gegeben haben?«

»Im Hinblick auf das, was uns beschäftigt, ja.«

»Sie geben sich mit wenigem zufrieden. Und was für Verbindungen sehen Sie zwischen diesen verschiedenen Abenteuern?«

»Ich sehe dreierlei. Zunächst die Zeugenaussagen aller Personen, die Sie wiedererkannt haben und mit deren Hilfe man nach und nach bis zu den entferntesten Tagen kommt. Dann Ihr Geständnis.«

»Welches Geständnis?«

»Sie haben dem Prinzen d'Arcole den Wortlaut der Unterhaltung wiedergegeben, die Sie mit ihm in Modane hatten.«

»Tatsächlich«, sagte sie. »Und dann...?«

»Drittens habe ich hier drei Porträts, die Sie darstellen, nicht wahr?«

Sie schaute sie an und erklärte:

»Diese drei Porträts stellen mich dar.«

»Gut!« sagte Godefroy d'Etigues. »Das erste ist eine Miniatur, die im Jahre 1816 in Moskau gemalt wurde, und zwar nach Josine, der Gräfin Cagliostro. Das zweite, nämlich diese Photographie, stammt aus dem Jahre 1870. Und hier, das dritte Bild, wurde kürzlich in Paris aufgenommen. Alle drei Bilder sind von Ihnen signiert. Dieselbe Unterschrift. Derselbe Schnörkel.«

»Was beweist das?«

»Das beweist, daß dieselbe Frau ...«

»Daß dieselbe Frau«, unterbrach sie ihn, »im Jahre 1894 noch dasselbe Gesicht wie 1816 und 1870 hat. Also auf den Scheiterhaufen mit ihr.«

»Spotten Sie nicht, Madame. Sie wissen, daß das Lachen für uns eine abscheuliche Gotteslästerung ist.«

Sie machte eine ungeduldige Bewegung und schlug auf die Armlehne der Bank.

»Beenden wir endlich diese Parodie. Was ist los? Was werfen Sie mir vor? Warum bin ich hier?«

»Sie sind hier, Madame, um uns über Ihre Verbrechen Rechenschaft abzulegen.«

»Was für Verbrechen?«

»Meine Freunde und ich, wir waren zwölf. Zwölf, die dasselbe Ziel verfolgten. Wir sind nur noch neun. Die drei anderen sind tot, von Ihnen ermordet.«

Raoul d'Andrésy glaubte zu sehen, wie ein flüchtiges Lächeln über ihr Mona-Lisa-Gesicht glitt. Doch sofort nahm es seinen gewöhnlichen Ausdruck wieder an, als könnte nichts die innere Ruhe dieser Frau beeinträchtigen, nicht einmal die harte Anklage, die ihr mit solcher Heftigkeit vorgeworfen wurde.

Man hätte wirklich meinen können, daß ihr gewöhnliche Gefühle unbekannt wären oder aber daß sie diese nicht durch unwillkürliche Gesten der Entrüstung, der Auflehnung und des Schreckens verriet. Was für eine Abnormität!

Ob schuldig oder nicht, eine andere an ihrer Stelle hätte sich empört, sie aber schwieg, und nichts verriet, ob dies aus Zynismus oder Unschuld geschah.

Die Freunde des Barons verharrten unbeweglich, mit harten, angespannten Mienen. Raoul stellte fest, daß Beaumagnan sich so gut wie möglich vor den Blicken Joséphine Balsamos versteckt hielt. Er stützte die Arme auf die Rücklehne des Stuhls und hielt seinen Kopf in den Händen. Aber durch die Spalten der Finger waren seine funkelnden Augen starr auf das Gesicht der Feindin gerichtet.

In die große Stille hinein verlas Godefroy d'Etigues die Anklage oder vielmehr die drei Punkte der entsetzlichen Anklage. Er sprach ebenso hart und schroff wie vorher, ohne nebensächliche Einzelheiten, ohne die Stimme zu heben, als läse er ein Protokoll.

»Vor achtzehn Monaten ging Denis Saint-Hébert, der jüngste von uns, auf seinem Anwesen in der Gegend von Le Havre auf die Jagd. Am späten Nachmittag verließ er den Pächter, hängte sich sein Gewehr um die Schulter, um sich, wie er sagte, von der Klippe aus anzusehen, wie die Sonne im Meer unterging. Er kehrte in dieser Nacht nicht zurück. Am nächsten Morgen fand man seine Leiche auf einem Felsen im Meer.

Selbstmord? Denis Saint-Hébert war reich, gesund und immer gutgelaunt. Warum sollte er sich getötet haben? Verbrechen? Man dachte nicht im mindesten daran. Also Unfall.

Im darauffolgenden Monat Juni ereignete sich unter den gleichen Umständen ein weiterer Todesfall. Georges d'Isneauval, der sehr früh morgens am Fuße der Klippen von Dieppe Möwen jagte, glitt so unglücklich auf den Algen aus, daß er mit dem Kopf gegen einen Felsen schlug und leblos zusammenbrach. Einige Stunden später fanden ihn zwei Fischer. Er war tot. Er hinterließ eine Frau und zwei kleine Mädchen.

Ebenfalls ein Unfall, nicht wahr? Ja, ein Unfall für die Witwe, die beiden Waisen, die Familie ... Aber für uns? War es möglich, daß der Zufall ein zweites Mal unsere kleine Gruppe getroffen hatte? Zwölf Freunde vereinen sich, um ein großes Geheimnis aufzudecken und ein wichtiges Ziel zu erreichen. Zwei von ihnen sind vernichtet. Muß man dahinter nicht einen verbrecherischen Anschlag vermuten, der nicht nur diese Männer, sondern auch ihr Vorhaben gefährdet?

Prinz d'Arcole öffnete uns die Augen und brachte uns auf die richtige Spur. Er wußte, daß wir nicht die einzigen waren, die das große Geheimnis kannten. Er wußte, daß anläßlich einer Sitzung bei der Kaiserin Eugénie eine Liste mit vier Rätseln erwähnt wurde, die Cagliostro seinen Nachkommen hinterlassen hatte, und daß das Rätsel genau den Wortlaut hatte, der uns interessiert, nämlich das Rätsel um den Leuchter mit den sieben Armen. Folglich mußten wir unter denen suchen, denen die Legende erzählt worden war.

Dank unserer weitreichenden Möglichkeiten hatte unsere Ermittlung schon nach zwei Wochen Erfolg. In einem kleinen Haus an einer einsamen Straße von Paris wohnte eine Dame namens Pellegrini, die ziemlich zurückgezogen lebte und oft monatelang verschwand. Sie war von großer Schönheit und sehr zurückhaltend, als wünschte sie unbeachtet zu bleiben; unter dem Namen Gräfin de Cagliostro besuchte sie gewisse Kreise, in denen man sich mit Magie, Geheimlehren und Schwarzen Messen befaßte.

Wir konnten uns ihre Photographie, diese hier, beschaffen und sie Prinz d'Arcole schicken, der sich damals in Spanien aufhielt. Zu seiner Verwunderung erkannte er die Frau wieder, die er früher schon einmal getroffen hatte.

Wir zogen Erkundigungen über ihre Reisen ein. Am Tag, als Saint-Hébert in der Gegend von Le Havre zu Tode kam, war sie auf der Durchreise in Le Havre. Auch auf der Durchreise in Dieppe, als Georges d'Isneauval am Fuß der Klippen von Dieppe starb!

Ich befragte die Angehörigen. Die Witwe von Georges

d'Isenauval vertraute mir an, daß ihr Mann in der letzten Zeit eine Liaison mit einer Frau hatte, unter der er ihrer Meinung nach unendlich gelitten hatte. Andererseits erfuhren wir durch ein handgeschriebenes Geständnis von Saint-Hébert, das zwischen seinen Papieren gefunden und bis dahin von seiner Mutter verwahrt worden war, daß unserem Freund, der so unvorsichtig gewesen war, unsere zwölf Namen und einige Angaben über den Leuchter mit den sieben Armen aufzuschreiben, die Aufzeichnungen von einer Frau gestohlen worden waren.

Von da an war uns alles klar. Dieselbe Frau, die einen Teil unserer Geheimnisse kannte und noch mehr erfahren wollte und die Saint-Hébert geliebt hatte, hatte auch Georges d'Isneauval in sich verliebt gemacht. Als sie dann von ihnen ins Vertrauen gezogen worden war und befürchten mußte, von ihnen an die Freunde verraten zu werden, hatte sie beide getötet. Diese Frau steht hier vor uns.«

Wieder machte Godefroy d'Etigues eine Pause. Wieder wurde die Stille erstickend, so drückend, daß es schien, als erstarrten die Richter in dieser unheilverkündenden Atmosphäre. Nur die Gräfin de Cagliostro bewahrte ihre zerstreute, abwesende Miene, als hätte nicht eines der Worte sie erreicht.

Immer noch auf seinem Posten liegend, bewunderte Raoul d'Andrésy die bezaubernde, sinnliche Schönheit der jungen Frau, und gleichzeitig fühlte er mit jedem gegen sie erhobenen Beweis Unbehagen in sich aufsteigen. Die Anklage verdichtete sich immer mehr. Von allen Seiten stürmten die Tatsachen auf sie ein, und Raoul bezweifelte nicht, daß ein noch direkterer Angriff sie bedrohte.

»Soll ich Ihnen von dem dritten Verbrechen erzählen?« fragte der Baron.

Sie erwiderte mit müder Stimme: »Wenn es Ihnen Spaß macht. Alles, was Sie mir erzählen, ist unverständlich. Sie reden von Menschen, deren Namen ich nicht einmal kenne. Also los, ein Verbrechen mehr oder weniger, nicht wahr ...«

»Sie kannten weder Saint-Hébert noch d'Isneauval?«

Sie zuckte mit den Schultern und schwieg.

Godefroy d'Etigues neigte sich vor und fragte leise:

»Und Beaumagnan?«

Sie warf ihm einen naiven Blick zu:

»Beaumagnan?«

»Ja, den dritten unserer Freunde, den Sie getötet haben? Es ist noch nicht lange her... einige Wochen... Er ist vergiftet worden. Sie haben ihn nicht gekannt?«

Ein Inquisitionsgericht

Was bedeutete diese Anklage? Raoul sah zu Beaumagnan. Geduckt war er aufgestanden, hatte sich langsam genähert, indem er hinter den Rücken seiner Freunde Schutz suchte, und sich neben Joséphine Balsamo gesetzt. Diese hatte sich dem Baron zugewandt und nichts bemerkt.

Jetzt verstand Raoul, warum Beaumagnan sich versteckt hatte und welch fürchterliche Falle man der jungen Frau stellte. Wenn sie wirklich Beaumagnan hatte vergiften wollen, wenn sie ihn wirklich tot glaubte, wie mußte sie dann vor Entsetzen zittern, ihn lebend und zur Anklage bereit vor sich zu sehen! Wenn sie jedoch nicht zitterte und ihr dieser Mann genauso fremd war wie die anderen – welch ein Beweis zu ihren Gunsten!

In Raoul stieg Angst hoch; er wünschte so sehr, daß es ihr gelang, das Komplott zu vereiteln, daß er verzweifelt nach Mitteln suchte, sie zu warnen. Aber Baron d'Etigues ließ seine Beute nicht aus den Fängen und fuhr fort:

»Sie erinnern sich auch nicht an dieses Verbrechen, nicht wahr?«

Sie runzelte die Stirn, wurde zum zweiten Mal leicht ungeduldig und schwieg.

»Vielleicht haben Sie Beaumagnan nicht einmal gekannt?« fragte der Baron und beugte sich wie ein Untersuchungsrichter, der auf die Lüge lauert, über sie. »Reden Sie doch! Sie haben ihn nicht gekannt?«

Sie antwortete nicht. Auf Grund dieser hartnäckigen Beharrlichkeit mußte sie argwöhnisch werden, denn in ihr Lächeln schlich sich Unruhe. Wie ein gehetztes Tier witterte sie die Falle, und ihr Blick glitt prüfend durch die Dunkelheit.

Sie bemerkte Godefroy d'Etigues, wandte sich dann seitwärts

zu Vaupalière und Bennetot, dann zur anderen Seite, an der Beaumagnan saß...

Im gleichen Augenblick machte sie eine entsetzte Bewegung, ein krampfhaftes Zucken durchfuhr sie, als sähe sie einen Geist; sie schloß die Augen. Sie streckte die Hände abwehrend aus, um die schreckliche, sie bedrängende Vision zu verscheuchen, und man hörte sie stammeln:

»Beaumagnan ... Beaumagnan ...«

War es ein Geständnis? Würde sie schwach werden und ihre Verbrechen zugeben? Beaumagnan wartete. Mit allen seinen – nahezu sichtbaren – Kräften, den geballten Fäusten, geschwollenen Stirnadern, dem derben, durch übermenschliche Willensanstrengung krampfhaft zuckenden Gesicht, forderte er einen Schwächeanfall heraus, in dem jeder Widerstand zerbrechen mußte. Einen Augenblick lang glaubte er, Erfolg zu haben. Die junge Frau beugte sich und unterwarf sich dem Stärkeren. Eine bestialische Freude verklärte sein Gesicht. Vergebliche Hoffnung! Den Taumel überwindend, richtete sie sich auf. Jede weitere Sekunde gab ihr etwas mehr Ruhe, ihr Lächeln erschien von neuem, und sie sagte mit einer Logik, die so sehr der Ausdruck der Wahrheit zu sein scheint, daß man nicht widersprechen kann:

»Sie haben mich erschreckt, Beaumagnan, denn ich hatte in den Zeitungen die Nachricht von Ihrem Tod gelesen. Warum wollten Ihre Freunde mich täuschen?«

Raoul begriff augenblicklich, daß alles, was sich bis zu diesem Augenblick abgespielt hatte, unwichtig war. Die beiden wirklichen Gegner standen erst jetzt einander gegenüber. So kurz der Kampf auch sein würde in Anbetracht der Waffen Beaumagnans und der hilflosen Frau, die Auseinandersetzung begann erst in dieser Minute.

Es war nicht der tückisch zurückhaltende Angriff des Barons Godefroy mehr, sondern die zügellose Aggression eines wütenden, hassendes Feindes.

»Lüge! Lüge!« schrie er, »alles in Ihnen ist Lüge. Sie sind die

Scheinheiligkeit, die Niederträchtigkeit, der Verrat, das Laster! Alles, was es auf der Welt an Gemeinheit und Abstoßendem gibt, steckt hinter Ihrem Lächeln. Oh! Dieses Lächeln! Was für eine abscheuliche Maske! Ich wollte, ich könnte sie Ihnen mit glühenden Zangen abreißen.

Ihr Lächeln bedeutet Tod, ewige Verdammnis für den, der sich davon einfangen läßt. Was für ein Ungeheuer, diese Frau!«

Der Eindruck, einer Inquisitionsszene beizuwohnen, den Raoul von Anfang an gehabt hatte, wurde noch deutlicher angesichts der Wut dieses Mannes, der mit der Stärke eines mittelalterlichen Mönches die Verdammung herausschrie. Seine Stimme bebte vor Entrüstung. Seine Bewegungen waren drohend, als wolle er die Gottlose an der Kehle packen, durch deren göttliches Lächeln man den Kopf verlor und den Qualen der Hölle ausgesetzt wurde.

»Beruhigen Sie sich, Beaumagnan«, sagte sie mit einer Weichheit in der Stimme, die auf ihn wie eine Beleidigung wirkte.

Trotzdem versuchte er, sich zusammenzunehmen und seine Worte, die ihn fortzureißen drohten, abzuwägen. Doch sie kamen keuchend, überstürzt, gemurmelt, so daß seine Freunde, an die er sich jetzt wandte, manchmal Mühe hatten, die seltsame Beichte, die er vor ihnen ablegte, zu verstehen, wobei er sich auf die Brust schlug wie ein mittelalterlicher Sünder, der öffentlich seine Fehler bekennt.

»Gleich nach Isneauvals Tod habe ich den Kampf aufgenommen. Ja, ich glaubte, daß sich die Hexe auch noch auf uns stürzen würde ... und daß ich stärker sein würde als die anderen ... besser gefeit gegen die Versuchung ... Ihr kanntet alle meine Entscheidung damals, nicht wahr? Da ich mich schon dem Dienst der Kirche geweiht hatte, wollte ich das Priestergewand anlegen. Ich war also gegen das Schlechte gefeit, durch formelle Verpflichtungen geschützt und noch mehr durch die Stärke meines Glaubens. Ich nahm an einer der spiritistischen Sitzungen teil, da ich sicher war, sie dort zu treffen.

Sie war tatsächlich dort. Der Freund, der mich begleitete,

brauchte sie mir nicht zu zeigen; ich gestehe, daß mich auf der Schwelle eine dunkle Vorahnung zögern ließ. Ich beobachtete sie. Sie sprach kaum mit den Leuten und blieb zurückhaltend, hörte den Gesprächen zu und rauchte Zigaretten.

Auf meine Bitte hin setzte sich mein Freund in ihre Nähe und begann, sich mit den Leuten ihrer Gruppe zu unterhalten. Dann rief er mich von weitem beim Namen. Es bestand kein Zweifel, ich bemerkte an ihrem aufmerksamen Blick, daß sie diesen Namen kannte, da sie ihn in den von Denis Saint-Hébert gestohlenen Aufzeichnungen gelesen hatte. Beaumagnan war eines der zwölf Mitglieder ... einer der zehn Lebenden. Und die Frau, die in einer Art Traum zu leben schien, erwachte plötzlich. Nach einer Minute richtete sie das Wort an mich. Zwei Stunden lang entwickelte sie den ganzen Charme ihres Geistes und ihrer Schönheit und erhielt von mir das Versprechen, daß ich sie am folgenden Tag besuchen würde.

In jenem Augenblick, zur selben Stunde, als ich sie nachts an ihrer Wohnungstür verließ, hätte ich ans andere Ende der Welt fliehen müssen. Es war schon zu spät. In mir waren Mut, Wille und Scharfsinn erloschen, nur der irre Wunsch lebte noch, sie wiederzusehen. Natürlich verschleierte ich diesen Wunsch mit großen Worten; ich erfüllte eine Pflicht ... ich mußte das Spiel der Feindin kennenlernen, sie ihrer Verbrechen überführen und sie dafür bestrafen usw. Alles nur Vorwände! In Wirklichkeit war ich vom ersten Augenblick an von ihrer Unschuld überzeugt. Ein solches Lächeln konnte nur das Zeichen der reinsten Seele sein.

Weder das heilige Andenken an Saint-Hébert noch das des armen Isneauval brachten mich zur Besinnung. Ich wollte nicht sehen. Einige Monate lang war ich ihr hörig. Ich erlebte die schlimmsten Freuden und errötete nicht einmal bei dem Gedanken, daß ich ein Gegenstand der Schande und des Anstoßes war, daß ich mich von meinem Gelübde lossagte und meinen Glauben verleugnete.

Das schon sind für mich, meine Freunde, unbegreifliche

Verbrechen, ich schwöre es euch. Und doch habe ich eines begangen, das sie alle vielleicht übertrifft. Ich habe unsere Sache verraten. Ich habe den Eid, den wir geschworen, als wir uns zu einem gemeinsamen Werk zusammenschlossen, gebrochen. Diese Frau weiß von dem großen Geheimnis genauso viel wie wir selbst.«

Entrüstetes Gemurmel folgte diesen Worten. Beaumagnan senkte den Kopf.

Jetzt konnte Raoul das Drama, das sich vor seinen Augen abspielte, besser verstehen, und die Personen, die Schauspieler in diesem Stück bekamen ihre wahre Bedeutung. Sie waren Landmänner, Bauern, schwerfällig in ihrer Art, sicher, aber Beaumagnan war da, Beaumagnan, der sie mit seinem Atem belebte und seine Besessenheit auf sie übertrug. Inmitten dieser gewöhnlichen Existenzen, dieser närrischen Gestalten erschien er wie ein Prophet, ein Erleuchteter. Er suggerierte ihnen die Sache mit der Verschwörung ein, der er sich selbst mit Leib und Seele geweiht hatte, wie man sich früher Gott weihte, indem man seinen Schloßturm verließ, um auf Kreuzzüge zu gehen. Derartige mystische Leidenschaften machen den, der von ihnen verzehrt wird, zum Helden oder zum Henker. Beaumagnan hatte wirklich etwas von einem Inquisitor in sich. Im fünfzehnten Jahrhundert hätte er die Gottlosen grausam verfolgt oder gefoltert, um ihnen ihre Sündenbekenntnisse zu entreißen.

Er war vom Machttrieb erfüllt und zeigte die Haltung eines Mannes, für den es kein Hindernis gibt. Zwischen dem Ziel und ihm erhob sich eine Frau. Soll sie sterben! Wenn er diese Frau liebte, würde ihn eine öffentliche Beichte freisprechen. Und die, die sie hörten, würden um so eher den Einfluß dieses harten Meisters ertragen, als sich seine Härte ebensogut gegen sich selbst richtete.

Durch das Geständnis seines Versagens gedemütigt, empfand er keinen Zorn mehr, und mit tonloser Stimme beendete er seinen Bericht:

»Warum bin ich schwach geworden? Ich weiß es nicht. Ein

Mann wie ich darf nicht schwach werden. Ich habe nicht einmal die Entschuldigung, daß sie mich ausgehorcht hat. Nein. Sie machte oft Anspielungen auf die vier von Cagliostro hinterlassenen Rätsel, und eines Tages habe ich, fast ohne daß ich es merkte, die nicht wiedergutzumachenden Worte ausgesprochen ... aus Gedankenlosigkeit ... um ihr Gefallen zu finden ... um in ihren Augen mehr Wert zu bekommen ... um ihr Lächeln zärtlicher zu machen ... Im stillen sagte ich mir: ›Sie wird unsere Verbündete sein ... sie wird uns mit ihrem Rat, ihrem durch die Wahrsagerei geübten und verfeinerten Scharfsinn zur Seite stehen ...‹ Ich war verrückt. Der Rausch der Sünde brachte mich um meinen Verstand.

Das Erwachen war schrecklich. Eines Tages – das war vor drei Wochen – mußte ich in einer Mission nach Spanien reisen. Ich hatte ihr morgens Lebewohl gesagt. Nachmittags gegen drei Uhr verließ ich, da ich eine Verabredung in der Pariser Innenstadt hatte, meine kleine Wohnung im Luxembourg. Da ich jedoch vergessen hatte, meinem Diener einige Aufträge zu geben, kehrte ich über den Hof und die Hintertreppe in meine Wohnung zurück. Mein Diener war ausgegangen und hatte die Küchentür offengelassen. Von weitem hörte ich ein Geräusch. Zögernd trat ich näher. Jemand war in meinem Zimmer, es war diese Frau hier, ich konnte im Spiegel ihr Gesicht erkennen.

Was tat sie da, über mein Gepäck gebeugt? Ich sah alles ganz genau. Sie öffnete eine kleine Pappschachtel mit Tabletten, die ich auf der Reise zu mir nehme, um schlafen zu können. Sie nahm eine Tablette heraus und legte an ihre Stelle eine andere, die sie aus ihrem Portemonnaie zog.

Ich war so erschüttert, daß ich nicht daran dachte, mich auf sie zu stürzen. Als ich in mein Zimmer gelangte, war sie verschwunden. Ich konnte sie nicht mehr einholen.

Ich ging zu einem Apotheker und ließ die Tabletten von ihm analysieren. Eine von ihnen enthielt Gift, das mich umgebracht hätte.

So hatte ich den unwiderlegbaren Beweis. Da ich so unklug

gewesen war, zu reden und zu erzählen, was ich von dem Geheimnis wußte, war ich verurteilt. Besser war es, einen unnützen Zeugen und Konkurrenten vom Hals zu schaffen, der über kurz oder lang seinen Teil der Beute hätte beanspruchen oder aber die Feindin eines Tages entlarven, sie angreifen, beschuldigen und besiegen können. Also den Tod. Den Tod wie für Denis Saint-Hébert und Georges d'Isneauval. Den erbärmlichen Tod ohne ausreichenden Grund.

Ich schrieb an einen meiner Korrespondenten in Spanien. Einige Tage später verkündeten einige Zeitungen den Tod eines Mannes mit Namen Beaumagnan in Madrid.

Von da an lebte ich in ihrem Schatten und folgte ihr Schritt für Schritt. Sie fuhr zunächst nach Rouen, dann nach Le Havre, dann nach Dieppe, das heißt, an die Plätze unserer Forschungen.

Aus meinen Erzählungen hatte sie erfahren, daß wir beabsichtigten, ein altes Kloster in der Umgebung von Dieppe zu durchsuchen. Sie verbrachte einen ganzen Tag dort und suchte, wobei sie es ausnutzte, daß der Besitz verlassen ist. Dann verlor ich ihre Spur. Ich fand sie in Rouen wieder. Den Rest wißt ihr von unserem Freund d'Etigues, wie die Falle vorbereitet wurde und wie sie auf den Köder eines Leuchters mit sieben Armen hineinfiel, den angeblich ein Bauer auf seiner Wiese gefunden hat.

Das ist das Bild dieser Frau. Ihr wißt jetzt die Gründe, die uns daran hindern, sie der Justiz auszuliefern. Der Skandal, den die Verhandlungen bewirken würden, würde auf uns zurückfallen und unser Vorhaben dadurch, daß sie alles ans Tageslicht bringen, unmöglich machen. Unsere Pflicht, so furchtbar sie auch sein mag, ist es, sie selbst zu verurteilen, ohne Haß, aber mit der ganzen Strenge, die sie verdient.«

Beaumagnan schwieg. Er hatte seine Anklagerede mit einem Ernst beendet, der für die Angeklagte gefährlicher war als sein Zorn. Sie schien wirklich schuldig, fast ein sinnlos mordendes Ungeheuer zu sein. Raoul d'Andrésy wußte nicht mehr, was er denken sollte; er verfluchte den Mann, der die junge Frau geliebt und schaudernd von den Freuden dieser schändlichen Liebe gesprochen hatte.

Die Gräfin de Cagliostro hatte sich erhoben und schaute ihrem Gegner immer noch ein wenig ironisch in die Augen.

»Ich hatte mich nicht geirrt«, sagte sie, »also auf den Scheiterhaufen ...?«

»Es wird das sein«, erklärte er, »was wir entscheiden werden, und nichts kann uns an der Ausführung unseres gerechten Urteils hindern.«

»Ein Urteil? Mit welchem Recht?« fragte sie. »Dafür gibt es Richter. Ihr seid keine Richter. Die Furcht vor dem Skandal, sagen Sie? Was geht es mich an, daß Ihr Dunkel und Stille für Eure Pläne braucht? Lassen Sie mich frei!«

»Frei?« stieß er hervor. »Frei, damit Sie Ihr Todeswerk fortsetzen können? Sie sind in unserer Gewalt. Sie werden sich unserem Urteilsspruch zu fügen haben.«

»Ihrem Urteilsspruch? Wenn sich unter euch ein einziger wirklicher Richter befinden würde, ein einziger Mann, der wüßte, was Recht ist, würde er über eure stupiden Anklagepunkte und zusammenhanglosen Beweise lachen.«

»Worte! Phrasen!« schrie er. »Gegenbeweise brauchten wir ... etwas, das die offensichtlichen Beweise entkräftet.«

»Warum soll ich mich verteidigen? Eure Entscheidung ist getroffen.«

»Sie ist getroffen, weil Sie schuldig sind.«

»Schuldig, das gleiche Ziel zu verfolgen wie Ihr, ja, das gebe ich zu, und das ist der Grund, warum Sie niederträchtig hinter mir herspionierten und mir eine Komödie der Liebe vorspielten. Wenn Sie in die Falle gegangen sind, haben Sie Pech gehabt! Wenn Sie mir vertrauliche Mitteilungen über das Rätsel gemacht haben, dessen Existenz ich schon durch das Dokument von Cagliostro kannte, haben Sie auch Pech gehabt! Jetzt habe ich es mir in den Kopf gesetzt und geschworen, das Ziel zu erreichen, was auch geschehen mag, und gegen Ihren Willen. Das ist mein einziges Verbrechen gegen Sie.«

»Ihr Verbrechen ist, getötet zu haben«, stieß Beaumagnan hervor, der von neuem wütend wurde.

»Ich habe nicht getötet«, sagte sie fest.

»Sie haben Saint-Hébert in den Abgrund gestoßen und d'Isneauval einen Schlag auf den Kopf versetzt.«

»Saint-Hébert? D'Isneauval? Ich habe sie nicht gekannt. Ich höre ihre Namen heute zum ersten Mal.«

»Und mich? Und mich?« fragte er heftig. »Und mich haben Sie nicht gekannt? Sie haben mich nicht vergiften wollen?«

»Nein.«

Er konnte sich nicht mehr beherrschen; in seinem Wutanfall duzte er sie:

»Aber ich habe dich gesehen, Joséphine Balsamo. Ich habe dich gesehen, wie ich dich jetzt sehe. Während du das Gift in die Schachtel legtest, habe ich dein Lächeln gesehen, das wild wurde, und deine Unterlippe, die sich immer weiter vorschob ... wie ein Zähnefletschen der Verdammnis.«

Sie schüttelte den Kopf und sagte:

»Das war ich nicht.«

Er schien versteinert. Woher hatte sie die Kühnheit? Ruhig legte sie ihm die Hand auf die Schulter und wiederholte:

»Vor Haß verlieren Sie Ihren Kopf, Beaumagnan. Ihre fanatische Seele lehnt sich gegen die Sünde der Liebe auf. Trotz allem werden Sie mir erlauben, mich zu verteidigen, nicht wahr?«

»Das ist Ihr Recht. Aber beeilen Sie sich.«

»Ich werde mich kurz fassen. Lassen Sie sich von Ihren Freunden die Miniatur geben, die in Moskau im Jahre 1816 von der Gräfin de Cagliostro gemacht wurde.« – Beaumagnan gehorchte und bekam die Miniatur vom Baron. – »Gut ... Sehen Sie sie sich aufmerksam an. Es ist mein Porträt, nicht wahr?«

»Worauf wollen Sie hinaus?« fragte er.

»Antworten Sie, ist es mein Porträt?«

»Ja«, sagte er kurz.

»Wenn das also mein Porträt ist, bedeutet das, daß ich zu jener Zeit lebte? Es ist achtzig Jahre her, ich war fünfundzwanzig oder dreißig Jahre alt? Überlegen Sie gut, bevor Sie antworten. He, Sie zögern vor einem solchen Wunder, nicht wahr? Und Sie wagen nicht, es zu bestätigen? Und doch kommt es noch besser. Öffnen Sie hinten den Rahmen dieser kleinen Miniatur, und Sie werden auf der Rückseite des Porzellans ein anderes Porträt finden, das Porträt einer lächelnden Frau, deren Kopf in einen hauchdünnen Schleier gehüllt ist, der bis zu den Augenbrauen geht und durch den man ihr Haar sehen kann, das in der Mitte gescheitelt ist und zu beiden Seiten wellig herabfällt. Auch das bin ich, nicht wahr?«

Während Beaumagnan ihre Anweisungen ausführte, hatte sie über ihren Kopf einen leichten Tüllschleier gehängt, dessen Saum die Linie ihrer Augenbrauen berührte; mit einem charmanten Ausdruck hielt sie die Lider gesenkt. Beaumagnan stotterte, während er verglich:

»Sie sind es ... Sie sind es ...«

»Kein Zweifel, nicht wahr?«

»Keiner. Sie sind es ...«

»Gut! Lesen Sie das Datum auf der rechten Seite.«

Beaumagnan buchstabierte:

»Gemacht in Mailand, im Jahre 1498.«

Sie wiederholte:

»Im Jahre 1498! Das war vor vierhundert Jahren.«

Sie lachte offen heraus, und ihr Lachen klang hell.

»Schauen Sie nicht so verwirrt drein«, sagte sie. »Ich wußte von dem Vorhandensein dieses doppelten Porträts. Ich habe es seit langem gesucht. Aber Sie können sicher sein, daß das kein Wunder ist. Ich will nicht versuchen, Sie davon zu überzeugen, daß ich dem Maler Modell gestanden habe und vierhundert Jahre alt bin. Nein, dies hier ist ganz einfach das Gesicht der Jungfrau Maria, das Ganze stellt ein Fragment der Heiligen Familie von Bernardino Luini dar, einem Mailänder Maler und Schüler des Leonardo da Vinci.«

Plötzlich ernst werdend, fuhr sie fort, ohne dem Gegner Zeit zum Atemholen zu lassen:

»Sie verstehen jetzt, worauf ich hinauswill, nicht wahr, Beaumagnan? Zwischen der Jungfrau von Luini, dem jungen Mädchen aus Moskau und mir besteht eine unfaßbare, wunderbare und doch unleugbare Verbindung, eine absolute Ähnlichkeit. Drei Gesichter in einem einzigen. Drei Gesichter, die nicht drei verschiedenen Frauen gehören, sondern ein und derselben. Warum wollen Sie also nicht zugeben, daß sich dasselbe Phänomen, das im übrigen ganz natürlich ist, unter anderen Umständen wiederholt hat und daß die Frau, die Sie in Ihrem Zimmer gesehen haben, nicht ich bin, sondern eine andere, die mir so sehr ähnelt, daß Sie getäuscht wurden? Eine andere Frau, die Ihre Freunde Saint-Hébert und d'Isneauval kannte und tötete?«

»Ich habe es gesehen ... ich habe es gesehen ...« protestierte Beaumagnan, der sie fast berührte. Bleich und vor Empörung zitternd stand er vor ihr. »Ich habe es gesehen. Meine Augen haben es gesehen.«

»Ihre Augen sehen auch das Porträt von vor fünfundzwanzig Jahren und die Miniatur von vor achtzig Jahren und das Bild von vor vierhundert Jahren. Also war ich es doch?«

Sie bot Beaumagnans Blicken ihr junges Gesicht, ihre frische Schönheit, die blitzenden Zähne und ihre zarten, vollen Pfirsichwangen. Mit erstickter Stimme schrie er:

»Oh! Die Hexe! Es gibt Augenblicke, in denen ich an diese Absurdität glaube. Weiß man jemals, woran man mit dir ist? Da, die Frau auf der Miniatur hat auf ihrer nackten Schulter, auf der weißen Haut ihrer Brust ein schwarzes Mal. Dieses Mal trägst auch du auf deiner Schulter. Ich habe es gesehen ... Da ... zeig es doch den anderen, damit sie es auch sehen, damit sie belehrt sind.«

Er war bleich; Schweiß lief ihm von der Stirn. Er streckte seine Hand nach der geschlossenen Bluse aus. Aber sie stieß ihn zurück und sagte würdevoll:

»Genug, Beaumagnan, Sie wissen nicht, was Sie tun, Sie wissen es schon seit Monaten nicht mehr. Ich habe Ihnen vorhin zugehört und war sprachlos, denn Sie sprachen von mir, als wäre ich Ihre Geliebte gewesen; ich bin's aber nicht gewesen. Es ist zwar eine edle Tat, sich vor anderen voller Reue zu demütigen, aber das Geständnis muß auch ehrlich sein. Sie haben aber nicht den Mut dazu gehabt. Ihr dämonischer Stolz hat nicht zugelassen, daß Sie das erniedrigende Geständnis Ihres Versagens machten, und feige haben Sie glauben gemacht, was nicht gewesen ist. Monatelang sind Sie vor mir gekrochen, haben mich angefleht und bedroht, und nicht ein einziges Mal haben Ihre Lippen meine Hände geküßt. Das ist das ganze Geheimnis für Ihr Verhalten und Ihren Haß.

Da Sie mich nicht bezwingen konnten, wollten Sie, daß ich zugrunde gehe, und entwerfen von mir vor Ihren Freunden das erschreckende Bild einer Verbrecherin, Spionin und Hexe. Ja, einer Hexe! Ein Mann wie Sie kann auf keine Abwege geraten, wie Sie es nennen, und wenn doch, so nur durch teuflische Zauberei. Nein, Beaumagnan, Sie wissen nicht mehr, was Sie tun, noch was Sie sagen. Sie haben mich in Ihrem Zimmer gesehen, während ich die Tabletten vertauschte, die Sie vergiften sollten? Gehen Sie mir doch! Mit welchem Recht berufen Sie sich auf das Zeugnis Ihrer Augen? Ihre Augen? Aber Sie waren ja von meinem Bild besessen, und Sie haben mich in einer anderen Frau gesehen, nicht weil ihr Gesicht das meine war, sondern weil Sie mich sehen wollten.

Ja, Beaumagnan, ich wiederhole es, die andere Frau ... Es gibt eine andere Frau auf dem Weg, den wir alle verfolgen. Es gibt eine andere Frau, die gewisse von Cagliostro stammende Dokumente geerbt hat und die ebenfalls die Namen trägt, die er führte. Marquise de Belmonte, Gräfin de Fenix ... Suchen Sie sie, Beaumagnan. Denn sie ist es, die Sie gesehen haben, und nur auf Grund einer plumpen Halluzination Ihres denkunfähigen Gehirns bringen Sie gegen mich so viele erlogene Beschuldigungen vor.

Das alles ist doch nur eine kindische Komödie, und ich hatte allen Grund, mitten unter Ihnen allen meine Ruhe zu bewahren, erstens, weil ich unschuldig bin, und zweitens, weil ich nichts riskiere. Trotz Ihres Gehabens als Richter und Folterknechte und trotz des Interesses, das jeder von Ihnen an dem Gelingen des gemeinsamen Unternehmens hat, sind Sie im Grunde ehrliche Leute, die es niemals wagen würden, mich zu töten. Sie vielleicht, Beaumagnan, weil Sie ein Fanatiker sind und Angst vor mir haben, aber Sie brauchen Henker, die Ihnen gehorchen, und es gibt hier keine. Was dann ... mich einsperren? Mich in irgendeinen dunklen Winkel werfen? Wenn Ihnen das Spaß macht, gut. Aber Sie müssen wissen, daß es kein Gefängnis gibt, aus dem ich nicht ebenso leicht herauskomme wie Sie aus diesem Raum. Richten Sie also, fällen Sie Ihr Urteil. Ich für meinen Teil sage kein Wort mehr.«

Sie setzte sich auf ihren Platz, lüftete ihren Schleier und stützte sich mit den Ellenbogen auf. Ihre Rolle war beendet. Sie hatte ohne Erregung gesprochen, aber mit einer tiefen Überzeugung und wirklich unwiderlegbaren Logik, indem sie die gegen sie erhobenen Belastungen äußerst geschickt mit der Legende von der unerklärlich langen Lebensdauer verknüpfte.

»Sehen Sie«, sagte sie noch, »Sie haben sogar Ihre Anklage auf meine vergangenen Abenteuer stützen müssen. Sie haben Ihre Anklage mit der Erzählung von Ereignissen beginnen müssen, die hundert Jahre zurückliegen, um zu den Verbrechen von heute zu gelangen. Wenn ich in jene verwickelt war, bedeutet es, daß ich auch hier meine Hand im Spiel haben muß. Wenn ich die Frau bin, die Sie gesehen haben, bin ich auch diejenige, die auf den verschiedenen Porträts abgebildet ist.«

Was sollte er erwidern? Beaumagnan schwieg. Das Duell endete mit seiner Niederlage, und er versuchte nicht, sie zu verbergen. Außerdem machten seine Freunde nicht mehr dieses unversöhnliche und verzerrte Gesicht von Menschen, die sich in die fürchterliche Lage gedrängt sehen, ein Todesurteil fällen zu müssen. Zweifel beherrschte sie, das fühlte Raoul d'Andrésy deutlich, und er hätte einige Hoffnung gehabt, wenn nicht die Erinnerung an die von Godefroy d'Etigues und Bennetot getroffenen Vorbereitungen seine Freude etwas abgeschwächt hätte.

Beaumagnan unterhielt sich leise mit Baron d'Etigues, dann

sagte er in dem Ton eines Mannes, für den die Diskussion abgeschlossen ist:

»Meine Freunde, Ihr habt alle Unterlagen des Prozesses vor euch. Die Anklage und die Verteidigung haben ihr letztes Wort gesprochen. Sie haben erlebt, mit welcher Sachlichkeit Godefroy d'Etigues und ich diese Frau angeklagt haben, mit welcher Gewandtheit sie sich verteidigt hat, indem sie sich hinter einer unzulässigen Ähnlichkeit verschanzte, wodurch sie letzten Endes nur ein verblüffendes Beispiel ihrer Geschicklichkeit und teuflischen List gab. Die Situation ist also sehr einfach: ein Gegner dieser Stärke, der über derartige Mittel verfügt, wird uns nie in Ruhe lassen. Unser Werk steht auf dem Spiel. Sie wird uns einen nach dem anderen vernichten. Ihr Vorhandensein zieht unabwendbar unseren Ruin und unser Verderben nach sich.

Heißt das, daß es dafür nur *eine* Lösung, nämlich den Tod gibt, und daß die verdiente Strafe die einzige ist, die wir in Betracht ziehen können? Nein. Sie soll verschwinden, wir müssen ihr jede weitere Möglichkeit nehmen, wir haben nicht das Recht, mehr zu verlangen, und wenn sich unser Gewissen auch gegen ein so mildes Urteil auflehnt, müssen wir uns doch daran halten, weil wir alles in allem nicht hier sind, um zu strafen, sondern um uns zu verteidigen.

Ich nenne euch jetzt die Entscheidung, die wir getroffen haben, falls Ihr einverstanden seid. Heute nacht wird ein englisches Schiff in einiger Entfernung an der Küste entlangfahren. Es wird ein Boot zu Wasser lassen, dem wir entgegenfahren und das wir am Ende des Felsens von Belval um zehn Uhr treffen werden. Die Frau wird ausgeliefert, nach London gebracht, nachts an Land gesetzt und in eine Irrenanstalt gebracht, wo sie so lange bleibt, bis unser Werk vollendet ist. Ich glaube nicht, daß sich einer von euch gegen unsere Handlungsweise auflehnt, die menschlich und großzügig ist, unser Werk rettet und uns vor unvermeidlichen Gefahren schützt?«

Raoul durchschaute sofort Beaumagnans Spiel, und er dachte: ›Das ist der Tod. Es gibt kein englisches Schiff. Es gibt zwei

Boote, von denen eins angebohrt ist, sie wird ins Meer hinausgefahren und versinkt. Die Gräfin de Cagliostro wird verschwinden, ohne daß je jemand erfährt, was aus ihr geworden ist.‹

Die Doppelzüngigkeit dieses Plans und die hinterlistige Art, wie er dargelegt wurde, erschreckten ihn. Wie hätten Beaumagnans Freunde nicht zustimmen sollen, wenn man keine bestätigende Antwort von ihnen verlangte? Ihr Schweigen genügte. Wenn keiner von ihnen protestierte, hatte Beaumagnan freie Hand, mit Hilfe von Godefroy d'Etigues zu handeln.

Keiner von ihnen widersprach. Ohne ihr Wissen hatten sie sie zum Tode verurteilt.

Sie standen auf, um wegzugehen, offensichtlich froh, so billig davongekommen zu sein. Kein Einwand wurde erhoben. Sie sahen aus, als verließen sie eine kleine Versammlung von Freunden, bei der man über unbedeutende Dinge diskutiert hatte. Einige von ihnen mußten vom nächsten Bahnhof aus den Abendzug nehmen. Wenig später waren sie bis auf Beaumagnan und die beiden Vettern alle fort.

Und so geschah das, was Raoul erschreckte, daß nämlich diese dramatische Sitzung, auf der das Leben einer Frau auf so willkürliche Art ausgesetzt und ihr Todesurteil durch eine so widerwärtige Ausflucht erreicht worden war, schlagartig und plötzlich endete wie ein Stück, dessen Lösung vor dem durch die Logik gegebenen Zeitpunkt eintritt, wie ein Prozeß, dessen Urteil während der Verhandlung verkündet wird.

In der Art und Weise, wie er sie verschwinden lassen wollte, durchschaute Raoul immer deutlicher Beaumagnans hinterlistigen, verlogenen Charakter. Unversöhnlich und fanatisch, von Liebe und Stolz zerfressen, hatte der Mann den Tod beschlossen. Aber in ihm waren Skrupel, Feigheit, Scheinheiligkeit, unbestimmte Angst, die ihn dazu zwangen, sich vor seinem Gewissen und vielleicht auch vor dem Gericht abzusichern. Deswegen war er zu der dunklen Lösung gekommen, der unbeschränkten Vollmacht, die er durch den erbärmlichen Taschenspielertrick erhalten hatte.

Auf der Schwelle stehend, musterte er jetzt die Frau, die sterben sollte. Bleich, mit hochgezogenen Brauen, nervös zukkenden Gesichtsmuskeln und Unterkiefer, die Arme verschränkt, stand er mit der theatralischen Pose eines romantischen Helden ihr gegenüber. In seinem Gehirn mußte es stürmisch zugehen. Zögerte er im letzten Augenblick?

Auf jeden Fall dauerte seine Überlegung nicht lange. Er schlug Godefroy d'Etigues auf die Schulter und rief im Fortgehen:

»Paßt gut auf sie auf! Und keine Dummheiten, he? Sonst...«

Während des allgemeinen Aufbruchs hatte sich die Gräfin de Cagliostro nicht gerührt, ihr Gesicht behielt den nachdenklichen und ruhigen Ausdruck, der in keinem Zusammenhang mit ihrer Lage stand.

›Bestimmt ahnt sie die Gefahr nicht‹, dachte Raoul. ›Die Einschließung in eine Irrenanstalt, das ist alles, was sie vermutet; eine Aussicht, über die sie sich überhaupt nicht aufregt.‹

Eine Stunde verging. Die Abenddämmerung machte den Saal noch düsterer. Zweimal blickte die junge Frau auf die Uhr, die sie als Brosche an der Bluse trug.

Dann versuchte sie, mit Bennetot ein Gespräch anzufangen, ihr Gesicht strahlte einen unglaublichen Zauber aus, ihre Stimme nahm eine Modulation an, die einen wie eine Liebkosung erregt. Bennetot brummte übelgelaunt und antwortete nicht.

Eine weitere halbe Stunde... Sie sah nach rechts und links und bemerkte, daß die Tür einen Spalt breit offen stand. In dieser Minute kam ihr zweifellos der Gedanke an eine mögliche Flucht, sie duckte sich zusammen, als wolle sie losstürzen.

Raoul versuchte, ihr bei ihrem Vorhaben zu helfen. Wenn er einen Revolver gehabt hätte, hätte er Bennetot zusammengeschossen. Er dachte auch daran, in den Raum zu springen, aber die Öffnung war nicht groß genug.

Außerdem ahnte Bennetot, der bewaffnet war, die Gefahr. Er legte seinen Revolver auf den Tisch und fluchte:

»Eine Bewegung, eine einzige, und ich schieße. Das schwöre ich bei Gott!«

Er war ein Mann, der seinen Schwur halten würde. Sie verhielt sich still. Raoul würgte die Angst, während er nicht müde wurde, sie anzusehen. Gegen sieben Uhr kehrte Godefroy d'Etigues zurück.

Er zündete eine Lampe an und sagte zu Oscar Bennetot:

»Wir wollen alles fertigmachen. Hol die Tragbahre aus dem Schuppen. Dann geh essen.«

Als er mit der jungen Frau allein war, schien der Baron zu zögern. Raoul sah, daß seine Blicke unsicher waren, daß er die Absicht hatte, zu sprechen oder zu handeln. Aber es mußten Worte oder Taten sein, denen man lieber ausweicht. So wurde sein Angriff brutal:

»Beten Sie, Madame«, sagte er plötzlich.

Sie wiederholte mit einer Stimme, die nicht verstand:

»Beten? Was soll das?«

Da sagte er leise:

»Machen Sie, was Sie wollen, nur, ich mußte Sie vorbereiten...«

»Mich? Worauf vorbereiten?« fragte sie um einiges angstvoller.

»Es gibt Augenblicke«, sagte er, »in denen man zu Gott beten sollte, so, als müßte man in der gleichen Nacht sterben...«

Plötzlich packte sie das Entsetzen. Mit einem Schlag übersah sie ihre Lage. Wie in einem Fieberanfall schlug sie mit den Armen um sich.

»Sterben?... Sterben?... Aber darum handelt es sich doch nicht, nicht wahr? Davon hat Beaumagnan nichts erwähnt... er sprach von einer Irrenanstalt...«

Er antwortete nicht. Man hörte nur die Unglückliche stammeln:

»Oh! Mein Gott! Er hat mich getäuscht. Das Irrenhaus, das ist nicht wahr... Es ist etwas anderes... Sie wollen mich ins Wasser werfen... Mitten in der Nacht... Oh! Wie entsetzlich! Aber das ist doch nicht möglich... Ich, sterben!... Hilfe!«

Godefroy d'Etigues riß seinen Umhang von der Schulter. Mit

wütender Brutalität hüllte er den Kopf der jungen Frau darin ein und preßte ihr die Hand vor den Mund, um ihre Schreie zu ersticken.

Bennetot kehrte zurück. Sie knebelten sie und legten sie auf die Tragbahre und banden sie darauf fest.

Das Boot sinkt

Es wurde immer dunkler. Godefroy d'Etigues zündete eine Lampe an, und die beiden Vettern begannen die schaurige Nachtwache. In dem Lichtschein waren ihre unheilverkündenden Gesichter von dem Gedanken an das Verbrechen gespenstisch verzerrt.

»Du hättest eine Flasche Rum mitbringen sollen«, murmelte Oscar de Bennetot. »Es gibt Augenblicke, in denen man nicht wissen sollte, was man tut.«

»Das hier ist keiner dieser Augenblicke«, erwiderte der Baron. »Im Gegenteil! Wir brauchen unseren klaren Verstand.«

»Sehr lustig.«

»Du hättest mit Beaumagnan reden und deine Hilfe verweigern sollen.«

»Nicht möglich.«

»Also, gehorche.«

Wieder verging einige Zeit. Vom Schloß und der im nächtlichen Schlummer liegenden Ebene hörte man kein einziges Geräusch.

Bennetot näherte sich der Gefangenen, horchte und sagte, indem er sich umwandte:

»Sie seufzt nicht einmal. Sie ist ein Teufelsweib.«

Und mit etwas furchtsamer Stimme fügte er hinzu:

»Glaubst du, was man über sie sagt?«

»Was?«

»Ihr Alter?... Alle diese Geschichten von damals?«

»Alles Dummheiten.«

»Beaumagnan glaubt daran.«

»Weiß man, was Beaumagnan denkt?«

»Du mußt trotzdem zugeben, Godefroy, daß wirklich merkwürdige Dinge geschehen sind ... und daß alles darauf schließen läßt, daß sie nicht von gestern ist.«

Godefroy d'Etigues murmelte:

»Ja, natürlich ... Ich selbst habe ja die Beweisführung so vorgebracht, als hätte sie wirklich in jener Zeit gelebt.«

»Dann glaubst du also daran?«

»Genug jetzt. Sprechen wir nicht mehr darüber. Es reicht schon, daß wir da hineingezogen wurden. Oh, ich schwöre dir bei Gott« – er sprach lauter –, »daß ich, wenn ich hätte ablehnen können, es ohne Umschweife getan hätte! ... Nur ...«

Godefroy hatte keine Lust sich zu unterhalten, und sprach nicht mehr über diese Sache, die ihm äußerst unangenehm zu sein schien.

Doch Bennetot fuhr fort:

»Ich auch, das schwöre ich dir bei Gott, ich würde mich am liebsten drücken. Um so mehr, als ich glaube, daß wir auf der ganzen Linie reingefallen sind. Bestimmt, ich habe es dir ja schon erzählt, Beaumagnan weiß viel mehr über die Sache als wir, und wir sind nur Hampelmänner in seinen Händen. Eines schönen Tages, wenn er uns nicht mehr braucht, wird er uns fallenlassen, und wir werden bemerken, daß er die Sache zu seinen Gunsten ausgenutzt hat.«

»Das niemals.«

»Trotzdem ...«, warf Bennetot ein.

Godefroy legte ihm die Hand vor den Mund und flüsterte:

»Sei still. Sie hört mit.«

»Was tut's, da sie nachher ...«

Sie wagten nicht mehr, die Stille zu stören. Von Zeit zu Zeit ertönten von der Kirchturmuhr Schläge, die sie, die Augen aufeinander gerichtet, mitzählten.

Als sie zehn gezählt hatten, schlug Godefroy d'Etigues so heftig mit der Faust auf den Tisch, daß die Lampe schwankte.

»Verdammt! Es muß losgehen.«

»Oh, wie entsetzlich«, stöhnte Bennetot. »Gehen wir allein?«

»Die anderen wollen uns begleiten. Aber ich werde sie auf dem

Felsen oben zurückhalten, da sie an das englische Schiff glauben.«

»Mir wäre es lieber, wenn wir alle gingen.«

»Schweig, der Auftrag betrifft nur uns. Außerdem könnten die anderen schwätzen. Und das wäre eine saubere Geschichte. Da sind sie schon.«

›Die anderen‹ waren die, die nicht fortgefahren waren, das heißt d'Ormont, Roux d'Estiers und Rolleville. Sie kamen mit einer Stallaterne, die der Baron sofort löschen ließ.

»Kein Licht«, sagte er. »Man würde es auf den Klippen herumirren sehen und darüber klatschen. Sind alle Dienstboten schlafen gegangen?«

»Ja.«

»Und Clarisse?«

»Sie hat ihr Zimmer nicht verlassen.«

»Ach ja«, sagte der Baron, »sie fühlte sich heute nicht recht wohl. Also los!«

D'Ormont und Rolleville ergriffen die Tragbahre. Sie durchquerten den Obstgarten und gelangten auf einen Acker, um von dort aus dem Feldweg zu folgen, der vom Dorf zur Escalier du Curé führte. Der Himmel war schwarz, sternenlos; im Finstern tappend, stolperten die Männer über die Wagenspuren und die Böschung. Flüche wurden laut, die durch Godefroy schnell unterbrochen wurden.

»Keinen Lärm, zum Donnerwetter! Man könnte unsere Stimmen wiedererkennen.«

»Wer, Godefroy? Hier ist absolut niemand, und für die Zöllner hast du deine Vorsichtsmaßnahmen treffen müssen.«

»Ja. Sie sind von einem Mann, dessen ich sicher bin, ins Wirtshaus eingeladen worden. Trotzdem ist eine Streife möglich.«

Das Plateau ging in eine Senkung über, der der Weg folgte. So gut es ging, gelangten sie zu dem Platz, an dem die Wendeltreppe begann. Sie war vor langer Zeit auf die Initiative eines Pfarrers von Bénouville in den Felsen geschlagen worden, damit die Leute der Gegend direkt bis zum Strand hinuntersteigen konnten.

Öffnungen, die man in den Kreidefelsen geschlagen hatte, erhellten am Tag dieses finstere Loch und gaben herrliche Ausblicke auf das Meer frei, dessen Wogen an die Felsen schlagen und in das man zu versinken meint.

»Das wird schwierig werden«, sagte Rolleville. »Wir könnten euch helfen, euch leuchten.«

»Nein«, erklärte der Baron. »Es ist klüger, wenn wir uns trennen.« Die anderen gehorchten und entfernten sich. Die beiden Vettern begannen, ohne Zeit zu verlieren, den schwierigen Abstieg.

Es dauerte lange. Die Stufen waren sehr hoch und die Wendung manchmal so plötzlich, daß der Platz für die Bahre nicht ausreichte und sie hochgestellt werden mußte. Der Schein einer Taschenlampe leuchtete ihnen für Augenblicke. Oscar de Bennetot ärgerte sich so sehr, daß er in seinem ungehobelten Jargon einfach vorschlug, »das Ganze« über Bord, das heißt, durch eine der Öffnungen zu werfen.

Schließlich gelangten sie an einen feinen Kiesstrand, wo sie Atem schöpfen konnten. In einiger Entfernung lagen die beiden Boote nebeneinander. Das ruhige, spiegelglatte Meer umspülte ihre Kiele. Bennetot zeigte das Loch, das er in das kleinere der beiden Boote gebohrt und provisorisch mit einem Strohpfropfen verstopft hatte. Sie legten die Bahre auf die drei Bänke des Bootes.

»Wir wollen alles zusammenbinden«, befahl Godefroy d'Etigues.

Bennetot bemerkte:

»Und wenn es eines Tages zu einer Untersuchung kommt und man das Ding auf dem Meeresgrund findet, dann liefert diese Bahre einen guten Beweis gegen uns!«

»Wir müssen eben so weit hinausfahren, daß man niemals etwas findet. Und außerdem ist es eine alte Bahre, die seit zwanzig Jahren außer Gebrauch ist und die ich in einer verlassenen Scheune gefunden habe. Da ist nichts zu befürchten.«

Er sprach unsicher, mit einem verstörten Ton in der Stimme, den Bennetot an ihm nicht kannte.

»Was hast du, Godefroy?«

»Ich? Was soll ich haben?«

»Also dann?«

»Los, stoßen wir die Boote vom Ufer. Aber nach Beaumagnans Weisungen müssen wir zunächst ihren Knebel entfernen und sie fragen, ob sie noch einen Wunsch hat. Willst du das machen?«

Bennetot stotterte:

»Sie berühren? Sie sehen? Lieber möchte ich krepieren ... und du?«

»Ich kann es auch nicht, nein, ich kann es nicht.«

»Sie ist jedoch schuldig ... sie hat getötet ...«

»Ja ... ja ... Wenigstens ist es wahrscheinlich ... Nur, sie sieht so sanft aus ...!«

»Ja, und sie ist so schön ... schön wie die Jungfrau ...«

Gleichzeitig fielen sie im Kies auf die Knie und begannen, laut für die zu beten, die sterben mußte und für die sie die Hilfe der Jungfrau Maria herabriefen.

Godefroy flocht Bibelworte und Gebete ein, die Bennetot ab und zu mit einem inbrünstigen Amen untermalte. Das schien ihnen ein wenig Mut zurückzugeben, denn, von der Idee besessen, endlich Schluß zu machen, standen sie plötzlich auf. Bennetot trug den riesigen Stein herbei, den er bereitgelegt hatte, band ihn schnell an den Eisenring der Bahre und gab dem Boot einen Stoß, so daß es im gleichen Augenblick auf dem ruhigen Wasser schwamm. Dann schoben sie gemeinsam das zweite Boot ins Meer und sprangen hinein. Godefroy ergriff die beiden Riemen, während Bennetot das Boot der Verurteilten an einem Seil hinterherzog.

Mit kleinen Ruderschlägen glitten sie ins weite Meer, die Tropfen fielen perlend von den Riemen. Schatten, die schwärzer waren als die Nacht, ermöglichten es ihnen, zwischen den Felsen hindurchzufinden und aufs offene Meer zu fahren. Doch nach zwanzig Minuten wurde die Fahrt langsamer, das Boot hielt.

»Ich kann nicht mehr«, murmelte der Baron ganz erschöpft. »Meine Arme wollen nicht mehr. Jetzt kommst du ...«

»Ich habe nicht die Kraft«, gestand Bennetot.

Godefroy machte einen neuerlichen Versuch, dann gab er es auf: »Wozu? Wir haben die Grenze, wo der Meeresstrom fließt, bestimmt längst überschritten. Glaubst du nicht auch?«

Der andere stimmte zu.

»Um so mehr«, sagte er, »als die Brise das Boot noch viel weiter über die Grenze hinaustreiben wird.«

»Zieh also den Strohpfropfen heraus.«

»Du solltest das tun«, protestierte Bennetot, dem der befohlene Handgriff wie der Mord selbst erschien.

»Genug der Dummheiten. Machen wir Schluß.«

Bennetot zog das Seil. Das andere Boot schlug an die Bordkante. Er brauchte sich nur noch vorzubeugen und die Hand auszustrecken.

»Ich habe Angst, Godefroy«, stammelte er. »Bei meinem Seelenheil schwöre ich dir, daß nicht ich es bin, der handelt, sondern du, hörst du?«

Godefroy sprang zu ihm, schob ihn zur Seite und beugte sich über die Bootskante; seine Hand glitt hinunter und riß mit einem Ruck den Pfropfen heraus. Das Wasser schäumte gluckernd auf; das erschreckte ihn so sehr, daß er, in einem plötzlichen Sinneswandel, das Loch wieder zustopfen wollte. Zu spät. Bennetot hatte die Riemen ergriffen und ruderte, durch das Geräusch ebenfalls erschrocken und wieder im Vollbesitz seiner Energie, so heftig, daß bereits ein Zwischenraum von mehreren Metern zwischen den beiden Booten lag.

»Halt!« schrie Godefroy. »Halt! Ich will sie retten. Halt, zum Henker! ... Oh! Du bist es also doch, der sie tötet ... Mörder ... Mörder ... ich hätte sie gerettet, ja, ich.«

Doch Bennetot, schreckensstarr, nichts verstehend, ruderte, daß die Riemen krachten.

Die Leiche blieb also allein – denn konnte man das leblose Wesen, das zur Ohnmacht verdammt und in dem lecken Boot dem Tod geweiht war, anders bezeichnen? Mit tödlicher Gewißheit würde das Wasser in wenigen Minuten in dessen Inneres eindringen. Das morsche Boot würde versinken.

Das wußte Godefroy d'Etigues. Daher ergriff er ebenfalls kurz entschlossen einen Riemen, und ohne sich darum zu kümmern, ob sie gehört wurden, arbeiteten die beiden Komplizen mit verzweifelter Anstrengung, um so schnell wie möglich dem Ort des Verbrechens zu entfliehen. Sie hatten Angst, Todesschreie oder das entsetzliche Gluckern eines Bootes, das sinkt und über dem das Wasser für immer zusammenschlägt, zu vernehmen.

Das Boot schwankte fast unmerklich auf dem Wasser. Die niedrigen Wolken schienen es mit ihrem Gewicht niederzudrükken. D'Etigues und Oscar de Bennetot mußten den Weg halb zurückgelegt haben. Jedes Geräusch verstummte.

In diesem Augenblick neigte sich das Boot auf die Steuerbordseite. In der Erstarrung des Entsetzens, in der die junge Frau halb tot dalag, hatte sie die Empfindung, als vollzöge sich die restlose Auflösung. Sie bäumte sich nicht dagegen auf, sie verspürte in sich keinen Aufruhr. Das Sich-Fügen in den Tod bewirkt einen Geisteszustand, in dem man schon auf der anderen Seite des Lebens zu stehen scheint.

Trotzdem wunderte sie sich, daß sie nicht zitterte, denn das eisige Wasser mußte sie doch schon erreicht haben. Nein, das Boot versank nicht. Eher schien es nahe am Umkippen zu sein, so, als wäre jemand auf den Rand gesprungen.

Jemand? Der Baron? Sein Komplize? Sie dachte, daß es weder der eine noch der andere sein konnte, denn eine Stimme, die sie nicht kannte, flüsterte:

»Beruhigen Sie sich, ein Freund kommt Ihnen zu Hilfe...«

Dieser Freund beugte sich zu ihr nieder, und ohne zu wissen, ob sie ihn hörte oder nicht, erklärte er:

»Sie haben mich nie gesehen. Ich heiße Raoul... Raoul d'Andrésy. Alles wird gut. Ich habe das Loch mit einem Stück Holz zugestopft, um das ich einen Lappen gewickelt habe. Eine provisorische Ausbesserung, die aber ausreichen kann. Um so mehr, als wir uns von diesem riesigen Stein befreien werden.«

Mit einem Messer zerschnitt er die Seile, mit denen die junge Frau festgebunden war; dann ergriff er den großen Stein, und es gelang ihm, ihn über Bord zu werfen. Als er schließlich die Decke, in die sie gehüllt war, fortgezogen hatte, neigte er sich hinunter und sagte zu ihr:

»Jetzt bin ich froh! Die Ereignisse haben eine viel bessere Wendung genommen, als ich gehofft hatte, und Sie sind gerettet! Das Wasser hat nicht genug Zeit gehabt, bis zu Ihnen zu steigen, nicht wahr? Was für ein Glück! Sie haben keine Schmerzen?«

Sie flüsterte kaum vernehmlich:

»Doch ... das Fußgelenk ... ihre Fesseln haben mir den Fuß verrenkt.«

»Das wird nicht so schlimm sein«, sagte er. »Die Hauptsache ist jetzt, daß wir ans Ufer kommen. Ihre beiden Henker sind bestimmt an Land gegangen und werden eiligst die Treppe hochsteigen. Wir haben also nichts zu befürchten.«

Er traf schnell seine Vorkehrungen, zog ein Ruder hervor, das er vorher auf dem Boden versteckt hatte, brachte es an die hintere Bordkante und begann zu ›wricken‹, während er munter seine Erklärungen fortsetzte, so als wäre nichts Außergewöhnlicheres geschehen, als auf einer Vergnügungspartie passiert.

»Zunächst muß ich mich ein wenig genauer vorstellen, obwohl ich kaum präsentabel bin: als Kleidung etwas Ähnliches wie eine Badehose, die ich selbst verfertigt und an der ich ein Messer befestigt habe ... also Raoul d'Andrésy, ganz zu Ihren Diensten, da es mir der Zufall ermöglicht. Oh! Ein ganz einfacher Zufall ... Eine belauschte Unterhaltung ... Ich erfuhr, daß man gegen eine gewisse Dame ein Komplott schmiedete ... Also bin ich zuvorgekommen. Ich bin hinunter an den Strand gegangen, und als die beiden Vettern aus der Wendeltreppe kamen, bin ich ins Wasser gestiegen. Ich brauchte mich nur noch an Ihr Boot zu klammern, sobald es im Schlepptau war. Das habe ich getan. Und keiner von beiden kam auf die Idee, daß sie mit ihrem Opfer einen meisterhaften Schwimmer mitzogen, der fest entschlossen war, das Opfer zu retten. Das war's. Ich werde Ihnen das später, wenn Sie zuhören, noch im einzelnen erzählen. Im Augenblick habe ich das Gefühl, ich rede ins Leere.«

Er hielt eine Minute inne.

»Ich leide«, sagte sie. »Ich bin erschöpft ...«

»Einen Rat: werden Sie ohnmächtig. Nichts erfrischt so sehr wie eine Ohnmacht.«

Sie schien ihm zu gehorchen, denn nach einigem Stöhnen und Seufzen atmete sie ruhig und gleichmäßig. Raoul deckte ihr Gesicht zu und sagte abschließend:

»Das ist besser. Ich habe freie Hand und brauche niemandem Rechenschaft abzulegen.«

Was ihn jedoch nicht daran hinderte, Selbstgespräche zu führen, mit der ganzen Zufriedenheit eines Menschen, der von sich und seinen kleinsten Taten begeistert ist. Unter seinem Antrieb glitt das Boot flink dahin. Die Klippen zeichneten sich ab.

Als das Eisen des Kiels auf dem Sand knirschte, sprang er hinaus, dann hob er die junge Frau mit einer Leichtigkeit heraus, die seine Muskelkraft bewies, und legte sie an den Fuß der Klippe.

»Auch Meister im Boxen«, sagte er, »und im Ringen ebenfalls. Da Sie mir vorhin nicht zuhörten, wiederhole ich, daß mir mein Vater diese Fähigkeiten vererbt hat ... und viele andere mehr! Aber genug der Albernheiten ... Ruhen Sie sich hier aus, unter diesem Felsen; vor dem Wasser sind Sie hier sicher. Was mich betrifft, ich verschwinde. Ich nehme an, daß Sie die Absicht haben, sich an den beiden Vettern zu rächen? Darum darf man das Boot nicht wiederfinden und muß Sie für fein säuberlich ertrunken halten. Also ein wenig Geduld.«

Ohne zu zögern, führte Raoul d'Andrésy aus, was er angekündigt hatte. Von neuem brachte er das Boot ins offene Meer, zog den Stoffkorken heraus und glitt ins Wasser. Er war sicher, daß es untergehen würde. Am Ufer angekommen, suchte er seine Kleider, die er in einer Felsspalte versteckt hatte, schlüpfte aus seinem einer Badehose ähnlichen Kleidungsstück und zog sich an.

»Gehen wir«, sagte er, als er wieder bei der jungen Frau war. »Wir müssen dort hinaufsteigen, und das wird nicht sehr bequem werden.«

Nach und nach erholte sie sich von ihrer Ohnmacht, und im Schein seiner Laterne sah er, daß sie die Augen öffnete.

Mit seiner Hilfe versuchte sie aufzustehen, aber vor Schmerz entfuhr ihr ein Schrei, und sie fiel kraftlos zu Boden. Er knüpfte den Schuh auf und sah, daß der Strumpf blutgetränkt war. Eine wenig gefährliche Verletzung, die ihr aber weh tat. Mit seinem Taschentuch verband Raoul notdürftig das Gelenk und beschloß, sofort aufzubrechen.

Er lud sie sich auf die Schultern und begann den Aufstieg. Dreihundertfünfzig Stufen! Wenn Godefroy d'Etigues und Bennetot der Abstieg schon schwergefallen war, um wieviel anstrengender war der Aufstieg, den der Junge durchzuhalten hatte. Viermal mußte er schweißüberströmt anhalten und hatte dabei das Gefühl, daß es ihm unmöglich wäre, den Weg fortzusetzen. Trotzdem stieg er weiter, immer noch gutgelaunt. Beim dritten Halt setzte er sich nieder und nahm sie auf seinen Schoß, und es schien ihm, als lache sie über seine Späße und seine unermüdliche Begeisterung. Er preßte sie, deren weiche Formen seine Hände fühlten, gegen seine Brust und beendete endlich den Aufstieg.

Als er oben ankam, ruhte er nicht aus. Ein frischer Wind hatte sich erhoben und wehte über die Ebene. Er wollte die junge Frau so schnell wie möglich in Sicherheit bringen. Schnell durchquerte er die Felder und trug sie bis zu einer verlassenen Scheune, die er von Anfang an hatte erreichen wollen. In weiser Voraussicht hatte er zwei Flaschen mit frischem Wasser, Kognak und einige Lebensmittel dorthin getragen.

Er lehnte eine Leiter gegen den Giebel, nahm seine Last wieder auf, stieß eine Holzplanke zur Seite, die als Verschluß diente, und ließ die Leiter umfallen.

»Zwölf Stunden Sicherheit und Schlaf. Niemand wird uns stören. Morgen gegen Mittag werde ich einen Wagen beschaffen und Sie fahren, wohin Sie wollen.«

Nach dem tragischsten und wunderbarsten Abenteuer, das man sich erträumen kann, waren sie nun beide miteinander eingeschlossen. Wie weit jetzt die schrecklichen Szenen des Tages hinter ihnen lagen! Inquisitionsgericht, unversöhnliche Richter, unheimliche Henker, Beaumagnan, Godefroy d'Etigues, die Verurteilung, der Abstieg zum Meer, das sinkende Boot, was für Alpträume, die schon verflogen waren und in der vertrauten Gemeinsamkeit des Opfers und des Retters ausklangen.

Im Schein der an einem Balken befestigten Lampe legte er die junge Frau auf die Heubündel, die auf dem Boden lagen, umsorgte sie, gab ihr zu trinken und verband zart ihre Verletzung. Joséphine Balsamo, die sich von ihm beschützt, vor den Nachstellungen gerettet und vor ihren Feinden sicher wußte, unterwarf sich vertrauensvoll. Sie schloß die Augen und schlief ein.

Das Licht der Lampe fiel voll auf ihr schönes Gesicht, das vom Fieber so vieler Aufregungen gerötet war. Raoul kniete vor ihr und betrachtete sie lange. Von der Hitze in der Scheune betäubt, hatte sie den obersten Knopf ihrer Bluse geöffnet, und Raoul sah die wohlgeformten Schultern, deren vollkommene Linie im edelsten Hals endete.

Er erinnerte sich an das schwarze Zeichen, auf das Beaumagnan angespielt hatte und das auf der Miniatur sichtbar war. Wie hätte er der Versuchung widerstehen können, selbst nachzusehen und sich davon zu überzeugen, ob sich dasselbe Zeichen wirklich auf der Schulter der Frau befand, die er vom Tod errettet hatte? Vorsichtig schob er den Stoff zur Seite. Auf der rechten Seite markierte ein Schönheitspflästerchen, das so schwarz war wie jene, die sich die Koketten früher aufklebten, die weiße, seidenweiche Haut und hob und senkte sich im Rhythmus ihres Atems.

»Wer sind Sie? Wer sind Sie?« murmelte er fassungslos. »Aus welcher Welt kommen Sie?«

Wie die anderen empfand auch er ein unerklärliches Unbehagen und fiel der geheimnisvollen Ausstrahlung zum Opfer, die von diesem Wesen und gewissen Einzelheiten aus ihrem Leben und ihrer physischen Erscheinung ausging. Und gegen seinen Willen fragte er sie, so als könnte die junge Frau im Namen derjenigen antworten, die einst zur Miniatur Modell gestanden hatte.

Ihre Lippen formten Worte, die er nicht verstand, er war ihr so nahe, und der Atem, den sie ausstieß, so weich, daß er sie zitternd mit seinen Lippen leicht berührte.

Sie seufzte. Ihre Augen öffneten sich halb. Als sie Raoul vor sich knien sah, errötete sie und lächelte gleichzeitig, und dieses Lächeln blieb, während sich die schweren Lider von neuem senkten und sie wieder einschlief.

Raoul war außer sich, zitternd vor Verlangen und Bewunderung flüsterte er überschwengliche Sätze und faltete die Hände wie vor einem Idol, dem er die heißeste und verrückteste Hymne darbrachte.

»Wie schön Sie sind!... Ich habe nicht geglaubt, daß es so viel Schönheit im Leben gibt. Lächeln Sie nicht mehr!... Ich verstehe, daß man Sie zum Weinen bringen möchte. Ihr Lächeln bringt mich außer Fassung... Man möchte es vernichten, damit es niemand mehr sieht... Oh! Lächeln Sie nur noch für mich, ich flehe Sie an...«

Und leiser, leidenschaftlicher:

»Joséphine Balsamo... Wie weich Ihr Name klingt! Und um wieviel geheimnisvoller er Sie noch macht! Hexe, hat Beaumagnan gesagt? Nein, Zauberin! Sie tauchen aus dem Dunkel auf, Sie sind wie das Licht, die Sonne... Joséphine Balsamo... Zauberin... Magierin... Oh! Was sich mir alles eröffnet!... Wieviel Glück ich sehe!... Mein Leben begann in der Minute, als ich Sie in meine Arme genommen habe... Ich habe keine anderen Erinnerungen als Sie... Ich setze meine Hoffnung nur auf Sie ... Mein Gott! Mein Gott! Wie schön Sie sind! Es ist zum Weinen vor Verzweiflung ...«

Das alles sagte er zu ihr, sein Mund war nahe dem ihren, aber der geraubte Kuß blieb die einzige Zärtlichkeit, die er sich erlaubte. In dem Lächeln von Joséphine Balsamo lag nicht nur Sinnlichkeit, sondern eine solche Schamhaftigkeit, daß Raoul von Respekt erfüllt war und seine Erregung in ernste Worte voll jugendlicher Ergebenheit überging.

»Ich werde Ihnen helfen ... Die anderen werden Ihnen nichts anhaben ... Wenn Sie entgegen dem Willen der anderen das Ziel, das Sie verfolgen, erreichen wollen, verspreche ich Ihnen, daß es Ihnen gelingen wird. Ob ich weit von Ihnen bin oder nahe bei Ihnen, ich werde immer derjenige sein, der Sie verteidigt und rettet ... Haben Sie Vertrauen zu meiner Ergebenheit ...«

Schließlich schlief er ein, Versprechen und Schwüre stammelnd, die nicht viel Sinn hatten. Es war ein unendlich tiefer Schlaf, traumlos, wie der Schlaf der Kinder, die ihren jungen überforderten Organismus ausruhen müssen.

Die Kirchturmuhr schlug elfmal. Er zählte die Schläge mit wachsender Überraschung.

»Elf Uhr morgens, ist das möglich?«

Durch die Ritzen der Fensterlade und die Spalten im alten Strohdach drang der Tag. Von einer Seite fielen Sonnenstrahlen ein.

»Wo sind Sie denn?« fragte er. »Ich sehe Sie nicht.«

Die Lampe war ausgelöscht. Er lief zum Laden, stieß ihn auf. Auf dem Heuboden wurde es hell. Er sah Joséphine Balsamo nicht. Er stürzte zu den Heuhaufen, verstreute sie, warf sie wütend durch die Falltür, die zum Erdgeschoß führte. Niemand. Joséphine Balsamo war verschwunden.

Er ging hinunter, suchte im Obstgarten, durchstöberte das Nachbargrundstück und den Weg. Vergeblich. Obwohl sie verletzt war, den Fuß nicht auf die Erde stützen konnte, hatte sie den Zufluchtsort verlassen, war zu Boden gesprungen, hatte den Obstgarten durchquert, das Nachbargrundstück ...

Raoul d'Andrésy kehrte in die Scheune zurück, um sie sorgfältig zu untersuchen. Er brauchte nicht lange zu forschen. Auf dem Boden sah er ein rechteckiges Stück Karton liegen.

Er hob es auf. Es war die Photographie der Gräfin de Cagliostro. Auf der Rückseite waren mit Bleistift die zwei Zeilen geschrieben: *»Meinem Retter soll gedankt sein, aber er soll nicht versuchen, mich wiederzusehen«.*

Einer der sieben Arme

Es gibt Erzählungen, in denen der Held den außergewöhnlichsten Abenteuern ausgesetzt ist, um am Ende festzustellen, daß er ganz einfach nur der Spielball eines Traumes gewesen ist. Als Raoul sein Fahrrad hinter der Böschung wiederfand, wo er es am Abend vorher versteckt hatte, fragte er sich plötzlich, ob nicht eine Reihe von Träumen ihn genarrt hatte, die nacheinander ergötzlich, malerisch, entsetzlich, aber alle eben doch nur Trug gewesen waren.

Doch er schüttelte diese Vermutung schnell wieder ab. Die Wahrheit drängte sich ihm auf durch die Photographie, die er in Händen hielt, und vielleicht noch mehr durch die berauschende Erinnerung an den Kuß, den er Joséphine Balsamo geraubt hatte. Das war eine Gewißheit, der er sich nicht entziehen konnte.

Zum erstenmal – er stellte es mit schnell wieder verflogenen Gewissensbissen fest – dachte er in diesem Augenblick deutlich an Clarisse d'Etigues und die zauberhaften Stunden des vorigen Morgens. Aber in Raouls Alter regeln sich diese Undankbarkeiten und Widersprüche des Herzens von selbst, es scheint, als spalte man sich in zwei Wesen: das eine fährt im Unterbewußtsein – jener Region, wo die Zukunft erwächst – fort, treu zu lieben, während das andere sich in völliger Raserei allen Aufwallungen der neuen Leidenschaft hingibt. Das Bild von Clarisse stand verwirrend und schmerzlich in ihm wie im Innern einer kleinen Kapelle, die mit flackernden Kerzen geschmückt ist, vor denen er von Zeit zu Zeit beten wollte. Aber die Gräfin de Cagliostro wurde mit einem Schlag zu dem einzigen Abgott, den man anbetet, zu einem gewalttätigen, eifersüchtigen Götterweib, das nicht erlauben würde, daß man ihr den kleinsten Gedanken oder das geringste Geheimnis verschweigt.

Raoul d'Andrésy – wir wollen ihn weiterhin so nennen, auch wenn der Name Arsène Lupin ihn berühmt machen sollte –, Raoul d'Andrésy hatte niemals geliebt. In Wirklichkeit hatte ihm mehr noch die Zeit als die Gelegenheit dazu gefehlt. Von Ehrgeiz besessen, wußte er doch nicht, auf welchem Gebiet und mit welchen Mitteln sich seine Träume von Ruhm, Reichtum und Macht verwirklichen würden; so verausgabte er sich nach allen Seiten, um bereit zu sein, dem Ruf des Schicksals zu folgen. Intelligenz, Geist, Wille, physische Geschicklichkeit, starke Muskeln, Geschmeidigkeit, Ausdauer, alle diese seine Gaben pflegte er bis zum äußersten und war selbst erstaunt, daß die Grenze der persönlichen Fähigkeit vor der Kraft seiner Anstrengungen immer zurückwich.

Davon mußte er leben, er hatte keine anderen Mittel. Obwohl er Waise war, allein im Leben stand, ohne Freunde, ohne Beziehungen, ohne Beruf, lebte er trotzdem. Wie? Das war ein Punkt, über den er nur unzulängliche Erklärungen hätte geben können und über den er sich selbst nicht genau Rechenschaft ablegte. Man lebt, wie man kann. Man bot seinen Bedürfnissen und Gelüsten den Umständen entsprechend die Stirn. ›Das Glück ist auf meiner Seite‹, sagte er sich. ›Leben wir drauflos. Was sein muß, wird sein, und ich glaube, daß es herrlich sein wird.‹

So stand es also mit ihm, als Joséphine Balsamo in sein Leben trat. Er fühlte sofort, daß er, um sie zu erobern, alles, was er an Energie angesammelt hatte, in Taten umsetzen würde.

Für ihn hatte Joséphine Balsamo nichts gemein mit der ›teuflischen Kreatur‹, der beunruhigenden Vorstellung, die Beaumagnan seinen Freunden hatte aufdrängen wollen. Das ganze blutrünstige Hirngespinst mit all seinem Zubehör von Verbrechen und Falschheit, das ganze Hexenflitterwerk löste sich vor der entzückenden Photographie wie ein Alptraum in nichts auf, und er betrachtete die klaren Augen und die reinen Lippen der jungen Frau.

»Ich werde dich wiederfinden«, schwor er, indem er sie küßte, »und du wirst mich so lieben, wie ich dich liebe, und du wirst mir die untergebenste, die zärtlichste Geliebte sein. Ich werde in deinem geheimnisvollen Leben wie in einem offenen Buch lesen. Deine Macht wahrzusagen, deine Wunder, deine unglaubwürdige Jugend, alles, was die anderen verwirrt und entsetzt, alle die geschickt ersonnenen Abenteuer, über die wir zusammen lachen werden. Du wirst mir gehören, Joséphine Balsamo.«

Im selben Augenblick fühlte Raoul die anmaßende Verwegenheit dieses Schwures. Im Grunde schüchterte ihn Joséphine Balsamo noch ein, er empfand fast eine gewisse Gereiztheit ihr gegenüber, wie ein Kind, das gleichgestellt sein möchte und sich dem Stärkeren unterwerfen muß.

Zwei Tage lang sperrte er sich in dem kleinen Zimmer ein, das er im Erdgeschoß seiner Herberge bewohnte und dessen Fenster auf einen Hof mit Apfelbäumen ging. Die Tage vergingen mit Überlegungen und Erwartungen, denen eines Nachmittags ein Spaziergang durch das normannische Land folgte, das heißt, ein Spaziergang zu den Plätzen, an denen die Möglichkeit bestand, Joséphine Balsamo zu treffen.

Er nahm an, daß die junge Frau, so zerschlagen wie sie von der schrecklichen Prüfung noch sein mußte, nicht in ihre Wohnung nach Paris zurückkehren würde. Außerdem war es wichtig, daß die, die glaubten, sie getötet zu haben, sie für tot hielten. Andererseits durfte sie sich, um sich sowohl an ihnen zu rächen als auch vor ihnen das Ziel zu erreichen, das sie sich gesetzt hatten, nicht vom Schlachtfeld entfernen.

Am Abend des dritten Tages fand er auf dem Tisch in seinem Zimmer einen Strauß Frühlingsblumen: Immergrün, Narzissen, Primeln, Himmelsschlüssel. Er fragte den Wirt aus. Man hatte niemanden gesehen.

›Das war sie‹, dachte er, indem er die Blumen umschlang, die sie gepflückt hatte.

Vier Tage hintereinander verbarg er sich im Hof hinter einem Schuppen. Jedesmal wenn er Schritte in der Nähe hörte, schlug sein Herz. Es tat ihm weh, daß er immer wieder enttäuscht wurde.

Aber am vierten Tag, um fünf Uhr nachmittags, hörte er zwischen den Bäumen und den Büschen an der Hofmauer Stoff rascheln. Er sah ein Kleid. Er wollte darauf zustürzen, hielt jedoch plötzlich inne und beherrschte sich.

Er erkannte Clarisse d'Etigues.

In der Hand trug sie einen Blumenstrauß, der dem früheren genau glich. Leichtfüßig überquerte sie den Platz vor dem Gebäude, streckte den Arm durchs Fenster und legte den Strauß ins Zimmer.

Als sie sich umdrehte, konnte Raoul sie von vorne sehen und erschrak über ihre Blässe. Ihre Wangen hatten die frische Farbe verloren, die Ringe unter ihren Augen verrieten ihren Kummer und lange schlaflose Stunden.

»Ich werde viel um dich leiden«, hatte sie gesagt, ohne jedoch zu ahnen, daß das Leiden so schnell beginnen würde und daß derselbe Tag, an dem sie sich Raoul hingab, der Tag des Abschieds und des unerklärlichen Verlassens sein würde.

Er erinnerte sich an die Voraussage, war ihr wegen des Schlechten, das er ihr antat, böse und wütend, in seiner Hoffnung getäuscht zu sein, daß die Blumen von Clarisse und nicht von der, die er erwartete, kamen, und er ließ sie fortgehen.

Und doch verdankte er Clarisse – die damit selbst ihre letzte Chance auf ein Glück zerstörte – den kostbaren Hinweis, den er benötigte, um seine Pläne für die Nacht festzulegen. Denn als er eine Stunde später feststellte, daß ein Brief am Fenster befestigt war, riß er ihn auf und las:

»Mein Liebling, ist es schon zu Ende? Nein, nicht wahr? Weine ich ohne Grund?... Es ist nicht möglich, daß Du von Deiner Clarisse schon genug hast!

Mein Liebling, heute abend fahren sie alle mit dem Zug fort und kommen erst morgen sehr spät wieder. Du wirst kommen, nicht wahr? Du läßt mich nicht noch mehr weinen?... Komm, mein Liebling...«

Arme, trostlose Zeilen! Sie stimmten Raoul nicht traurig. Er dachte an die geplante Reise und erinnerte sich an jene Anklage von Beaumagnan: »Da sie von mir wußte, daß wir bald ein Grundstück in der Nähe von Dieppe gründlich untersuchen würden, ist sie dorthin geeilt ...«

War das nicht das Ziel der Expedition? Und wäre das nicht für Raoul eine Gelegenheit, sich in den Kampf einzumischen und aus den Ereignissen allen Vorteil zu ziehen, den sie boten?

Am selben Abend um sieben Uhr stieg er, wie die Fischer jenes Küstenstreifens gekleidet und unkenntlich durch die Ockerschicht auf seinem Gesicht, in denselben Zug wie Baron d'Etigues und Oscar de Bennetot. Er stieg ebenso wie sie zweimal um und verließ den Zug auf einem kleinen Bahnhof, wo er schlief.

Am nächsten Morgen holten d'Ormont, Rolleville und Roux d'Estiers ihre beiden Freunde mit dem Wagen ab; Raoul sprang hinter ihnen auf.

Nach zehn Kilometern hielt der Wagen vor einem großen verfallenen Schloß, das ›Schloß Gueures‹ heißt. Als er sich der offenen Pforte näherte, stellte Raoul fest, daß in dem Park ein Haufen Arbeiter herumwimmelte, die die Alleen und den Rasen umgruben.

Es war zehn Uhr. Auf der Freitreppe empfingen die Leiter des Unternehmens die fünf Teilhaber. Ohne bemerkt zu werden, betrat Raoul das Grundstück, mischte sich unter die Arbeiter und horchte sie aus. So erfuhr er, daß ›Schloß Gueures‹ von dem Marquis de Rolleville vor kurzem gekauft worden war und daß die Umbauarbeiten diesen Morgen begonnen hatten.

Raoul hörte einen der Bauunternehmer zum Baron sagen: »Ja, mein Herr, die Anweisungen sind gegeben. Diejenigen von meinen Leuten, die beim Umgraben Geldstücke, Gegenstände aus Metall, Eisen, Kupfer usw. finden, haben Befehl, sie gegen Belohnung abzuliefern.«

Es war offensichtlich, daß diese ganzen Umbauarbeiten nur aus dem einen Grund unternommen wurden, um etwas zu finden. ›Aber was?‹ fragte sich Raoul.

Er ging im Park spazieren, rund um das Schloß, und drang in die Kellergewölbe ein.

Um halb zwölf Uhr war er noch zu keinem Ergebnis gekommen, während er die Notwendigkeit zu handeln, in wachsendem Maß erkannte. Jede Verzögerung gab den anderen eine um so größere Chance, und er lief Gefahr, vor eine vollendete Tatsache gestellt zu werden.

In diesem Augenblick standen die fünf Freunde hinter dem Schloß auf einem weiten Vorplatz, der den Park beherrschte. Eine kleine Mauer mit einem Geländer, das von zwölf Backsteinsäulen unterbrochen wurde, die als Sockel für alte, fast ganz zerbrochene Steinvasen dienten, säumte den Platz ein.

Eine Gruppe Arbeiter begann, mit Hilfe von Hacken die Mauer abzureißen. Die Hände in den Hosentaschen, eine Zigarette im Mund, schaute Raoul nachdenklich zu, ohne sich darum zu kümmern, daß seine Anwesenheit an diesem Ort ungewöhnlich erscheinen könnte.

Godefroy d'Etigues rollte sich eine Zigarette. Da er keine Zündhölzer bei sich hatte, ging er zu Raoul und bat ihn um Feuer.

Raoul reichte ihm seine Zigarette, und während der andere seine anzündete, entstand in seinem Kopf ein fertiger Plan, ein unvermittelter und sehr einfacher Plan, dessen kleinste Einzelheit er in ihrer logischen Folge sah. Aber er mußte sich beeilen.

Er lüftete seine Baskenmütze und gab die Locken seiner gepflegten Haare, die sicher nicht zu einem Seemann gehörten, frei.

Baron d'Etigues sah ihn aufmerksam an, begriff plötzlich und wurde wütend.

»Schon wieder Sie! Und verkleidet! Was sollen diese neuen Schliche, und woher nehmen Sie den Mut, mich bis hierher zu verfolgen? Ich habe Ihnen kategorisch geantwortet, daß eine Heirat zwischen meiner Tochter und Ihnen unmöglich ist.«

Raoul ergriff seinen Arm und befahl herrisch:

»Keinen Skandal! Wir würden beide dabei nichts gewinnen. Schaffen Sie Ihre Freunde her!« Godefroy sträubte sich.

»Schaffen Sie Ihre Freunde her!« wiederholte Raoul. »Ich will

Ihnen einen Dienst erweisen. Was sucht Ihr? Einen Leuchter, nicht wahr?«

»Ja«, sagte der Baron gegen seinen Willen.

»Einen Leuchter mit sieben Armen, das ist es. Ich kenne das Versteck. Später werde ich euch weitere Hinweise geben, die euch für das Werk, das ihr verfolgt, nützlich sein werden. Dann werden wir auch über Fräulein d'Etigues sprechen. Heute soll sie nicht erwähnt werden. Rufen Sie Ihre Freunde. Schnell!«

Godefroy zögerte, aber Raouls Versprechen und Versicherungen machten ihm Eindruck. Er rief seine Freunde, die sofort herbeikamen.

»Ich kenne diesen Burschen«, sagte er, »und seiner Meinung nach gelingt es uns vielleicht...«

Raoul unterbrach ihn:

»Es gibt kein Vielleicht, mein Herr. Ich bin aus der Gegend. Als ich ein kleiner Junge war, spielte ich mit den Kindern eines alten Gärtners, der gleichzeitig der Wächter war, in diesem Schloß; er hat uns oft einen Ring gezeigt, der an der Mauer in einem der Keller festgeschmiedet war. ›Dort befindet sich ein Versteck‹, sagte er, ›ich habe gesehen, wie alte Sachen, Leuchter, Uhren hineingelegt wurden...‹«

Die Enthüllungen erregten Godefroys Freunde.

Bennetot wandte schnell ein:

»Die Keller? Wir haben sie untersucht.«

»Nicht gründlich«, versicherte Raoul. »Ich will euch hinführen.«

Man gelangte über eine Treppe, die von außen hinunterführte, in die Keller. Hinter zwei großen Türen befanden sich einige Stufen, die zu einer Reihe von Gewölben führten.

»Links, das dritte Gewölbe«, sagte Raoul, der während seiner Suche die Örtlichkeiten studiert hatte. »Hier... dieses...«

Er ließ sie alle fünf in einen dunklen Keller steigen, der so klein war, daß sie sich bücken mußten.

»Man sieht überhaupt nichts«, klagte Roux d'Estiers.

»Tatsächlich«, erwiderte Raoul. »Aber hier sind Zündhölzer,

und auf den Treppenstufen habe ich einen Kerzenstummel gesehen. Einen Augenblick ... Ich hole ihn.«

Er schloß die Tür des Kellers hinter sich, drehte den Schlüssel im Schloß, zog ihn heraus und entfernte sich, indem er den Eingeschlossenen zurief:

»Zünden Sie nur die sieben Arme des Leuchters an. Sie werden ihn sorgfältig in Spinnenweben eingewickelt unter der letzten Steinplatte finden ...«

Er war noch nicht draußen, als er das Geräusch der Schläge vernahm, mit denen die fünf Freunde wütend gegen die Tür polterten, und er überlegte, daß diese wackelige, wurmstichige Tür kaum mehr als wenige Minuten Widerstand leisten würde. Aber diese Frist genügte ihm.

Mit einem Satz sprang er auf den Vorplatz, riß einem Arbeiter die Hacke aus den Händen und rannte zur neunten Säule, deren Vase er zerschlug. Dann hackte er auf die Zementsäule ein, die von Ziegeln ummauert und vollständig rissig war; sie fiel augenblicklich in tausend Stücke. In dem Zwischenraum, den die Anordnung der Ziegelsteine freiließ, befand sich ein Gemisch aus Erde und Kieselsteinen, aus dem Raoul mühelos einen angefressenen Metallstiel ziehen konnte, der genau ein Arm von jenen großen liturgischen Leuchtern war, die man auf manchen Altären sieht. Eine Gruppe Arbeiter hatte einen Kreis um ihn gebildet, sie brachen in laute Rufe aus, als sie den Gegenstand sahen, den Raoul in der Luft schwenkte. Zum ersten Mal seit dem Morgen war etwas gefunden worden.

Vielleicht hätte Raoul seine Kaltblütigkeit bewahrt, den Metallstab mitgenommen und so getan, als ginge er zu den fünf Freunden, um ihn ihnen zu übergeben. Aber gerade in dieser Minute wurden an der Ecke des Schlosses Rufe laut, und Rolleville, gefolgt von den anderen, tauchte auf und tobte:

»Haltet den Dieb! Haltet ihn! Haltet den Dieb!«

Raoul stürzte mit dem Kopf voran in die Gruppe der Arbeiter und floh. Es war absurd, wie übrigens sein ganzes Verhalten seit den letzten Minuten, denn, wenn er das Vertrauen des Barons und seiner Freunde hatte gewinnen wollen, hätte er sie schließlich weder in einen Keller sperren noch ihnen das stehlen dürfen, was sie suchten. Doch in Wirklichkeit kämpfte Raoul für Joséphine Balsamo und kannte nur das eine Ziel, ihr eines Tages die Trophäe, die er eben erbeutet hatte, zu überreichen. Er rettete sich also so schnell er konnte.

Da der Weg zur Hauptpforte vom Gegner verteidigt wurde, lief er an einem Teich entlang, schüttelte zwei Männer ab, die ihn greifen wollten, und in zwanzig Meter Entfernung gefolgt von einer Meute Angreifer, die wie Rasende schrien, lief er in einen Gemüsegarten, der von allen Seiten von hoffnungslos hohen Mauern eingefriedet war.

›Zum Teufel‹, dachte er, ›ich bin eingeschlossen. Das wird ein Halali, eine Jagdmahlzeit geben ... Was für eine Pleite!‹

Auf der linken Seite überragte die Dorfkirche den Gemüsegarten. Der Friedhof der Kirche setzte sich in dem Garten durch einen kleinen Raum fort, der früher den Schloßherren von Gueures als Grabstätte diente. Er war von einem starken Gitter eingeschlossen. Eiben umwucherten ihn. In der gleichen Sekunde, als Raoul an diese Umfriedung kam, wurde eine Tür einen Spalt breit geöffnet, ein Arm streckte sich heraus, versperrte den Weg, eine Hand faßte nach der Hand des jungen Mannes, und Raoul stellte verblüfft fest, daß er von einer Frau in das dunkle Gewölbe gezogen wurde, die vor der Nase der Verfolger schnell die Tür schloß. Er erriet Joséphine Balsamo mehr, als daß er sie wiedererkannte. »Kommen Sie«, sagte sie und ging voran in das Dickicht der Eiben.

Eine weitere Tür in der Mauer – die Verbindung zum Friedhof des Dorfes – stand offen.

Vor der Sakristei der Kirche hielt ein altmodischer viersitziger Wagen – einer, wie man ihn zu jener Zeit nur noch auf dem Lande fand –, vor den zwei kleine magere und ungepflegte Pferde gespannt waren. Auf dem Kutschbock saß ein Mann mit einem grauen Bart, dessen gekrümmter Rücken sich unter einem blauen Kittel wölbte.

Raoul und die Gräfin sprangen in den Wagen. Niemand hatte sie gesehen.

Sie sagte zum Kutscher: »Léonard, die Straße nach Luneray und Doudeville. Schnell.«

Die Kirche stand am Rand des Dorfes. Dadurch, daß sie die Straße nach Luneray nahmen, vermieden sie die Häuser. Ein langer Küstenstreifen, der zum Plateau hin anstieg, lag vor ihnen. Die beiden mageren Gäule nahmen ihn im Tempo großer Traber, die in eine Rennbahn stürmen.

Das Innere dieses so scheußlich aussehenden Wagens war geräumig, bequem und durch Holzgitter vor neugierigen Blicken sicher; das Ganze war so intim, daß Raoul auf die Knie fiel und der Begeisterung des Verliebten freien Lauf ließ.

Er barst vor Freude. Ob nun die Gräfin verletzt war oder nicht, er glaubte, daß diese zweite Begegnung, die unter besonderen Umständen stattgefunden hatte, sowie die Nacht nach der Rettung zwischen ihnen Beziehungen knüpfen würde, die es ihm ermöglichten, einige Etappen zu überspringen und die Unterhaltung mit einer regelrechten Liebeserklärung zu beginnen.

Er machte sie in einem Atemzug und auf so muntere Art, daß die prüdeste Frau entwaffnet gewesen wäre.

»Sie? Sie sind es? Was für ein Meisterstück! In dem Augenblick, als die Meute mich in Stücke reißen will, taucht Joséphine Balsamo aus dem Dunkel auf und rettet mich. Oh! Wie glücklich ich bin, und wie sehr ich Sie liebe! Ich liebe Sie seit Jahren ... seit einem Jahrhundert! Aber ja, ich habe hundert Jahre Liebe in mir ... eine alte Liebe, die so jung ist wie Sie ... und so schön, wie Sie es sind! ... Sie sind so schön! ... Man kann Sie nicht ohne Erregung ansehen ... Es ist eine Freude, und gleichzeitig ist man verzweifelt, wenn man daran denkt, daß man, was auch immer geschieht, niemals alles, was an Schönheit in Ihnen ist, umfassen können wird. Der Ausdruck Ihres Blicks, Ihres Lächelns, das alles wird immer unbegreifbar bleiben ...«

Er zuckte zusammen und murmelte:

»Oh! Sie haben Ihre Augen auf mich gerichtet! Sie sind mir

also nicht böse? Sie erlauben, daß ich zu Ihnen von meiner Liebe spreche?«

Sie öffnete etwas die Tür:

»Wenn ich Sie bitten würde auszusteigen?«

»Ich würde mich weigern.«

»Und wenn ich den Kutscher um Hilfe bitten würde?«

»Ich würde ihn töten.«

»Und wenn ich selbst aussteigen würde?«

»Ich würde meine Erklärung auf der Straße fortsetzen.«

Sie lachte.

»Sie haben auf alles eine Antwort. Bleiben Sie. Aber genug der Verrücktheiten. Erzählen Sie mir lieber, was geschehen ist und warum jene Männer Sie verfolgten.«

Er triumphierte.

»Ja, ich werde Ihnen alles erzählen, wenn Sie mich nicht verstoßen, wenn Sie meine Liebe annehmen.«

»Aber ich nehme nichts an«, sagte sie lachend. »Sie überhäufen mich mit Liebeserklärungen und kennen mich nicht einmal.«

»Ich kenne Sie nicht?«

»Sie haben mich nachts im Schein einer Laterne kaum gesehen.«

»Und am Tag, der dieser Nacht vorausging, habe ich Sie da nicht gesehen? Habe ich nicht Zeit genug gehabt, Sie während dieser schrecklichen Versammlung in Haie d'Etigues zu bewundern?«

Sie sah ihn plötzlich ernst an.

»Oh! Sie sind dort gewesen...?«

»Ich war dort«, sagte er mit einem Feuer, das voll Heiterkeit war. »Ich war dort, und ich weiß, wer Sie sind! Tochter des Cagliostro, ich kenne Sie. Runter mit den Masken! Napoleon I. duzte Sie... Sie haben Napoleon III. verraten, Bismarck gedient und den guten General Boulanger ermordet! Sie nehmen Bäder mit Jungbrunnen. Sie sind hundert Jahre alt... und ich liebe Sie.«

Auf ihrer klaren Stirn erschien eine leichte Sorgenfalte; sie wiederholte:

»Oh! Sie waren dort... ich nahm es schon an. Die Elenden, wie sie mich haben leiden lassen! Und Sie haben ihre gehässigen Anklagen gehört?«

»Ich habe viel Dummes gehört«, rief er, »und ich habe eine Bande Besessener gesehen, die Sie hassen, wie man alles haßt, was schön ist. Aber das alles ist nur Wahnsinn und Unfug. Wir wollen heute nicht daran denken. Ich möchte mich nur an die zauberhaften Wunder erinnern, die unter Ihren Schritten aufblühen wie Blumen. Ich will an Ihre ewige Jugend glauben. Ich will glauben, daß Sie nicht tot wären, wenn ich Sie nicht gerettet hätte. Ich will glauben, daß meine Liebe übernatürlich ist und daß Sie wie durch Zauber vorhin dem Stamm einer Eibe entstiegen sind.«

Aufgeheitert schüttelte sie den Kopf.

»Ich war schon einmal, als ich den Garten von Gueures besichtigen wollte, durch diese alte Tür gegangen, zu der der Schlüssel im Schloß steckte, und da ich wußte, daß der Garten heute morgen durchsucht werden sollte, war ich auf der Lauer.«

»Ein Wunder, sage ich Ihnen! Und ist das, was ich Ihnen jetzt sagen werde, nicht auch eines? Seit Wochen und Monaten, vielleicht noch länger, sucht man in diesem Park einen Leuchter mit sieben Armen. Es hat mir genügt, zu wollen und an die Freude zu denken, die Sie haben würden, um ihn in wenigen Minuten inmitten der Leute und trotz der Aufsicht unserer Gegner zu finden.«

Sie war sprachlos.

»Was? Was sagen Sie? Sie sollten etwas entdeckt haben...?«

»Den Gegenstand selbst nicht, nein, aber einen der sieben Arme des Leuchters. Hier ist er.«

Joséphine Balsamo griff hastig nach dem Metallstab und untersuchte ihn fieberhaft. Es war eine runde, ziemlich feste und leicht gebogene Stange, deren Metall hinter einer dicken Schicht Grünspan verschwand. Eines der äußeren, ein wenig abgeflachten Enden trug auf der Spitze einen großen violetten Stein, eine Art Knauf.

»Ja, ja«, murmelte sie. »Kein Zweifel möglich. Der Arm ist sauber vom Sockel abgesägt worden. Oh! Sie können sich nicht vorstellen, wie dankbar ich Ihnen bin!«

Raoul faßte in wenigen anschaulichen Sätzen den Schlachtbericht zusammen. Die junge Frau kam aus dem Staunen nicht heraus.

»Was für einen Gedanken haben Sie gehabt? Woher nahmen Sie die Inspiration, eher die neunte Säule als eine andere zu zertrümmern? Durch Zufall?«

»Keineswegs«, antwortete er. »Eine Gewißheit. Elf von den zwölf Säulen waren vor Ende des XVII. Jahrhunderts gebaut worden. Die neunte danach.«

»Woher wußten Sie das?«

»Weil die Steine der elf anderen Formen haben, die man seit zweihundert Jahren nicht mehr herstellt, und weil die der neunten Säule so sind, wie sie heute noch angewendet werden. Also ist die Nummer neun einmal zerstört und dann wieder erneuert worden. Warum, wenn nicht, um dort einen Gegenstand zu verstecken?«

Joséphine Balsamo blieb lange Zeit stumm. Dann sagte sie:

»Das ist ungewöhnlich ... Ich hätte niemals geglaubt, daß es einem so gelingen könnte ... und so schnell! ... Dort, wo wir alle versagt haben ... Ja, tatsächlich«, fügte sie hinzu, »das ist ein Wunder ...«

»Ein Wunder der Liebe«, wiederholte Raoul. Der Wagen fuhr mit außerordentlicher Geschwindigkeit, oft machten sie Umwege, um die Fahrt durch Dörfer zu vermeiden. Weder die Steigungen noch die Gefälle schreckten die beiden kleinen Pferde in ihrem besessenen Eifer ab. Rechts und links flog die Landschaft wie Bilder vorbei.

»War Beaumagnan dort?« fragte die Gräfin.

»Nein«, erwiderte er, »zu seinem Glück.«

»Zu seinem Glück?«

»Sonst hätte ich ihn erwürgt. Ich verachte diesen finsteren Mann.«

»Ich noch mehr«, sagte sie hart.

»Aber Sie haben ihn nicht immer verachtet«, erwiderte er, unfähig, seine Eifersucht zu verbergen.

»Alles Lügen, Verleumdungen«, versicherte Joséphine Balsamo, ohne ihre Stimme zu heben. »Beaumagnan ist ein Lügner, ein Mann ohne Gleichgewicht, von einem krankhaften Stolz. Weil ich seine Liebe nicht erwiderte, hat er meinen Tod gewollt. Das alles habe ich neulich auch gesagt, und er hat nicht protestiert ... er konnte nicht protestieren ...«

In einem Begeisterungsanfall fiel Raoul von neuem auf die Knie.

»Oh! Diese süßen Worte! Sie haben ihn also nie geliebt? Was für eine Erleichterung! Aber wäre es denn auch zulässig gewesen? Joséphine Balsamo verliebt sich in einen Beaumagnan ...«

Er lachte und klatschte in die Hände.

»Hören Sie, ich will Sie nicht mehr so nennen. Joséphine ist kein schöner Name. Josine, wollen Sie? Genau, ich werde Sie Josine nennen, wie Napoleon und Ihre Mutter Beauharnais Sie gerufen haben. Abgemacht, nicht wahr? Sie sind Josine ... meine Josine ...«

»Erst einmal Respekt«, sagte sie, über seine Kinderei lächelnd, »ich bin nicht Ihre Josine.«

»Respekt? Aber ich habe ihn im Übermaß. Wie! Wir sind zusammen eingeschlossen, Sie können sich nicht verteidigen, und ich bleibe anbetend vor Ihnen wie vor einem Idol. Und ich habe Angst! Ich zittere! Wenn Sie mir Ihre Hand zum Kuß geben würden, ich würde es nicht wagen!«

Polizisten und Gendarmen

Während der ganzen Fahrt fuhr Raoul fort, die Gräfin anzubeten. Vielleicht hatte sie recht, ihn nicht auf die Probe zu stellen, indem sie ihm ihre Hand zum Kuß reichte. Wenn er auch geschworen hatte, die junge Frau zu erobern, und entschlossen war, diesen Schwur zu halten, bewahrte er in Wirklichkeit an ihrer Seite Haltung und ehrfurchtsvolle Scheu, die ihm gerade genug Muße ließen, sie mit verliebten Reden zu überhäufen.

Hörte sie zu? Manchmal ja, so wie man ein Kind beachtet, das einem auf hübsche Weise seine Zuneigung gesteht. Doch manchmal verfiel sie in ein so abwesendes Schweigen, daß Raoul aus der Fassung geriet.

Schließlich rief er:

»Oh! Sprechen Sie zu mir, ich flehe Sie an. Ich versuche, Ihnen im Spaß Dinge zu sagen, die ich nicht wagen würde, Ihnen im Ernst zu sagen. Im Grunde habe ich Angst vor Ihnen, und ich weiß nicht, was ich sage. Ich bitte Sie, antworten Sie mir. Nur ein paar Worte, die mich an die Wirklichkeit erinnern.«

»Nur ein paar Worte?«

»Ja, nicht mehr.«

»Gut, also. Der Bahnhof von Doudeville ist ganz in der Nähe, und der Zug erwartet Sie.«

Er kreuzte entrüstet die Arme über der Brust.

»Und Sie?«

»Ich?«

»Ja, was soll aus Ihnen werden, wenn Sie ganz allein sind?«

»Mein Gott, ich werde versuchen, allein durchzukommen, wie ich es bisher auch getan habe.«

»Unmöglich! Sie können mich nicht mehr entbehren. Sie haben einen Kampf begonnen, bei dem Ihnen meine Hilfe unerläßlich ist. Beaumagnan, Godefroy d'Etigues, Prinz d'Arcole, so viele Banditen, die Sie zur Strecke bringen werden.«

»Sie halten mich für tot.«

»Noch ein Grund mehr. Wie wollen Sie handeln, da Sie tot sind?«

»Machen Sie sich keine Sorge, ich werde unsichtbar handeln.«

»Aber um wie vieles leichter wäre alles mit meiner Hilfe! Nein, ich bitte Sie, und dieses Mal spreche ich im Ernst, stoßen Sie meine Hilfe nicht zurück. Es gibt Dinge, die eine Frau nicht allein durchführen kann. Durch die einfache Tatsache, daß Sie dasselbe Ziel verfolgen wie diese Männer und daß Sie mit ihnen im Kampf stehen, ist es ihnen gelungen, gegen Sie das gemeinste Komplott zu schmieden. Sie haben Sie so schlagend angeklagt, mit scheinbar so stichhaltigen Argumenten, daß ich einen Augenblick lang in Ihnen die Hexe und die Verbrecherin gesehen habe, die Beaumagnan mit seinem Haß und seiner Verachtung überwältigte.

Seien Sie mir deswegen nicht böse. Von dem Augenblick an, da Sie ihnen die Stirn boten, habe ich meinen Irrtum eingesehen. Beaumagnan und seine Komplizen waren vor Ihnen nur mehr widerwärtige, feige Kerle. Sie beherrschten sie mit Ihrer ganzen Würde, und heute kann ich mich an keine ihrer Verleumdungen mehr erinnern. Aber Sie müssen damit einverstanden sein, daß ich Ihnen helfe. Wenn ich Sie damit verletzt habe, daß ich Ihnen meine Liebe gestand, so wird von nun an keine Rede mehr davon sein. Ich verlange nichts weiter, als mich in Ihre Dienste zu stellen, wie man sich etwas sehr Schönem und Reinem hingibt.«

Sie gab nach. Sie ließen den Marktflecken Doudeville hinter sich. Etwas weiter, auf der Straße nach Yvetot, schlug der Wagen den Weg zu einem von Buchen und Apfelbäumen umgebenen Bauernhof ein und hielt dort an.

»Wir wollen aussteigen«, sagte die Gräfin. »Dieser Hof gehört einer guten Frau, der Mutter Vasseur, die nicht weit von hier ein kleines Gasthaus hat und die bei mir als Köchin angestellt war. Ich besuche sie manchmal, um mich bei ihr für zwei, drei Tage auszuruhen. Wir werden hier essen. Léonard, in einer Stunde wird weitergefahren.«

Sie gingen auf die Landstraße zurück. Sie bewegte sich mit leichten Schritten wie ein ganz junges Mädchen. Sie trug ein graues, tailliertes Kleid und einen malvenfarbenen Hut mit Samtbändern und einem Veilchenstrauß. Raoul d'Andrésy ging etwas hinter ihr, um sie nicht aus den Augen zu lassen.

Nach der ersten Wegbiegung sahen sie ein kleines weißes Gebäude mit einem Strohdach, davor lag ein Garten, in dem die Blumen üppig wucherten. Man gelangte zu ebener Erde in einen Gästeraum, der fast das ganze Erdgeschoß ausfüllte.

»Eine Männerstimme«, stellte Raoul fest und zeigte auf eine der Türen am anderen Ende des Raumes.

»Das ist das Zimmer, in dem sie für mich deckt. Sicherlich sind einige Bauern bei ihr.«

Sie hatte die Worte noch nicht ausgesprochen, als diese Tür geöffnet wurde und eine ältere Frau mit einer Kattunschürze und Holzschuhen erschien.

Als sie Joséphine Balsamo sah, schien sie zu erschrecken und schloß die Tür hinter sich, während sie Unverständliches stammelte.

»Was ist los?« fragte Joséphine Balsamo beunruhigt.

Mutter Vasseur fiel auf einen Stuhl und stotterte:

»Gehen Sie weg... retten Sie sich... schnell...«

»Warum denn? Sprechen Sie doch! Erklären Sie...«

Sie hörten nur diese Worte:

»Die Polizei... Man sucht Sie... Man hat das Zimmer durchwühlt, in dem ich Ihre Koffer versteckt habe... Sie warten auf die Gendarmen... Retten Sie sich, oder Sie sind verloren.«

Ein kurzer Schwächeanfall zwang die Gräfin, sich gegen ein Büfett zu lehnen. Ihr Blick begegnete flehend dem Raouls, als fühle sie sich verloren und bäte um seine Hilfe.

Er war wie vor den Kopf geschlagen.

»Was kümmern Sie sich um die Gendarmen? Sie suchen nicht Sie... Also?«

»Doch, doch, sie«, wiederholte Mutter Vasseur. »Sie wird gesucht, retten Sie sie ...«

Sehr bleich, ohne noch die genaue Ursache dieser Situation zu erkennen, deren tragischen Ernst er erriet, ergriff er den Arm der Gräfin, zog sie zum Ausgang und führte sie hinaus. Als sie als erste die Schwelle überschritt, wich sie zurück und murmelte:

»Die Gendarmen! Sie haben mich gesehen!«

Beide kehrten hastig um. Mutter Vasseur zitterte am ganzen Leib und flüsterte wirr: »Die Gendarmen ... die Polizei ...«

»Ruhe!« befahl Raoul, der selbst sehr ruhig blieb, leise. »Ruhe! Ich übernehme für alles die Verantwortung. Wieviel Polizisten sind es?«

»Zwei.«

»Und zwei Gendarmen. Also ist mit Gewalt nichts zu machen, wir sind umzingelt. Wo befinden sich die Koffer, die sie durchsucht haben?«

»Oben.«

»Und die Treppe, die nach oben führt?«

»Hier.«

»Gut. Sie bleiben hier, versuchen Sie, sich nicht zu verraten. Noch einmal, ich übernehme für alles die Verantwortung.«

Er nahm die Gräfin bei der Hand und zog sie zur bezeichneten Tür. Die Treppe war eine Art Hühnerleiter, die in eine Dachkammer führte, in der man alle Kleider und die ganze Wäsche, die die Koffer enthielten, ausgebreitet hatte. Als sie oben ankamen, betraten die beiden Polizisten den unteren Raum, und als sich Raoul mit leisen Schritten dem Fenster, das in das Strohdach eingebaut war, genähert hatte, bemerkte er die beiden Gendarmen, die vom Pferd stiegen und die Tiere an den Pfosten der Gartentür festbanden.

Joséphine Balsamo rührte sich nicht. Raoul bemerkte ihr aufgelöstes Gesicht, das die Angst entstellte und älter machte.

Er sagte zu ihr:

»Schnell! Sie müssen Ihre Kleider wechseln. Ziehen Sie eines von Ihren anderen Kleidern an ... am besten ein schwarzes.«

Er kehrte zum Fenster zurück, von wo aus er unter sich die Polizisten und Gendarmen sah, die sich im Garten berieten. Als sie sich umgekleidet hatte, griff er nach dem grauen Kleid, das sie gerade abgelegt hatte, und zog es an. Er war zierlich, von schlankem Wuchs; das Kleid, dessen Saum er herabließ, um seine Füße zu verstecken, paßte ihm wie angegossen; er schien so begeistert über diese Verkleidung zu sein und so wenig aufgeregt, daß sich die junge Frau ebenfalls beruhigte.

»Hören Sie zu, was dort unten gesprochen wird«, sagte er.

Sie konnten deutlich verstehen, was die vier Männer auf der Schwelle des Gasthauses besprachen, und sie hörten, wie einer von ihnen – ohne Zweifel einer der Gendarmen – mit lauter, schleppender Stimme fragte:

»Sie sind also sicher, daß sie dort gelegentlich wohnt?«

»Vollkommen sicher. Der Beweis ... zwei Koffer von ihr, die sie hier aufbewahrte und von denen der eine ihren Namen trägt: Frau Pellegrini. Und außerdem ist Mutter Vasseur eine rechtschaffene Frau, nicht wahr?«

»Eine bessere als die Mutter Vasseur gibt es nicht, sie ist in der ganzen Gegend bekannt.«

»Na also! Mutter Vasseur erklärte, daß jene Dame Pellegrini sie von Zeit zu Zeit für einige Tage besuchen käme.«

»Donnerwetter! Zwischen zwei Einbrüchen.«

»Stimmt.«

»Dann wäre diese Dame Pellegrini ein guter Fang.«

»Ein ausgezeichneter. Schwere Diebstähle, Betrug, Hehlerei. Kurz: der Teufel und sein Gefolge ... ohne einen Haufen Komplizen mitzurechnen.«

»Hat man ihre Personenbeschreibung?«

»Ja und nein. Man hat zwei Porträts, die vollständig verschieden sind. Nach dem einen ist sie jung, nach dem anderen alt. Was ihr Alter betrifft, so muß es zwischen dreißig und sechzig Jahren liegen.«

Sie brachen in Gelächter aus, dann fuhr die laute Stimme fort:

»Seid ihr schon lange hinter ihr her?«

»Ja und nein. Vor zwei Wochen trieb sie sich in Rouen und Dieppe herum. Dort verlor sich ihre Spur. Man fand sie auf der Hauptstrecke der Eisenbahn wieder, und sie verlor sich von neuem. Ist sie nach Le Havre weitergefahren oder nach Fécamp abgezweigt? Unmöglich, es zu erfahren. Totales Verschwinden. Wir tappen im dunkeln.«

»Und warum seid ihr hierhergekommen?«

»Durch Zufall. Ein Bahnangestellter, der das Gepäck gefahren hatte, erinnerte sich an den Namen Pellegrini, der auf einem der Koffer an einer Stelle stand, die durch einen Aufschriftenzettel versteckt war, der sich aber gelöst hatte.«

»Habt ihr andere Reisende und Gäste des Gasthofes verhört?«

»Oh! Gäste sind hier selten.«

»Trotzdem ist eine Dame hier, die wir vorhin bei unserer Ankunft bemerkt haben.«

»Eine Dame?«

»Jeder Irrtum ist ausgeschlossen. Wir saßen noch auf den Pferden, als sie durch diese Tür aus dem Haus kam. Sie ist mit einem Satz zurückgewichen, als wolle sie nicht gesehen werden.«

»Unmöglich... Eine Dame in dem Gasthaus...?«

»Ja, irgendeine in einem grauen Kleid. Wiedererkennen würde ich sie allerdings nicht, nein. Aber die Farbe des Kleides, ja... und den Hut auch... ein Hut mit Veilchen...«

Die vier Männer schwiegen.

Raoul und die junge Frau hatten die ganze Unterhaltung wortlos verfolgt; sie sahen sich an. Von Satz zu Satz wurde Raouls Gesicht härter. Sie hatte keinen einzigen Protest gegen die Behauptungen der Polizisten merken lassen.

»Sie kommen, sie kommen«, sagte sie tonlos.

»Ja«, erwiderte er. »Jetzt müssen wir handeln. Sonst kommen sie herauf und finden Sie in diesem Zimmer.«

Sie hatte ihren Hut aufbehalten. Er nahm ihn ihr ab und setzte ihn auf, wobei er die Krempe ein wenig hinunterklappte, damit die Veilchen gut zu sehen waren und man sein Gesicht nicht erkannte; die Bänder knüpfte er um den Hals. Dann gab er seine letzten Anweisungen.

»Ich werden Ihnen freie Bahn schaffen. Sobald sie weg sind, gehen Sie ruhig über die Landstraße zum Bauernhof, wo Ihr Wagen steht. Setzen Sie sich hinein, und Léonard soll die Zügel in der Hand halten ...«

»Und Sie?«

»Ich komme in zwanzig Minuten nach.«

»Wenn sie Sie verhaften?«

»Sie werden mich nicht verhaften und Sie ebensowenig. Aber nichts überstürzen. Nicht laufen. Kaltes Blut bewahren.«

Er war zum Fenster getreten und beugte sich hinaus. Die Männer betraten das Haus. Er kletterte auf den Sims, sprang in den Garten, stieß einen Schrei aus, als sähe er Leute, die ihn erschreckten und flüchtete eiligst.

Sofort ertönten hinter ihm Rufe:

»Das ist sie!... Ein graues Kleid!... Veilchen am Hut! Halt oder ich schieße!«

Mit einem Satz sprang er über die Straße und verschwand in den Äckern, durchquerte sie und kletterte die Böschung zu einem Bauernhof hinauf, den er schräg hinter sich ließ. Noch eine Böschung. Dann Felder. Danach ein Pfad, der an einem anderen Bauernhof zwischen zwei Brombeerhecken entlangführte.

Er drehte sich um. Die ein wenig abgefallenen Verfolger konnten ihn nicht sehen. In einer Sekunde riß er das Kleid vom Leib, den Hut vom Kopf und warf das Zeug in das Dickicht. Dann setzte er sich seine Seemannsmütze auf, steckte eine Zigarette an und kehrte, die Hände in den Hosentaschen, auf demselben Weg zurück. An der Ecke des Bauernhofs tauchten die beiden Polizisten auf und stürzten atemlos auf ihn zu.

»He, Seemann! Sind Sie einer Frau begegnet? Einer Frau in einem grauen Kleid?«

Er versicherte:

»Natürlich... Eine Frau, die lief, nicht wahr? Eine halb Verrückte...«

»Das ist sie ...«

»Sie ist in den Bauernhof gelaufen.«

»Wie?«

»Das Schutzgatter ...«

»Ist es lange her?«

»Keine zwanzig Minuten.«

Die Männer liefen hastig weiter, Raoul setzte seinen Weg fort, grüßte die entgegenkommenden Gendarmen mit einem freundschaftlichen »GutenTag« und gelangte lässigen Schrittes zur Landstraße, etwas oberhalb des Gasthauses und ganz in der Nähe der Wegbiegung.

Hundert Meter weiter sah er die Buchen und Apfelbäume des Hofes, in dem der Wagen wartete.

Léonard saß auf seinem Kutschbock, die Peitsche in der Hand. Von innen hielt Joséphine Balsamo die Tür auf.

Er befahl: »Nach Yvetot, Léonard.«

»Wieso?« warf die Gräfin ein. »Aber wir werden an dem Gasthaus vorbeikommen.«

»Die Hauptsache ist, daß man uns hier nicht hinausfahren sieht. Die Straße ist verlassen. Nutzen wir es aus. Im Trott, Léonard, mit der Geschwindigkeit eines Leichenwagens, der leer zurückkehrt.«

Sie fuhren tatsächlich an dem Gasthaus vorbei. In diesem Augenblick kehrten die Polizisten und Gendarmen querfeldein zurück. Einer von ihnen schwenkte das graue Kleid und den Hut in der Luft. Die anderen gestikulierten wild.

»Sie haben Ihre Sachen gefunden«, sagte Raoul, »und wissen, was los ist. Sie suchen nicht mehr Sie, sondern mich, den Seemann, den sie trafen. Auf den Wagen achten sie überhaupt nicht. Und wenn man ihnen sagen würde, daß wir in diesem Wagen sitzen, Sie, die Dame Pellegrini, und ich, der Seemann und Komplize, würden sie nur lachen.«

»Sie werden Mutter Vasseur aushorchen.«

»Soll sie selbst damit fertig werden!« Als sie die Gruppe aus den Augen verloren hatten, drängte Raoul das Gefährt zur Eile.

»Oho!« sagte er, als die beiden Pferde beim ersten Peitschenhieb fortstürzten. »Die armen Tiere werden nicht weit laufen. Wo sie doch schon so lange im Geschirr sind.«

»Seit heute morgen«, sagte sie, »seit Dieppe, wo ich letzte Nacht geschlafen habe.«

»Und wohin wollen wir?«

»Bis an die Ufer der Seine.«

»Donnerwetter! Sechzehn oder siebzehn Meilen am Tag in diesem Tempo! Das ist fabelhaft.«

Sie antwortete nicht.

Zwischen den beiden Scheiben vorne war eine schmale Spiegelleiste angebracht, in der er sie sehen konnte. Sie hatte ein dunkles Kleid angezogen und einen leichten Samthut aufgesetzt, von dem ein ziemlich dichter Schleier herabfiel und ihren ganzen Kopf einhüllte. Sie löste ihn und zog aus dem Korb unter der Spiegelleiste einen kleinen Lederbeutel, der einen alten Handspiegel mit goldenem Rahmen und Toilettengegenstände, wie Fläschchen, Lippenstift, Bürsten, enthielt.

Sie hatte den Spiegel in die Hand genommen und betrachtete lange ihr müdes, gealtertes Gesicht. Dann goß sie ein paar Tropfen aus einem kleinen Fläschchen auf den Spiegel und rieb die nasse Fläche mit einem Stück Seide. Und wieder betrachtete sie sich.

Raoul verstand zuerst nicht und bemerkte nur den ernsten Ausdruck der Augen und die Melancholie, welche die Frau beim Anblick ihres abgespannten Gesichts empfand.

Zehn, fünfzehn Minuten vergingen so in tiefem Schweigen und der sichtbaren Anstrengung eines Blickes, in dem sich die Gedanken und der ganze Wille konzentrierten. Ihr Lächeln schien zuerst zögernd, schüchtern wie ein Strahl der Wintersonne. Nach einem Augenblick wurde es mutiger und enthüllte sich durch kleine Einzelheiten, die vor Raouls erstaunten Augen auftauchten. Der Mundwinkel hob sich mehr. Die Haut bekam Farbe. Das Fleisch schien fester zu werden. Die Wangen und das Kinn bekamen ihren reinen Schnitt, und Anmut überstrahlte das schöne, zarte Gesicht von Joséphine Balsamo.

Das Wunder war vollbracht.

›Wunder?‹ fragte sich Raoul. ›Nein. Oder höchstens ein Wunder an Willenskraft. Der Einfluß eines klaren, zähen Gedankens, der den Verlust nicht zuläßt und der die Disziplin dort, wo Unordnung und Verfall herrschten, wiederherstellt. Im übrigen – Fläschchen, wunderbares Elixier, eine einfache Komödie.‹

Er nahm den Spiegel, den sie fortgelegt hatte, und sah ihn sich an. Es war offensichtlich der, der während der Versammlung bei d'Etigues genannt worden war, der, dessen sich die Gräfin de Cagliostro vor der Kaiserin Eugénie bedient hatte. Die Ränder waren mit ineinander verschlungenen Linien verziert, die goldene Rückseite gehämmert.

Auf dem Griff war eine Grafenkrone, ein Datum – 1783 – und die Liste der vier Rätsel.

Raoul, der das Bedürfnis verspürte, sie zu verletzen, lächelte spöttisch:

»Ihr Vater hat Ihnen einen kostbaren Spiegel vermacht. Mit Hilfe dieses Talismans erholt man sich von den unangenehmsten Aufregungen.«

»Es ist wahr, daß ich den Kopf verloren hatte«, antwortete sie. »Das passiert mir selten, ich habe bei viel gefährlicheren Gelegenheiten sonst immer die Ruhe bewahrt.«

»Oho! Bei gefährlicheren?« sagte er ironisch zweifelnd.

Sie wechselten kein Wort mehr. Die Pferde trabten in gleichmäßigem Rhythmus dahin. Die Ebenen von Caux, die immer gleich schienen und doch immer verschieden sind, gaben den Blick auf unendliche mit Bauernhöfen und Wäldchen übersäte Weiten frei.

Die Gräfin de Cagliostro hatte ihren Schleier heruntergelassen. Raoul fühlte, daß diese Frau, die ihm vor zwei Stunden so nahe war und der er so freudig seine Liebe angeboten hatte, sich mit einemmal so sehr von ihm entfernte, daß sie fast zur Fremden wurde. Es gab keinen Kontakt mehr zwischen ihnen. Ihre geheimnisvolle Seele umgab sich mit einem dichten Dunkel, und was er davon entdecken konnte, war so verschieden von dem, was er sich vorgestellt hatte!

Die Seele einer Diebin... eine verstohlene, unruhige Seele, Feindin des Lichts... war das möglich? Wie konnte man zugeben, daß dieses naive Gesicht, das Gesicht einer unschuldigen Jungfrau, daß dieser Blick, der so klar war wie das Wasser einer Quelle, nur eine Maske der Lüge waren?

Er war so enttäuscht, daß er, während sie die kleine Stadt Yvetot durchquerten, nur daran dachte, sich davonzumachen. Er konnte sich nicht entschließen, was ihn noch wütender machte. Ihm kam die Erinnerung an Clarisse d'Etigues; aus Rache beschwor er für einen Augenblick das Bild des sanften, zärtlichen Mädchens, das sich ihm so uneingeschränkt gegeben hatte.

Joséphine Balsamo ließ jedoch ihre Beute nicht frei. So verwelkt sie ihm auch erschien, so verunstaltet das Idol auch war, sie war da! Ein verwirrender Duft ging von ihr aus. Er berührte leicht ihre Kleider. Mit einem Griff konnte er ihre Hand nehmen und die parfümierte Haut küssen. Sie war der Inbegriff der Leidenschaft, des Verlangens, der Sinnlichkeit, das verwirrende Geheimnis Frau. Und wieder löste sich die Erinnerung an Clarisse d'Etigues in nichts auf.

»Josine, Josine«, murmelte er so leise, daß sie es nicht hörte. Was nützte es, seine Liebe und das Leid herauszuschreien? Konnte sie ihm das verlorene Vertrauen zurückgeben und in seinen Augen den Reiz wiederfinden, den sie nicht mehr hatte? Sie näherten sich der Seine. Oben an dem Ufer, das nach Caudebec hinunterführt, fuhren sie nach links zwischen bewaldeten Hügeln, die das Tal von Saint Wandrille überragen. Sie streiften die Ruinen der berühmten Abtei, folgten dem Fluß, der sie umspült, und nahmen die Straße nach Rouen.

Einen Augenblick später hielt der Wagen. Léonard fuhr sofort weiter, nachdem er die beiden Reisenden am Rand eines Wäldchens abgesetzt hatte, durch welches das Wasser der Seine hindurchschimmerte. Das rauschende Schilf einer Wiese trennte sie vom Fluß.

Joséphine Balsamo reichte ihrem Begleiter die Hand:

»Adieu, Raoul, nicht weit von hier liegt der Bahnhof von Maillerie.«

»Und Sie?« fragte er.

»Oh, ich? Meine Wohnung ist ganz in der Nähe.«

»Ich sehe nicht...«

»Doch. Der Kahn, der dort durch die Äste schimmert.«

»Ich begleite Sie.«

Ein schmaler Damm führte durch das Schilf der Wiese. Die Gräfin ging darauf zu, Raoul folgte ihr.

Sie kamen zu einem Erdwall ganz in der Nähe des Kahns, den die hängenden Zweige einer Weide noch verbargen. Niemand konnte sie sehen noch hören. Sie waren allein unter dem weiten blauen Himmel. Dort erlebten sie jene Minuten, an die man sich immer wieder erinnert und die für das ganze weitere Schicksal bestimmend sind.

»Adieu«, sagte Joséphine Balsamo noch einmal. »Adieu...«

Er zögerte vor der hingestreckten Hand, die das letzte Lebewohl bedeutete. »Sie wollen mir nicht die Hand geben?« fragte sie.

»Ja... ja...«, murmelte er. »Doch warum sollen wir auseinandergehen?«

»Weil wir uns nichts mehr zu sagen haben.«

»Nichts mehr, in der Tat, und doch haben wir nichts gesagt.«

Er nahm schließlich die weiche, geschmeidige Hand.

»Die Worte jener Männer vor dem Gasthaus... ihre Anklagen, es ist also die Wahrheit?«

Er ersehnte eine Erklärung, selbst eine Lüge, die es ihm ermöglicht hätte, einen leisen Zweifel zu hegen; sie aber schien erstaunt und erwiderte:

»Was kann das Ihnen ausmachen?«

»Wieso?«

»Ja, man könnte wirklich glauben, daß jene Enthüllungen einen Einfluß auf Ihr Verhalten haben könnten.«

»Was wollen Sie damit sagen?«

»Mein Gott, etwas sehr Einfaches. Ich will sagen, daß ich Ihre Erregung verstanden hätte, wenn die ungeheuerlichen Verbrechen bestätigt worden wären, deren Beaumagnan und Baron d'Etigues mich fälschlich und in gemeiner Weise beschuldigt haben, aber davon ist heute nicht die Rede.«

»Ich entsinne mich trotzdem ihrer Beschuldigungen.«

»Der Beschuldigungen gegen jene, deren Name ich ihnen genannt habe, gegen die Marquise de Belmonte. Aber jetzt handelt es sich nicht um Verbrechen, und was liegt Ihnen an dem, was Sie vorhin zufällig erfahren haben?«

Diese unerwartete Frage verwirrte ihn. Sie lächelte, sie schien sich wohl zu fühlen, und sie fuhr ihrerseits nun ein wenig ironisch fort:

»Ohne Zweifel ist der Graf Raoul d'Andrésy schockiert. Der Graf Raoul d'Andrésy muß natürlich moralische Ansichten, die Feinfühligkeit eines vornehmen Mannes haben...«

»Und wenn das der Fall wäre?« fragte er, »wenn ich so etwas wie Enttäuschung empfinde?«

»Recht so! Das große Wort ist gesprochen! Sie sind enttäuscht. Sie liefen hinter einem schönen Traum her, und alles löst sich in nichts auf. Jetzt sehen Sie die Frau so, wie sie ist. Antworten Sie ehrlich, da wir nun schon einmal bei offenen Erklärungen sind. Sie sind enttäuscht, he?«

Sie betonte das Wort hart.

»Ja.«

Schweigen. Sie sah ihn fest an und flüsterte:

»Ich bin eine Diebin, nicht wahr? Das wollen Sie doch sagen. Eine Diebin?«

»Ja.«

Sie lächelte.

»Und Sie?«

Als er zögerte, packte sie ihn hart an der Schulter, und während sie ihn plötzlich duzte, fragte sie ihn herrisch:

»Und du, mein Kleiner? Was bist du? Denn schließlich solltest auch du deine Karten offen hinlegen. Wer bist du?«

»Ich heiße Raoul d'Andrésy.«

»Lügen! Du heißt Arsène Lupin. Dein Vater, Théophraste Lupin, der den Beruf eines Box- und Judolehrers mit dem erträglicheren Beruf des Betrügers vereinte, wurde in den Vereinigten Staaten verurteilt und starb im Gefängnis. Deine Mutter nahm ihren Mädchennamen wieder an und lebte als arme Verwandte bei einem entfernten Vetter, dem Herzog de Dreux-Soubise. Eines Tages stellte die Herzogin das Verschwinden eines Schmuckstückes von größtem historischem Wert fest. Es war das berühmte Kollier der Königin Marie-Antoinette. Trotz aller Nachforschungen konnte man nie erfahren, wer den Diebstahl begangen hatte, der mit viel Mut und teuflischer Geschicklichkeit ausgeführt worden war. Ich, ich weiß es. Du warst es. Du warst sechs Jahre alt.«

Bleich vor Wut und mit zusammengebissenen Zähnen hörte Raoul zu. Er murmelte:

»Meine Mutter war unglücklich, gedemütigt, ich wollte sie erlösen.«

»Durch einen Diebstahl?«

»Ich war sechs Jahre alt.«

»Heute bist du zwanzig, deine Mutter ist tot, du bist stark, intelligent, voll Energie. Wovon lebst du?«

»Ich arbeite.«

»Ja, in der Tasche der anderen.«

Sie ließ ihm keine Zeit zu protestieren.

»Sag nichts, Raoul. Ich kenne dein Leben bis in die kleinsten Einzelheiten, und ich könnte dir allerlei Dinge aus diesem Jahr und aus früheren Jahren über dich erzählen, denn ich verfolge schon lange deinen Weg, und alles, was ich dir erzählen würde, wäre bestimmt nicht erfreulicher als das, was du vorhin in der Herberge gehört hast. Polizisten? Gendarmen? Durchsuchungen? Verfolgungen? Du hast das alles durchgemacht, ja auch du, und bist noch nicht einmal zwanzig Jahre alt! Lohnt es sich also, einander Vorwürfe zu machen? Nein, Raoul. Da ich dein Leben kenne, und da der Zufall dir ein Stückchen aus dem meinen zeigte, laß uns beide einen Schleier darüberlegen. Stehlen ist nicht schön. Wenden wir den Blick ab, und schweigen wir darüber.«

Er blieb still. Eine große Müdigkeit überkam ihn. Mit einemmal sah er das Dasein hinter einem Nebelschleier voll Angst, wo nichts mehr Farbe, Schönheit und Anmut hat. Es würgte ihn in der Kehle.

»Zum letztenmal, Raoul, adieu«, sagte sie.

»Nein... nein...«, stammelte er.

»Es muß sein, mein Kleiner. Ich würde dir immer nur weh tun. Versuch nicht, dein Leben mit dem meinen in Verbindung zu bringen. Du hast Ehrgeiz, Energie, so viele Eigenschaften, daß du deinen Weg wählen kannst.« Leiser fügte sie hinzu:

»Der, den ich verfolge, ist nicht der rechte, Raoul.«

»Warum gehen Sie ihn, Josine? Gerade das erschreckt mich.«

»Es ist zu spät.«

»Für mich dann auch.«

»Nein, du bist jung, rette dich. Flieh vor dem Verhängnis, das dich bedroht.«

»Aber Sie, Sie, Josine?«

»Ich? Das ist mein Leben.«

»Ein schreckliches Leben, unter dem Sie leiden.«

»Wenn du das glaubst, warum willst du es dann mit mir teilen?«

»Weil ich Sie liebe.«

»Ein Grund mehr, mich zu meiden, mein Kleiner. Jede Liebe zwischen uns ist im voraus zum Scheitern verurteilt. Du würdest dich meiner schämen, und ich würde dir mißtrauen.«

»Ich liebe Sie.«

»Heute. Aber morgen? Raoul, gehorche dem Befehl, den ich dir in jener ersten Nacht unserer Begegnung auf meine Photographie schrieb: ›Versuchen Sie nicht, mich wiederzusehen.‹ Geh!«

»Ja, ja«, sagte Raoul d'Andrésy langsam. »Sie haben recht. Aber es ist schrecklich, daran zu denken, daß alles zwischen uns zu Ende sein wird, bevor ich noch Zeit hatte zu hoffen... und daß Sie sich nicht mehr an mich erinnern werden.«

»Man vergißt niemals den, der einen zweimal gerettet hat.«

»Nein, aber Sie werden vergessen, daß ich Sie liebe.«

Sie schüttelte den Kopf.

»Ich werde es nicht vergessen.« Und indem sie aufhörte, ihn mit dem vertrauten Du anzusprechen, fügte sie bewegt hinzu:

»Ihre Begeisterung, Ihr Schwung ... alles, was in Ihnen an Lauterkeit und Ursprünglichkeit ist ... und andere Dinge, die ich noch nicht erkenne ... alles das berührt mich unendlich.«

Sie hielten sich bei den Händen, den Blick unverwandt aufeinander gerichtet. Raoul fühlte sich in einer Woge von Zärtlichkeit.

Leise sagte sie:

»Wenn man für immer auseinandergeht, muß man sich zurückgeben, was man sich einst schenkte. Geben Sie mir mein Bild wieder, Raoul?«

»Nein, niemals.«

»Ich werde ehrlicher sein«, sagte sie mit einem Lächeln, das ihn verwirrte, »ich gebe Ihnen ehrlich zurück, was Sie mir schenkten.«

»Was, Josine?«

»In der ersten Nacht, in der Scheune, während ich schlief, Raoul, haben Sie sich über mich geneigt, und ich habe Ihre Lippen auf den meinen gefühlt.«

Sie legte Raoul ihre Hände um den Hals, zog seinen Kopf zu sich und küßte ihn.

»Oh! Josine«, sagte er außer sich, »machen Sie mit mir, was Sie wollen, ich liebe Sie ... ich liebe Sie.«

Sie gingen am Ufer der Seine entlang. Das Schilf schwankte über ihnen. Ihre Kleider streiften die langen, dünnen Halme, die der Wind bewegte. Sie gingen dem Glück entgegen, erfüllt von keinen anderen Gedanken als alle Liebenden, die sich bei den Händen halten.

»Ein Wort noch, Raoul«, sagte sie zu ihm und hielt ihn zurück. »Ein Wort. Ich fühle, daß ich Sie heftig, bedingungslos lieben werde. Gibt es keine andere Frau in Ihrem Leben?«

»Keine.«

»Oh«, sagte sie bitter, »schon eine Lüge?«

»Eine Lüge?«

»Und Clarisse d'Etigues? Ja, ihr habt euch im Freien getroffen. Ihr seid gesehen worden.«

Er wurde unruhig. »Eine alte Geschichte... ein Flirt ohne Bedeutung.«

»Schwören Sie es?«

»Ich schwöre es.«

»Um so besser«, sagte sie dunkel. »Um so besser für sie. Und daß sie sich niemals zwischen uns stellt! Sonst...«

Er zog sie fort.

»Ich liebe nur Sie, Josine, ich habe nur Sie geliebt. Mein Leben beginnt heute.«

Die Freuden von Capua

Die ›Nonchalante‹ war ein Kahn wie alle anderen, ziemlich alt, mit verblaßter Farbe, aber ausgezeichnet ausgerüstet und von einem Schifferehepaar Delâtre gut gepflegt. Von außen sah man nicht viel von dem, was die ›Nonchalante‹ geladen hatte: einige Kisten, alte Körbe, Stückfässer, das war alles. Aber wenn man mit Hilfe der Leiter unter das Deck stieg, konnte man leicht feststellen, daß sie überhaupt keine Ladung hatte.

Das ganze Innere war in drei winzige, gemütliche und schmucke Räume aufgeteilt, zwei Kabinen, die durch einen Wohnraum getrennt waren. Dort lebten Raoul und Joséphine Balsamo einen Monat lang. Das Ehepaar Delâtre, wortkarge, mürrische Menschen, mit denen Raoul mehrmals vergeblich eine Unterhaltung zu beginnen versuchte, kümmerte sich um den Haushalt und das Essen. Von Zeit zu Zeit holte ein kleiner Schlepper die ›Nonchalante‹ und zog sie ein Stück die Seine hinauf.

Die ganze Geschichte dieses schönen Flusses rollte so vor ihren Augen ab, zwischen jenen herrlichen Landschaften, in denen sie engumschlungen spazierengingen. Der Wald von Brotonne, die Ruinen von Jumièges, die Abtei von Saint-Georges, die Hügel von Bouille, Rouen, Pont-de-l'Arche...

Wochen unaussprechlichen Glücks! Raoul gab alles, was er hatte: seine Fröhlichkeit und seine Begeisterung. Die zauberhaften Ansichten, die herrlichen gotischen Kirchen, die Sonnenuntergänge und der Mondschein dienten ihm als Vorwand zu feurigen Erklärungen.

Josine war stiller, sie lächelte wie in einem glücklichen Traum. Jeder Tag brachte sie ihrem Geliebten näher. Wenn es zuerst mehr eine Laune gewesen war, der sie nachgegeben hatte, erlebte sie jetzt das Gesetz einer Liebe, die ihr das Herz höher schlagen ließ und sie lehrte, was es heißt, zu sehr zu lieben.

Über ihr vergangenes geheimnisvolles Leben wurde nicht gesprochen. Nur einmal fielen zu diesem Thema einige Bemerkungen. Als Raoul sie mit dem, was er das Wunder ihrer ewigen Jugend nannte, aufzog, erwiderte sie:

»Ein Wunder ist immer das, was man nicht begreift. Zum Beispiel: wir fahren zwanzig Meilen an einem Tag, du nennst es ein Wunder. Aber mit ein wenig Aufmerksamkeit würdest du bemerkt haben, daß die Entfernung nicht von zwei, sondern von vier Pferden zurückgelegt wurde, da Léonard das Gespann in dem Bauernhof von Doudeville, wo Wechselpferde auf uns warteten, austauschte.«

»Gut gespielt«, rief der junge Mann begeistert.

»Ein weiteres Beispiel: niemand auf der Welt weiß, daß du Lupin heißt. Ich sage dir aber, daß ich in derselben Nacht, als du mich vom Tod rettetest, deinen richtigen Namen kannte. Ein Wunder? Keineswegs. Du weißt, daß mich alles, was mit dem Grafen de Cagliostro in Zusammenhang steht, interessiert. Daher habe ich vor vierzehn Jahren, als ich von dem Verschwinden des Kolliers der Königin bei der Herzogin de Dreux-Soubise erfuhr, sorgfältige Nachforschungen angestellt, die mir zunächst über das Leben des jungen Raoul d'Andrésy Klarheit gaben, und dann habe ich herausbekommen, wer der junge Lupin, der Sohn von Théophraste Lupin ist. Später habe ich deine Spur bei verschiedenen Affären wiedergefunden. Ich war mir über dich im klaren.«

Raoul überlegte einige Sekunden und sagte scheinbar sehr ernst: »Zu jener Zeit warst du, meine Josine, entweder zehn Jahre alt – und es ist wunderbar, daß ein Kind in diesem Alter mit Erfolg Nachforschungen durchführt, bei denen alle gescheitert sind –, oder aber du warst ebenso alt wie heute, was noch viel wunderbarer ist, o Tochter des Cagliostro!«

Sie runzelte die Stirn. Der Scherz schien ihr unangenehm zu sein.

»Wir wollen nie darüber sprechen. Einverstanden, Raoul?«

»Schade!« sagte Raoul, der etwas verärgert war, daß sie ihn als Arsène Lupin entlarvt hatte, und der auf eine Revanche sann. »Nichts auf der Welt beschäftigt mich leidenschaftlicher als das Problem deines Alters und deiner verschiedenen Heldentaten seit einem Jahrhundert! Ich mache mir darüber meine eigenen Gedanken, die nicht uninteressant sind.«

Sie sah ihn trotz allem neugierig an. Raoul nutzte ihr Zögern aus und fuhr leicht spöttelnd fort:

»Meine Beweisführung stützt sich auf zwei Grundsätze: erstens hast du ganz richtig gesagt, daß es keine Wunder gibt, und zweitens bist du die Tochter deiner Mutter.«

Sie lächelte: »Der Anfang ist nicht schlecht.«

»Du bist die Tochter deiner Mutter«, wiederholte Raoul, »das bedeutet, daß auf jeden Fall eine Gräfin de Cagliostro existiert hat. Mit fünfundzwanzig oder dreißig Jahren blendete sie mit ihrer Schönheit das damalige Paris, das vor dem Ende des zweiten Kaiserreichs stand, und beunruhigte sie den Hof Napoleons III. Mit Hilfe ihres sogenannten Bruders, der sie begleitete – Bruder, Freund oder Geliebter, das ist unwichtig –, hatte sie die ganze Geschichte über die Abstammung von Cagliostro erfunden und die falschen Dokumente vorbereitet, die die Polizei benutzte, um Napoleon III. über die Tochter von Joséphine de Beauharnais und Cagliostro aufzuklären. Des Landes verwiesen, ging sie nach Italien und Deutschland und verschwand dann ... um vierundzwanzig Jahre später mit völlig gleichen Gesichtszügen in der Gestalt ihrer bewundernswerten Tochter als zweite Gräfin de Cagliostro wiederaufzutauchen, die hier vor mir steht. Wir sind uns doch einig?«

Josine, die unbeweglich geblieben war, antwortete nicht. Er fuhr fort:

»Zwischen der Mutter und der Tochter besteht eine vollständige Ähnlichkeit, sie ist so vollkommen, daß das Abenteuer ganz selbstverständlich von neuem beginnt. Warum zwei Gräfinnen? Es wird nur eine, eine einzige geben, die einzige und wirkliche, die, die von ihrem Vater Joseph Balsamo, dem Grafen de Cagliostro, die Geheimnisse geerbt hat. Und als Beaumagnan seine Nachforschungen anstellt, stößt er dabei unausweichlich auf die Dokumente, die schon die Polizei des Napoleon in die Irre geführt haben, ebenso entdeckt er die Porträts und Miniaturen, die die Identität der ewig jungen Frau beweisen bis zurück zur Jungfrau von Bernardino Luini, die der Zufall auf so seltsame Weise ähnlich sein läßt.

Außerdem gibt es einen Zeugen: den Prinzen d'Arcole. Er hat damals die Gräfin de Cagliostro gesehen. Er hat sie nach Modane begleitet. In Versailles sieht er sie wieder. Als er ihr jetzt wiederbegegnet, entfährt ihm ein Schrei: ›Sie ist es! Und sie ist noch genauso alt!‹

Daraufhin erdrückst du ihn mit einer Beweiskette: du wiederholst ihm die wenigen Worte, die er in Modane mit deiner Mutter gewechselt hat. Du hast sie in dem Tagebuch gelesen, in das deine Mutter jede kleinste Begebenheit in ihrem Leben sorgfältig eintrug. Uff! Das ist der Hintergrund des Abenteuers. Es ist so einfach. Eine Mutter und eine Tochter, die einander ähnlich sind und deren Schönheit an ein Bild von Luini erinnert. Ein Punkt, das ist alles. Es gibt gewiß auch die Marquise de Belmonte. Aber ich vermute, daß die Ähnlichkeit dieser Dame mit dir sehr vage ist und daß der feste Wille und das kranke Hirn des Herrn Beaumagnan nötig waren, um euch beide zu verwechseln. Faßt man alles zusammen, ist nichts Dramatisches dabei, eine amüsante und gut geführte Intrige. Das war's.«

Raoul schwieg. Es kam ihm vor, als wäre Joséphine Balsamo bleich geworden und als hätte ihr Gesicht einen verschlossenen Ausdruck angenommen. Jetzt mußte *sie* ärgerlich sein, das brachte ihn zum Lachen.

»Ich habe es richtig getroffen, nicht?«

Sie zog sich in sich zurück.

»Meine Vergangenheit gehört mir, und mein Alter geht niemanden etwas an. Du kannst darüber denken, was dir Spaß macht.«

Er stürzte zu ihr hin und umarmte sie wild.

»Ich glaube, daß du hundertundvier Jahre alt bist, Joséphine Balsamo, und nichts ist reizvoller als ein Kuß von einer Hundertjährigen. Wenn ich bedenke, daß du vielleicht Robespierre und vielleicht Ludwig XVI. gekannt hast!«

Der Zwischenfall wiederholte sich nicht. Raoul d'Andrésy fühlte ihre Gereiztheit bei dem kleinsten indiskreten Versuch so deutlich, daß er sie nicht mehr auszufragen wagte. Kannte er nicht außerdem die genaue Wahrheit?

Natürlich kannte er sie, darüber gab es für ihn keinen Zweifel. Und doch umgab die junge Frau ein geheimnisvoller Zauber, dem er gegen seinen Willen unterlag und worüber er innerlich grollte.

Am Ende der dritten Woche tauchte Léonard wieder auf. Eines Morgens sah Raoul den Wagen mit den zwei kleinen mageren Pferden der Gräfin, die darin fortfuhr.

Sie kehrte erst abends zurück. Léonard schleppte in Tüchern verschnürte Ballen auf den Kahn, die er durch eine Falltür gleiten ließ, von deren Existenz Raoul bisher nichts wußte.

Raoul, dem es gelungen war, die Falltür zu öffnen, untersuchte nachts die Ballen. Sie enthielten wunderbare Spitzen und kostbare Meßgewänder.

Am übernächsten Tag startete wieder eine Expedition. Das Ergebnis: ein herrlicher Wandteppich aus dem 16. Jahrhundert. An diesen Tagen langweilte sich Raoul. Als er in Mantes wieder einmal allein blieb, lieh er sich ein Fahrrad und fuhr eine Zeitlang querfeldein. Nachdem er gegessen hatte, bemerkte er am Ausgang einer kleinen Stadt ein großes Haus mit einem Garten, der voller Menschen war. Er fuhr näher heran. Man versteigerte schöne Möbel und Silberzeug.

Müßig streifte er um das Haus herum. An der Rückseite hinter einem dichten Busch überragte der Giebel einen verlassenen Teil des Gartens. Ohne genau zu wissen, was für einer Eingebung er folgte, stieg Raoul, der eine Leiter entdeckt und sie hochgestellt hatte, hinauf und kletterte über das Gesims eines offenen Fensters.

Drinnen hörte er einen unterdrückten Schrei. Raoul sah Joséphine Balsamo, die sich sofort wieder faßte und in ganz natürlichem Ton zu ihm sagte:

»Ach, Sie sind es, Raoul? Ich bewundere gerade eine Sammlung kleiner herrlich gebundener Bücher . . . sie sind wunderbar! Und von einer Seltenheit!«

Das war alles. Raoul betrachtete die Bücher und ließ drei kostbare Elzevir-Ausgaben in seiner Tasche verschwinden, während die Gräfin, ohne daß er es merkte, eine Vitrine mit Münzen plünderte.

Sie stiegen die Treppe hinunter. In dem Menschenauflauf bemerkte niemand ihren Weggang.

Dreihundert Meter entfernt wartete der Wagen.

Von nun an ›arbeiteten‹ sie zusammen, in Pontoise, Saint Germain, Paris, wo die ›Nonchalante‹, genau gegenüber dem Polizeigebäude verankert, ihnen weiter als Unterkunft diente. Wenn der verschlossene Charakter und die rätselhafte Seele der Cagliostro sich bei der Durchführung dieser Arbeit auch stets gleich blieben, so gewann Raouls übersprudelnde Natur doch allmählich die Oberhand, und jedes Mal endete das Unternehmen mit einem schallenden Gelächter.

»Wie dem auch sei«, pflegte er zu sagen, »da ich dem Tugendpfad den Rücken gekehrt habe, wollen wir die Dinge von der fröhlichen Seite und nicht von der düsteren nehmen, wie du es tust, meine Josine.«

Bei jedem neuen Versuch entdeckte er unvorhergesehene Talente und Mittel in sich, von denen er nichts geahnt hatte. Manchmal hörte seine Begleiterin in einem Geschäft, bei Pferderennen oder im Theater ein kleines fröhliches Zungenschnalzen, und dann sah sie in den Händen ihres Geliebten eine Uhr oder an seiner Krawatte eine neue Nadel. Immer bewahrte er die gleiche Kaltblütigkeit, immer die Heiterkeit des Unschuldigen, den keine Gefahr bedroht.

Das hinderte ihn aber nicht daran, den vielfältigen Vorsichtsmaßnahmen Folge zu leisten, die Joséphine Balsamo forderte. So verließen sie den Kahn immer nur angezogen wie Leute aus dem Volk. In einer nahen Straße nahm sie der alte, jetzt mit nur einem Pferd bespannte Wagen auf. Dort zogen sie sich um. Die Cagliostro trennte sich niemals von einem Spitzentuch mit großen gestickten Blumen, das ihr als Schleier diente.

Alle diese Einzelheiten und noch viele andere zeigten Raoul das wirkliche Leben seiner Geliebten. Jetzt bezweifelte er nicht mehr, daß sie an der Spitze einer organisierten Bande von Komplizen stand, mit der sie über Léonard in Verbindung blieb; noch weniger bezweifelte er, daß sie die Affäre des Leuchters mit den sieben Armen weiterverfolgte und die Unternehmungen Beaumagnans und seiner Freunde überwachte.

Ein Doppelleben, das Raoul sehr oft gegen Joséphine Balsamo aufbrachte, wie sie selbst es vorausgesehen hatte. Er vergaß seine eigenen Taten und nahm es ihr übel, Dinge zu begehen, die seinen Ideen über die Ehrlichkeit, die er trotz allem bewahrt hatte, nicht entsprachen. Eine Diebin und Bandenchefin zur Geliebten, das war ihm ein Dorn im Auge. Wegen unbedeutender Fragen kam es zwischen ihnen zu Streitigkeiten. Ihre beiden so starken und ausgeprägten Persönlichkeiten vertrugen sich nicht miteinander.

Als ein Zwischenfall sie plötzlich in eine offene Auseinandersetzung zwang, begriffen sie, obwohl sie gegen gemeinsame Feinde zusammenhielten, was eine Liebe wie die ihre in gewissen Augenblicken an Rachegelüsten, Stolz und Feindschaft enthalten kann. Dieser Zwischenfall, der das, was Raoul die ›Freuden von Capua‹ nannte, beendete, war die unvermutete Begegnung, die sie eines Abends mit Beaumagnan, Baron d'Etigues und Bennetot hatten. Die drei Freunde betraten ein Varietétheater.

»Wir wollen ihnen folgen«, sagte Raoul.

Die Gräfin zögerte. Er bestand darauf.

»Wie? Es bietet sich uns eine solche Gelegenheit, und wir nutzen sie nicht aus?«

Sie gingen hinein und zogen sich in eine dunkle Parterreloge zurück. In diesem Augenblick hatten sie, bevor die Logenschließerin das Gitter aufstellte, gerade noch Zeit, in einer anderen Loge in der Nähe der Bühne die Schatten Beaumagnans und seiner beiden Helfershelfer zu entdecken.

Eine Frage tauchte auf. Warum verirrte sich Beaumagnan, ein Mann der Kirche, mit offensichtlich strengen Gewohnheiten, in ein Boulevardtheater, in dem gerade eine sehr offenherzige Revue gespielt wurde, die für ihn nicht von geringstem Interesse sein konnte?

Raoul stellte diese Frage Joséphine Balsamo, die jedoch nicht antwortete. Diese gespielte Gleichgültigkeit bewies Raoul wohl, daß die junge Frau sich in diesem Fall von ihm absonderte und ganz entschieden dagegen war, daß er an dieser ungeklärten Affäre mitarbeitete.

»Gut«, sagte er kurz und herausfordernd, »gut, jeder auf seine Weise und jeder für sich. Wir werden sehen, wer das große Los zieht.«

Auf der Bühne schwang das Ballett im Takt die Beine; die Nummern des Tagesprogramms zogen vorüber. Das Nummerngirl, ein schönes, wenig bekleidetes Mädchen, das die Lebedame spielte, rechtfertigte den Anspruch ihrer Rolle durch eine Unmenge falscher Schmuckstücke, die rundherum an ihr glitzerten. Ein Band aus vielfarbigen Steinen war um ihre Stirn geschlungen. Elektrische Birnen entzündeten sich in ihren Haaren. Zwei Akte wurden gespielt. Vor der Loge an der Bühne blieb das Gitter hermetisch verschlossen, so daß man die Anwesenheit der drei Freunde nicht einmal erraten konnte. Als Raoul jedoch in der letzten Pause auf der Seite dieser Loge herumspazierte, stellte er fest, daß die Tür einen kleinen Spalt breit geöffnet war. Er warf einen Blick hinein. Niemand. Als er sich erkundigte, erfuhr er, daß die drei Herren das Theater nach einer halben Stunde wieder verlassen hatten.

»Hier ist nichts mehr zu machen«, sagte er, als er zu der Gräfin zurückkehrte, »sie haben sich aus dem Staub gemacht.«

In diesem Augenblick hob sich wieder der Vorhang. Das Nummerngirl erschien noch einmal auf der Bühne. Ihre zurückgekämmten Haare gaben jetzt das Band, das sie seit Beginn der Vorstellung um die Stirn trug, besser frei. Es war ein Band aus goldenem Gewebe, in das große verschiedenfarbige Edelsteine eingesetzt waren. Sieben an der Zahl.

›Sieben‹, dachte Raoul. ›Das erklärt Beaumagnans Anwesenheit!‹

Während sich Joséphine Balsamo fertigmachte, erfuhr er von einer Schließerin, daß das Nummerngirl Brigitte Rousselin in einem alten Haus auf dem Montmartre wohne; sie käme jeden Tag mit Valentine, einer ihr sehr ergebenen alten Kammerfrau, zu den Proben für das nächste Stück ins Theater.

Um elf Uhr verließ Raoul am nächsten Morgen die ›Nonchalante‹. Er aß in einem Restaurant am Montmartre zu Mittag und gelangte gegen zwölf Uhr, nachdem er eine steile, gewundene Straße hinaufgestiegen war, zu einem kleinen, schmalen Haus, vor dem ein von einer Mauer eingeschlossener Hof lag und das an ein Mietshaus grenzte, dessen oberste Etage – die vorhanglosen Fenster bewiesen es hinreichend – keinen Mieter hatte. Mit seiner gewohnt schnellen Entschlußkraft ersann Raoul sogleich einen Plan, den er dann fast mechanisch ausführte.

Er spazierte auf und ab wie jemand, der eine Verabredung hat. Als er sah, daß die Pförtnerin des Hauses den Gehweg fegte, schlich er hinter ihr die Treppe hinauf, brach die Tür der leeren Wohnung auf, öffnete eines der Fenster, die über das Dach des Nachbarhauses hinausragten, überzeugte sich, daß niemand ihn sehen konnte, und sprang.

Ganz in der Nähe stand eine Dachluke offen. Er ließ sich in einen Dachboden voller Gerümpel hinabfallen, in dem er eine Falltür entdeckte, die er gerade nur so weit heben konnte, daß es ihm möglich war, seinen Kopf hindurchzustecken. Von dort aus übersah er den Treppenabsatz der zweiten und teilweise das Treppenhaus und die Räume der ersten Etage. Es gab keine Leiter.

Unten, das heißt in der ersten Etage, hörte er zwei Frauen miteinander reden. So weit wie möglich hinausgebeugt, lauschte

Raoul und entnahm einigen Äußerungen, daß das junge Revuegirl gerade in ihrem Boudoir saß, während ihre Gesprächspartnerin, die einzige Hausangestellte, sie bediente und gleichzeitig das Schlafzimmer und das Bad aufräumte.

»Fertig«, rief Brigitte Rousselin und kehrte in ihr Schlafzimmer zurück. »Oh, meine gute Valentine, wie herrlich! Keine Proben heute! Ich lege mich, bis ich fortgehe, ins Bett...«

Dieser Ruhetag störte Raoul ein wenig in seinen Berechnungen. Er hatte gehofft, während Brigitte Rousselins Abwesenheit in aller Ruhe die Wohnung durchsuchen zu können. Er geduldete sich jedoch und rechnete mit dem Zufall.

Einige Minuten verstrichen. Brigitte trällerte Melodien aus der Revue, als im Hofe die Glocke ertönte.

»Komisch«, sagte sie. »Ich erwarte heute doch niemanden. Sieh nach, Valentine.«

Das Hausmädchen ging hinunter. Man hörte, daß die Tür wieder geschlossen wurde; sie kam zurück:

»Es ist jemand vom Theater, ein Sekretär des Direktors, der diesen Brief bringt.«

»Gib her. Hast du ihn in den Salon eintreten lassen?«

»Ja.«

Raoul sah im ersten Stock den Rock der jungen Schauspielerin. Das Mädchen reichte ihr den Brief, den Brigitte gleich aufriß und halblaut vorlas:

»Meine kleine Rousselin, übergeben Sie meinem Sekretär doch bitte das Band mit den Edelsteinen, das Sie um die Stirn tragen. Ich brauche es als Muster. Es ist dringend. Sie werden es heute abend im Theater wiederbekommen.«

Als Raoul diese Sätze hörte, zuckte er zusammen.

›So, so!‹ dachte er. ›Das Stirnband! Die sieben Edelsteine! Ist der Direktor auch auf der Spur? Wird Brigitte Rousselin gehorchen?‹

Er wurde beruhigt. Die junge Frau murmelte:

»Unmöglich. Ich habe diese Steine schon jemand versprochen.«

»Das ist dumm«, warf die Dienerin ein, »der Direktor wird ärgerlich sein.«

»Was willst du? Ich habe sie jemandem versprochen, man will sie mir sehr hoch bezahlen.«

»Was soll ich antworten?«

»Ich werde ihm schreiben«, entschied Brigitte Rousselin.

Sie ging in ihr Wohnzimmer und überreichte dem Mädchen kurz darauf einen Umschlag.

»Kennst du diesen Sekretär? Hast du ihn im Theater gesehen?«

»Nein, es ist ein neuer.«

»Er soll dem Direktor sagen, daß ich bedaure und ihm die Sache heute abend selbst erklären werde.«

Valentine verschwand. Wieder verging eine ziemlich lange Zeit. Brigitte hatte sich ans Klavier gesetzt und trällerte Übungen, die das Geräusch der Haustür zweifellos übertönten, denn Raoul konnte nichts hören.

Er empfand ein gewisses Unbehagen, denn der Zwischenfall war ihm unklar und verwirrte ihn. Dieser unbekannte Sekretär, diese Bitte um den Schmuck, das roch nach einer Falle und einer dunklen Intrige. Er beruhigte sich jedoch, als er einen Schatten durch die Tür gehen und sich zum Zimmer wenden sah.

›Das wird Valentine sein, die zurückkommt‹, sagte sich Raoul. ›Mein Eindruck war also falsch. Der Mann hat sich davongemacht.‹

Doch mitten in einem Ritornell brach das Klavierspiel plötzlich ab, der Hocker, auf dem die Sängerin gesessen hatte, wurde hart zurückgestoßen und fiel um, während sie beunruhigt fragte: »Wer sind Sie? Ah! Der Sekretär, nicht wahr? Der neue Sekretär... Aber was wollen Sie denn, mein Herr?«

»Der Direktor hat mir aufgetragen, den Schmuck zu bringen«, sagte die Männerstimme. »Ich muß also darauf bestehen...«

»Ich habe ihm doch geantwortet...«, stotterte Brigitte Rousselin immer ängstlicher. »Mein Zimmermädchen sollte Ihnen den Brief geben... Warum ist sie nicht mit Ihnen heraufgekommen? Valentine!«

Angstvoll rief sie mehrmals den Namen. »Valentine!... Oh! Sie machen mir Angst, mein Herr... Ihre Augen...«

Die Tür wurde brutal zugestoßen. Raoul hörte Stühle umfallen, das Geräusch eines erbitterten Kampfes, dann einen lauten Schrei:

»Hilfe!«

Das war alles. In derselben Sekunde, als Raoul eine Ahnung überkam von der Gefahr, in der Brigitte Rousselin schwebte, hatte er mit aller Gewalt versucht, die Falltür weiter aufzuheben, um sich den Durchgang zu erzwingen. Dadurch verlor er kostbare Minuten. Als es ihm gelungen war, ließ er sich einfach fallen, rollte die Treppe hinunter und blieb vor drei geschlossenen Türen liegen.

Aufs Geratewohl stürzte er auf eine von ihnen los und drang in ein vollständig auf den Kopf gestelltes Zimmer ein. Als er niemanden sah, rannte er durch den Raum, kam zum Bad, dann in das Schlafzimmer, in dem sich der Kampf seiner Meinung nach abgespielt hatte.

Tatsächlich gewahrte er in dem Halbdunkel – die Fenstervorhänge waren fast geschlossen – einen Mann am Boden knien. Unter ihm auf dem Teppich krümmte sich die Gestalt einer Frau, der er mit beiden Händen die Kehle zupreßte. Seine entsetzlichen Flüche übertönten ihr Röcheln.

»Himmeldonnerwetternochmal! Willst du ruhig sein! Zum Teufel mit dir, du willst den Schmuck nicht herausrücken! Also gut, meine Kleine...«

Raoul warf sich mit solcher Gewalt auf ihn, daß er sein Opfer loslassen mußte. Sie rollten gegen den Kamin, Raoul stieß so heftig mit der Stirn gegen den Stein, daß er für Bruchteile einer Sekunde das Bewußtsein verlor.

Der Mörder war außerdem schwerer als er, so daß der Kampf zwischen dem schmalen Jungen und dem massigen, muskelstarken Mann eigentlich nicht lange währen konnte. Nach wenigen Sekunden stand einer auf, während der andere auf dem Boden liegen blieb und nur noch schwach stöhnte. Aber der,

der sich von seinem Gegner befreit hatte, war kein anderer als Raoul.

»Ein hübscher Schlag, he, mein Herr?« spöttelte er. »Ich habe ihn aus dem Nachlaß eines gewissen Herrn Théophraste Lupin, ein Kapitel über die japanischen Methoden. Das wird Sie eine Zeitlang in eine bessere Welt befördern und Sie unschädlich wie ein kleines Schaf machen.«

Er beugte sich über die junge Schauspielerin, nahm sie auf seine Arme und trug sie zum Bett. Er stellte sofort fest, daß die entsetzliche Umklammerung durch den Mörder nicht die Folgen gehabt hatte, die zu befürchten waren. Brigitte Rousselin atmete ruhig. Raoul konnte keine Verletzung entdecken. Doch zitterte sie am ganzen Körper und schaute mit irrem Blick um sich.

»Geht es Ihnen besser?« fragte er leise. »Ja, nicht wahr? Es ist nichts. Vor allen Dingen dürfen Sie keine Angst haben. Sie haben von ihm nichts mehr zu befürchten, und sicherheitshalber ...«

Schnell zog er die Vorhänge auf, riß die Zugleinen heraus und fesselte die schlaffen Hände des Mannes. Ein schwacher Lichtschein drang ins Zimmer, er drehte den Kopf des Mörders zum Fenster, um sich sein Gesicht anzusehen.

Ein Schrei der Überraschung entfuhr ihm. Er konnte seine Bestürzung nicht verbergen und stammelte betroffen:

»Léonard ... Léonard ...«

Er hatte bisher niemals Gelegenheit gehabt, diesem Mann gerade ins Gesicht zu blicken, der sich gewöhnlich auf dem Wagensitz zusammenkrümmte, seinen Kopf zwischen die Schultern steckte und seine Gestalt so gut verbarg, daß Raoul ihn für halb bucklig und schwächlich hielt. Aber er kannte sein knochiges Profil mit dem grauen Bart, und es bestand für ihn kein Zweifel: es war Léonard, das Faktotum und die rechte Hand Joséphine Balsamos.

Er fesselte und knebelte ihn, umwickelte seinen Kopf mit einem Tuch und zog ihn in das Wohnzimmer, wo er ihn an die Füße eines schweren Diwans band. Dann kehrte er zu der immer noch stöhnenden jungen Frau zurück.

»Es ist vorbei«, sagte er. »Sie werden ihn nicht mehr sehen. Ruhen Sie sich aus. Ich werde mich um Ihre Dienerin kümmern und sehen, was aus ihr geworden ist.«

In dieser Hinsicht war er nicht beunruhigt. Er fand Valentine, wie er es vermutet hatte, in einer Ecke des Salons im Erdgeschoß in demselben Zustand, wie er Léonard zurückgelassen hatte, das heißt, der Bewegungslosigkeit und dem Schweigen ausgeliefert. Sie war eine Frau mit gesundem Menschenverstand. Als sie von den Fesseln befreit war und erfahren hatte, daß der Angreifer unschädlich war, gebärdete sie sich nicht wie wahnsinnig, sondern richtete sich nach Raouls Anweisungen.

»Ich bin ein Agent der Geheimpolizei«, sagte er, »ich habe Ihre Herrin gerettet. Gehen Sie zu ihr und kümmern Sie sich um sie. Ich will diesen Mann verhören und herausbringen, ob er Komplizen hat.«

Raoul stieß sie sanft zur Treppe, er hatte das Bedürfnis, allein zu bleiben und die wirren Gedanken, die ihn quälten, zu ordnen.

Er war so verstört, daß er zeitweilig fast versucht war, sich aus dieser Sache herauszuhalten, und wenn er seinem Instinkt gefolgt wäre, hätte er es dem Zufall überlassen, die Situation zu klären; er hätte das Schlachtfeld verlassen und wäre durch das Nachbarhaus geflüchtet.

Aber er sah die Dinge, die er tun mußte, so deutlich vor sich, daß er seinem Instinkt nicht folgen konnte. Sein wachsender Wunsch, der Chef und Meister zu sein, der in den tragischsten Augenblicken Entschlüsse fassen und seine Kaltblütigkeit bewahren kann, befahl ihm, zu handeln. Langsam überquerte er den Hof und machte sich am Schloß der Haustür zu schaffen, bis er sie einen Spalt breit öffnen konnte.

Er warf einen kurzen Blick durch den Spalt: etwas weiter unten stand auf der anderen Straßenseite der alte Wagen.

Auf dem Kutschbock saß ein ganz junger Diener, den er mehrmals zusammen mit Léonard gesehen hatte und der Dominique hieß.

Aber saß im Wageninnern nicht noch ein anderer Komplize? Und wer war es?

Raoul schloß die Tür nicht wieder. Sein Verdacht war bestätigt, jetzt konnte ihn nichts auf der Welt mehr daran hindern, bis zum Ende zu gehen. So stieg er wieder zur ersten Etage hinauf und beugte sich über den Gefangenen.

Während des Kampfes hatte eine Kleinigkeit seine Aufmerksamkeit erregt: eine Pfeife an einem kleinen Kettchen war Léonard aus einer seiner Taschen geglitten. Mit einer instinktiven Bewegung hatte er sich trotz der Gefahr danach gebückt, als fürchte er, sie zu verlieren. Eine Frage beschäftigte Raoul: sollte die Pfeife im Fall einer Gefahr den Komplizen warnen und entfernen, oder war es im Gegenteil ein Zeichen, das den Komplizen herbeirief, wenn die Arbeit erledigt war? Vielleicht mehr aus Intuition als aus Überlegung nahm Raoul das letztere an. Er öffnete das Fenster gerade so lange, um einen Pfiff ertönen zu lassen.

Hinter den Tüllvorhängen wartete er.

Sein Herz schlug ihm bis zum Hals. Niemals hatte er so heftige und grausame Schmerzen empfunden. Und doch wußte er genau, was geschehen würde, er kannte die Gestalt, die im Türrahmen erscheinen würde. Aber er wollte trotz allem, trotz aller besseren Vernunft hoffen. Er ließ es nicht zu, er sträubte sich, zuzulassen, daß der Mörder in dieser dunklen Affäre als Komplize ...

Der schwere Flügel wurde aufgestoßen.

»Oh«, war alles, was Raoul voll Verzweiflung herausbrachte. Joséphine Balsamo trat ein.

Sie kam so ruhig, so ungezwungen herein, als besuche sie eine Freundin. Von dem Augenblick an, da Léonard gepfiffen hatte, war der Weg frei, und sie brauchte nur noch zu erscheinen. In ihren Schleier gehüllt, überquerte sie leichten Schrittes den Hof und trat ins Haus.

Mit einem Schlag hatte Raoul seine Ruhe wiedergefunden. Sein Herz schlug regelmäßiger. Er war bereit, diesen zweiten

Gegner zu besiegen, wie er den ersten geschlagen hatte, mit anderen Waffen, ja, aber ebenso wirksam. Er rief Valentine leise zu sich und sagte:

»Kein Wort, was auch geschieht. Man hat gegen Brigitte Rousselin ein Komplott angezettelt, das ich vereiteln will. Hier ist einer der Komplizen. Sie verhalten sich absolut ruhig, nicht wahr?«

»Ich kann dem Herrn helfen«, schlug die Dienerin vor, »zur Polizei laufen ...«

»Auf keinen Fall. Wenn die Sache bekannt wird, kann sie für Ihre Herrin schlecht ausgehen. Ich übernehme für alles die Verantwortung, allerdings nur unter der Bedingung, daß kein Geräusch aus diesem Zimmer dringt, kein einziges!«

»Gut, mein Herr.«

Raoul schloß die beiden Verbindungstüren. So war der Raum, in dem sich Brigitte Rousselin befand, absolut von dem getrennt, in dem der Kampf zwischen Josine und ihm sich abspielen mußte. Wie er es gewollt hatte, würde kein Geräusch von dem einen Raum in den anderen dringen.

In diesem Augenblick erschien Joséphine Balsamo auf dem Treppenabsatz. Sie sah ihn.

Und sie erkannte an den Kleidern den gefesselten Körper Léonards.

Im gleichen Augenblick erkannte Raoul die Selbstbeherrschung, die Joséphine Balsamo in entscheidenden Minuten über sich hatte. Sie erschrak nicht im geringsten, als sie Raoul so unerwartet antraf, die Unordnung des Zimmers und den gefesselten Léonard sah, sondern überlegte, beherrschte ihre schwachen Nerven und ihre Aufregung. Man kann sich leicht denken, daß sie sich im stillen fragte:

›Was soll das heißen? Was macht Raoul hier? Wer hat denn Léonard geknebelt?‹

Schließlich lüftete sie ihren Schleier und stellte schlicht die Frage, die sie offensichtlich am meisten beunruhigte:

»Warum siehst du mich so an, Raoul?«

Er ließ einige Zeit vergehen, bevor er ihr antwortete. Die Worte, die er aussprechen wollte, waren fürchterlich; er blickte sie unverwandt an, um sicher zu sein, daß ihm kein Zucken ihrer Muskeln und kein Blinzeln ihrer Augen entging. Er murmelte:

»Brigitte Rousselin ist ermordet worden.«

»Brigitte Rousselin?«

»Ja, die Schauspielerin von gestern abend, mit dem Stirnband aus Edelsteinen. Du wagst doch wohl nicht zu behaupten, daß du nicht weißt, wer diese Frau ist, da du hier bist, bei ihr, und da du Léonard beauftragt hast, dich zu benachrichtigen, wenn er seine Arbeit erledigt hat.«

Sie schien bestürzt. »Léonard? Sollte es Léonard gewesen sein?«

»Ja«, bestätigte er. »Er hat Brigitte getötet. Ich habe ihn dabei überrascht, wie er mit beiden Händen ihren Hals würgte.«

Er sah, wie sie zitterte, sie fiel auf einen Stuhl und stammelte:

»Oh! Der Elende! ... Das Ungeheuer! ... Ist es möglich, daß er das getan hat?«

Und leiser, mit wachsendem Entsetzen, fügte sie hinzu:

»Er hat getötet ... Er hat gemordet ... Ist es möglich? Obwohl er mir geschworen hat, niemals zu töten ... Er hatte es mir geschworen ... Oh, ich kann es nicht glauben ...«

Sprach sie im Ernst, oder spielte sie Komödie? Hatte Léonard in einem plötzlichen Wahnsinnsanfall gehandelt oder nach Anweisungen, die im Fall, daß die List nicht gelang, das Verbrechen befahlen? Fürchterliche Fragen, die sich Raoul stellte und auf die er keine Antwort wußte.

Joséphine Balsamo hob den Kopf, sah Raoul mit tränenüberströmtem Gesicht an und stürzte plötzlich mit zusammengepreßten Händen zu ihm.

»Raoul ... Raoul ... Warum siehst du mich so an? Nein ... nein ... nicht wahr? Du beschuldigst mich nicht? Oh, das wäre furchtbar ... Könntest du glauben, daß ich wußte ... daß ich dieses entsetzliche Verbrechen befohlen oder erlaubt habe? ...

Nein... Schwöre mir, daß du es nicht glaubst. Oh, Raoul... mein Raoul...«

Brutal zwang er sie, sich hinzusetzen. Dann rollte er Léonard ins Dunkel. Nachdem er ein paarmal auf und ab gegangen war, trat er neben die Cagliostro und packte sie bei der Schulter:

»Höre, Josine«, sagte er langsam, mit der Stimme eines Anklägers, die weit mehr die Stimme eines Gegners als der eines Geliebten glich, »höre mir zu. Wenn du innerhalb von einer halben Stunde über diese Affäre und die geheimen Machenschaften, die sie noch komplizierter machen, nicht deine Karten offen hingelegt hast, werde ich dich wie eine Todfeindin behandeln; mit deiner Einwilligung oder mit Gewalt werde ich dich aus diesem Haus schaffen und ohne Zögern bei dem nächsten Polizeikommissariat das Verbrechen anzeigen, das dein Komplize Léonard an Brigitte Rousselin begangen hat... Danach mußt du selber sehen, wie du da herauskommst. Willst du sprechen?«

Zwei Willen

Der Krieg war erklärt. Raoul hatte dazu einen Zeitpunkt gewählt, da er alle Chancen auf seiner Seite hatte und die unversehens angegriffene Joséphine Balsamo den Boden unter den Füßen verlor, weil sie auf diese Überraschung nicht vorbereitet war und nicht ahnen konnte, daß der Angriff so heftig und so unversöhnlich sein würde.

Es war klar, daß eine Frau ihrer Art die Niederlage nicht anerkennen konnte. Sie wollte Widerstand leisten. Sie ließ es nicht zu, daß Raoul d'Andrésy, der zärtliche, heitere Geliebte, sich mit einem Schlag zum Herrn und Meister machen und ihr die harte Fessel seines Willens auferlegen wollte. Sie nahm Zuflucht zu Schmeicheleien, Tränen, Versprechen, zu allen weiblichen Schlichen. Raoul zeigte sich ohne Mitleid.

»Du wirst sprechen! Ich habe von den Unklarheiten genug. Du kannst dich darin wohl fühlen, ich nicht. Ich brauche eindeutige Klarheit.«

»Worüber denn?« rief sie verzweifelt. »Über mein Leben?«

»Dein Leben gehört dir«, sagte Raoul, »behalte deine Vergangenheit für dich, wenn du Angst hast, sie vor meinen Augen auszubreiten. Ich weiß genau, daß du für mich immer ein Rätsel bleiben wirst, für mich und für alle anderen, und daß dein reines Gesicht mir niemals verraten wird, was im Grunde deiner Seele vor sich geht. Was ich kennen will, ist jenes Kapitel aus deinem Leben, das mich angeht. Wir haben ein gemeinsames Ziel. Zeig mir den Weg, den du gehen willst. Sonst muß ich auf ein Verbrechen schließen, und das will ich nicht.«

Er schlug mit der Faust auf den Tisch.

»Hörst du, Josine. Ich will nicht töten! Stehlen, ja. Einbrechen, gut. Aber töten, nein, tausendmal nein!«

»Ich will es auch nicht«, sagte sie.

»Vielleicht, aber du läßt morden.«

»Lüge.«

»Dann sprich. Erkläre es mir.«

Sie rang die Hände, protestierte und stöhnte:

»Ich kann nicht... ich kann es nicht...«

»Warum? Wer hindert dich daran, mir mitzuteilen, was du von der Sache weißt, was Beaumagnan dir erzählt hat?«

»Ich möchte dich lieber nicht in alles das verwickeln«, murmelte sie, »dich nicht der Feindschaft dieses Mannes aussetzen.«

Er lachte.

»Hast du vielleicht Angst um mich? Ein guter Vorwand! Beruhige dich, Josine. Ich fürchte Beaumagnan nicht. Ich fürchte einen anderen Gegner weit mehr als ihn.«

»Wen?«

»Dich, Josine.«

Mit harter Stimme wiederholte er:

»Dich, Josine, und deswegen will ich Klarheit. Wenn ich dir gerade ins Gesicht sehe, werde ich keine Angst mehr haben. Hast du dich entschlossen?«

Sie schüttelte den Kopf.

»Nein«, sagte sie, »nein.«

Raoul wurde wütend.

»Das heißt also, daß du mir mißtraust. Die Sache ist zu schön, du willst sie ganz für dich behalten. Gut. Gehen wir. Draußen kannst du deine Lage besser beurteilen.«

Er ergriff sie und warf sie sich über die Schulter, wie er es am ersten Abend am Fuß der Klippe getan hatte. So beladen, wandte er sich zur Tür.

»Halt!« sagte sie.

Dieser mit so unglaublicher Leichtigkeit ausgeführte Kraftbeweis zähmte sie endgültig. Sie fühlte, daß sie ihn nicht noch mehr reizen durfte.

»Was willst du wissen?« fragte sie, als er sie wieder heruntergelassen hatte.

»Alles, zuerst aber den Grund deiner Anwesenheit hier und das Motiv, warum jene Bestie Brigitte Rousselin getötet hat.«

»Das Stirnband mit den Edelsteinen«, sagte sie zögernd.

»Sie sind wertlos! Es sind irgendwelche Steine, falsche Granatsteine, falsche Topase, Berylle, Opale . . .«

»Ja, aber es sind sieben.«

»Ja, und? Mußte er sie töten? Es wäre so einfach gewesen zu warten und die Zimmer bei der erstbesten Gelegenheit zu durchsuchen.«

»Natürlich, aber andere schienen schon auf der Spur zu sein.«

»Andere?«

»Ja, denn Léonard hat sich auf mein Geheiß heute ganz früh am Morgen nach dieser Brigitte Rousselin erkundigt, an der ich das Diadem gestern abend bemerkte. Er kam mit der Nachricht zurück, daß Leute um dieses Haus herumstrolchten.«

»Leute? Wer sollte es sein?«

»Kundschafter der Belmonte.«

»Jener Frau, die in die Sache verwickelt ist?«

»Ja, man findet sie überall wieder.«

»Ja, und«, wiederholte Raoul, »war das ein Grund zu töten?«

»Er muß den Kopf verloren haben. Ich hätte ihm nicht sagen sollen, daß ich dieses Stirnband um jeden Preis haben muß.«

»Siehst du, siehst du«, rief Raoul, »wir sind der Dummheit einer Bestie ausgeliefert, die den Kopf verliert und blöde und stumpfsinnig tötet. Wir müssen zum Ende kommen. Ich glaube eher, daß die Leute, die heute morgen hier herumstrolchten, von Beaumagnan geschickt waren. Du hast aber nicht das Format, dich mit Beaumagnan zu messen. Laß mich die Führung übernehmen. Wenn du zum Ziel kommen willst, dann durch mich, durch mich ganz allein.«

Josine befiel eine Schwäche. Raoul bestätigte seine Überlegenheit mit solcher Überzeugung, daß sie es fast physisch fühlte. Sie sah ihn größer, als er war, mächtiger, begabter als alle Männer, die sie bisher gekannt hatte, von wendigerem Geist, schärferem Blick und differenzierteren Fähigkeiten. Sie beugte sich diesem unumstrittenen Willen und der Energie, gegen die es kein Argument gab.

»Gut«, sagte sie. »Ich werde sprechen. Aber warum hier?«

»Hier und nirgends anders«, bestand Raoul, der genau wußte, daß er nichts mehr erreichen würde, wenn die Cagliostro wieder zu sich käme.

»Gut«, sagte sie noch einmal, »ich gebe nach, weil unsere Liebe auf dem Spiel steht und du darauf so wenig Wert zu legen scheinst.«

Raoul empfand ein Gefühl tiefen Stolzes. Zum erstenmal wurde er sich seines Einflusses, den er auf andere ausübte, und seiner außergewöhnlichen Macht, mit der er seine Wünsche durchsetzte, bewußt.

Sicher, die Cagliostro war nicht im Vollbesitz ihrer geistigen Kräfte. Der angebliche Mord an Brigitte Rousselin hatte ihre Widerstandskraft gelähmt, und der Anblick des gefesselten Léonard steigerte ihre nervöse Schwäche. Aber wie schnell hatte Raoul die gebotene Gelegenheit ergriffen und seine Vorteile ausgenutzt, um durch Drohung und Angst, Macht und List seinen endgültigen Sieg zu behaupten!

Jetzt war er der Herr. Er hatte Joséphine Balsamo gezwungen, sich zu unterwerfen, und gleichzeitig seine eigene Liebe in Zaum gehalten. Er fürchtete nichts mehr, nicht die Küsse und Liebkosungen, nicht die Verführungskünste und die Verzauberung der Leidenschaft, nicht das Behexen des Verlangens, denn er hatte es bis zur Grenze des Bruchs zwischen ihnen getrieben.

Er nahm die Decke vom Nipptisch und warf sie über Léonard, dann kehrte er zu Josine zurück und setzte sich neben sie.

»Ich höre.«

Sie warf ihm einen Blick voll Zorn und ohnmächtiger Wut zu und murmelte:

»Du hast unrecht. Du nutzt eine vorübergehende Schwäche aus, um etwas zu fordern, was ich dir eines Tages freiwillig erzählt hätte. Das ist eine unnötige Erniedrigung, Raoul.«

Hart wiederholte er:

»Ich höre.«

»Du hast es so gewollt. Machen wir so schnell wie möglich Schluß damit. Ich werde dir alle Einzelheiten ersparen, um so direkt zum Ziel zu kommen. Es wird weder lang noch kompliziert. Ein einfacher Bericht. Also, vor vierundzwanzig Jahren während der letzten Monate vor dem Krieg von 1870 zwischen Frankreich und Preußen wurde Kardinal de Bonnechose, der Erzbischof von Rouen und Senator, während einer Kommunionsreise durch die Provinz Caux von einem schrecklichen Gewitter überrascht und mußte ins Schloß Gueures flüchten, das damals von dem letzten Eigentümer, dem Ritter des Aubes, bewohnt wurde. Er speiste dort. Als er sich abends in sein Zimmer, das man ihm bereitet hatte, zurückzog, bat ihn der Ritter des Aubes, ein Greis von fast achtzig Jahren, der körperlich gebrochen, aber geistig noch sehr rege war, um eine Sonderaudienz, die ihm auch sogleich gewährt wurde und sehr lange dauerte. Ich gebe dir jetzt eine Zusammenfassung von den seltsamen Enthüllungen, die Kardinal de Bonnechose zu hören bekam, die er später niederschrieb und die ich um nichts verändern werde.

Ich kenne diesen Bericht auswendig. Also höre:

›Eure Eminenz‹, erklärte der alte Ritter, ›Sie werden nicht erstaunt sein, wenn ich Ihnen erzähle, daß ich meine Jugend inmitten des großen Revolutionsaufruhrs verbrachte. Zur Zeit der Schreckensherrschaft war ich zwölf Jahre alt, ich war Waise und begleitete jeden Tag meine Tante des Aubes zum benachbarten Gefängnis, in dem sie kleine Gaben verteilte und die Kranken pflegte. Alle möglichen armen Leute waren dort eingesperrt, die aufs Geratewohl verurteilt und gerichtet wurden. Dort habe ich Gelegenheit gehabt, einen tapferen Mann kennenzulernen, dessen Namen niemand kannte und von dem niemand wußte, warum und auf welche Anzeige hin er verhaftet worden war. Meine Höflichkeit und mein Mitleid machten, daß er mir vertraute. Ich gewann seine Zuneigung, und an dem Abend jenes Tages, da er zum Tod verurteilt worden war, sagte er zu mir:

›Mein Kind, morgen bei Sonnenaufgang werden mich die Häscher zum Schafott führen, und ich werde sterben, ohne daß jemand weiß, wer ich bin. Das habe ich so gewollt. Auch dir werde ich es nicht sagen. Aber die Geschehnisse machen es notwendig, daß ich dir im Vertrauen einige Mitteilungen mache. Ich bitte dich, sie wie ein Mann anzuhören und sie später mit der Ehrlichkeit und Kaltblütigkeit eines Mannes auszuwerten. Die Aufgabe, die ich dir erteile, ist sehr wichtig. Ich bin überzeugt, mein Kind, daß du sie zu würdigen und, was auch immer geschieht, ein Geheimnis für dich zu bewahren weißt, von dem für dich die größten Vorteile abhängen.‹

›Dann erfuhr ich von ihm‹, erzählte der Ritter des Aubes weiter, ›daß er Pfarrer war und als solcher unschätzbare Reichtümer in Form von kostbaren Steinen verwahrte, die von so großer Reinheit waren, daß jeder der Steine in seiner Art unermeßlichen Wert hatte. Sobald sie erworben waren, wurden diese Steine in das originellste Versteck gelegt, das man sich vorstellen kann. In einem Winkel der Landschaft Caux, auf einem freien Platz, auf dem jeder herumspazieren konnte, stand einer jener riesigen Steine, die damals wie heute bestimmte Besitzungen, wie Felder, Obstgärten, Weiden, Wälder, voneinander abgrenzten. Dieser Grenzstein aus Granit, der fast vollständig im Boden versunken und von Dickicht umgeben war, hatte an seiner oberen Kante zwei oder drei natürliche Öffnungen, die mit Erde verstopft waren und in denen kleine Pflanzen und wilde Blumen blühten.

Nachdem man den Klumpen Erde aus einer der Öffnungen herausgeschält hatte, den man nachher sorgfältig wieder hineindrückte, warf man die wunderbaren und kostbaren Steine in diese Sparbüchse in der freien Natur. Als die Höhlungen voll waren und man das Versteck nicht wechseln wollte, verschloß man einige Jahre hindurch die neu erworbenen Steine in ein Holzkästchen, das der Pfarrer selbst einige Tage vor seiner Verhaftung am Fuße des Grenzsteins vergraben hatte.

Er beschrieb mir genau den Ort und nannte mir eine Formel,

die aus einem einzigen Wort bestand und die die Stelle, falls man sie vergaß, genau bezeichnete.

Dann mußte ich ihm versprechen, daß ich in ruhigeren Zeiten, das heißt zu einem Zeitpunkt, der, wie er sehr richtig schätzte, erst in zwanzig Jahren kommen würde, mich zunächst davon überzeugen würde, daß alles noch an seinem Platz wäre, und daß ich von diesem Zeitpunkt an jedes Jahr am Ostersonntags-Festgottesdienst in der Kirche von Gueures teilnehmen würde. An einem Ostersonntag würde ich neben dem Weihwasserkessel einen schwarzgekleideten Mann erblicken. Nachdem ich ihm meinen Namen genannt haben würde, würde er mich zu einem kupfernen Leuchter mit sieben Armen führen, den man nur an Festtagen anzündete. Dieses Zeichen sollte ich sogleich damit beantworten, daß ich ihm die Formel für das Versteck nannte.

Das waren zwischen uns die beiden Erkennungszeichen. Danach sollte ich ihn zum Grenzstein führen.

Ich schwor bei meinem Seelenheil, daß ich blind den gegebenen Anweisungen folgen würde. Am nächsten Morgen stieg der würdige Pfarrer aufs Schafott.

Eure Eminenz, obgleich ich noch sehr jung war, hielt ich gläubig meinen Schwur, zu schweigen. Als meine Tante des Aubes starb, wurde ich als Fähnrich eingezogen und machte in den folgenden Jahren alle Kriege unter dem Direktorium und dem Kaiserreich mit. Nach dem Sturz Napoleons war ich dreiunddreißig Jahre alt und wurde als Oberst entlassen. Ich begab mich zunächst zu dem Versteck und entdeckte schnell den Granitstein, dann ging ich am Ostersonntag des Jahres 1816 in die Kirche von Gueures, wo ich auf dem Altar den Kupferleuchter erkannte. An jenem Sonntag stand der schwarzgekleidete Mann nicht vor dem Weihwasserkessel.

Ich begab mich am nächsten Ostersonntag wieder dorthin, und dann jeden Sonntag, denn ich hatte in der Zwischenzeit das Schloß Gueures, das verkauft wurde, erworben. Wie ein gewissenhafter Soldat stand ich an dem mir bezeichneten Posten Wache. Ich wartete.

Eure Eminenz, jetzt warte ich seit fünfundfünzig Jahren, niemand ist gekommen, und ich habe niemals auch nur das geringste gehört, was mit dieser Geschichte in Beziehung stehen könnte. Der Grenzstein ist noch auf seinem Platz. Der Leuchter wird an den vorgeschriebenen Tagen von dem Kirchendiener von Gueures angezündet. Aber der schwarzgekleidete Mann ist nicht zur Verabredung gekommen.

Was sollte ich tun? An wen mich wenden? Einen Versuch bei der Kirchenbehörde unternehmen? Den König von Frankreich um eine Audienz bitten? Nein, mein Auftrag war streng festgelegt. Ich hatte nicht das Recht, ihn auf meine Art zu interpretieren.

Ich schwieg. Aber was für Gewissenskonflikte. Was für schmerzliche Skrupel! Welche Angst bei dem Gedanken, ich könne sterben und ein so großes Geheimnis mit ins Grab nehmen.

Eure Eminenz, seit heute abend sind alle meine Zweifel und Skrupel verschwunden. Ihre zufällige Ankunft in diesem Schloß erscheint mir als ein untrügliches Zeichen des göttlichen Willens. Sie verkörpern gleichzeitig die religiöse und die weltliche Macht. Als Erzbischof sind Sie Vertreter der Kirche, als Senator vertreten Sie Frankreich. Ich glaube, ich tue recht daran, wenn ich Ihnen Enthüllungen mache, die sowohl den einen wie auch den anderen interessieren. Von nun an müssen Sie entscheiden, Eure Eminenz. Handeln Sie. Verhandeln Sie. Und wenn Sie mir sagen, wem ich den heiligen Schatz übergeben soll, erhalten Sie von mir alle notwendigen Angaben.‹

Ohne ihn zu unterbrechen, hatte ihm Kardinal de Bonnechose zugehört, kam jedoch nicht umhin, zuzugeben, daß ihm die Geschichte ein wenig unglaubhaft vorkäme. Daraufhin verschwand der Ritter und brachte nach wenigen Augenblicken ein Holzkästchen.

›Hier ist das Kästchen, von dem mir erzählt wurde und das ich an der Stelle gefunden habe. Ich hielt es für besser, es zu mir zu nehmen. Nehmen Sie es mit, Eure Eminenz, und lassen Sie die einige hundert kostbaren Steine, die es enthält, schätzen. Dann werden Sie wissen, daß meine Geschichte wahr ist und daß der würdige Pfarrer nicht zu Unrecht von unschätzbaren Reichtümern gesprochen hat, denn der Granitstein enthält nach seiner Versicherung zehntausend ebenso schöne Steine wie diese hier.‹

Die Beharrlichkeit des Ritters und die Beweise, die er lieferte, überzeugten den Kardinal, der versprach, der Sache nachzugehen und den Greis zu sich zu bestellen, sobald eine Lösung gefunden wäre.

Die Unterredung schloß mit diesem Versprechen, und der Erzbischof hatte den besten Willen, es zu halten. Doch die Ereignisse verzögerten die Ausführung. Das waren zunächst die Kriegserklärung zwischen Frankreich und Preußen und die Mißgeschicke, die darauf folgten. Die schwere Verantwortung seiner Stellung nahm ihn völlig in Anspruch. Das Kaiserreich brach zusammen. Frankreich wurde besetzt, und Monate vergingen.

Als Rouen bedroht war, kam der Kardinal, der einige wichtige Dokumente nach England befördern wollte, auf den Gedanken, das Kästchen des Ritters dieser Sendung beizulegen. Am vierten Dezember, am Vorabend des Tages, an dem die Deutschen in die Stadt drangen, fuhr ein Vertrauter, ein gewisser Herr Jaubert, in einem Wagen nach Le Havre, wo er sich einschiffen sollte.

Zwei Tage später bekam der Kardinal die Nachricht, daß Jauberts Leiche in einer Schlucht im Wald von Rouvray, zehn Kilometer von Rouen entfernt, gefunden worden sei. Man brachte dem Kardinal den Koffer mit den Dokumenten. Der Wagen aber und die Pferde wie auch das Holzkästchen waren verschwunden. Erkundigungen ergaben, daß der unglückliche Diener wahrscheinlich in die Hände eines jener deutschen Spähtrupps gefallen war, die Rouen einkreisten, um die Wagen der reichen Bürger, die nach Le Havre fliehen wollten, aufzuhalten. Die Pechsträhne setzte sich fort. Anfang Januar kam ein Bote des Ritters des Aubes zu dem Kardinal. Der Greis hatte die Niederlage seines Landes nicht verwinden können. Vor seinem

Tod hatte er diese zwei fast unleserlichen Sätze aufgekritzelt:

›Das Wort der Formel, die den Platz des Grenzsteins bezeichnet, ist auf dem Boden des Kästchens eingraviert ... Ich habe den Kupferleuchter in meinem Garten versteckt.‹

So hatte der Kardinal keinerlei Anhalt mehr. Da das Kästchen gestohlen war, gab es keinen Beweis mehr dafür, daß die Erzählung des Ritters des Aubes auch nur ein Körnchen Wahrheit enthielt. Niemand hatte die Steine gesehen. Waren sie echt? Oder gab es sie vielleicht nur in der Phantasie des Ritters? Und diente das Kästchen vielleicht ganz einfach nur als Schatulle für Theaterschmuck und ein paar wertlose farbige Steine? Nach und nach befielen den Kardinal Zweifel, und sie waren so stark, daß er sich entschloß, über die ganze Angelegenheit zu schweigen. Die Erzählung des Ritters des Aubes mußte als Wahnvorstellung eines Greises angesehen werden. Es wäre gefährlich gewesen, derartige Hirngespinste zu verbreiten. Also schwieg er. Aber ...«

»Aber?« wiederholte Raoul d'Andrésy, den solche Hirngespinste außerordentlich zu interessieren schienen.

»Aber«, antwortete Joséphine Balsamo, »bevor er diesen endgültigen Entschluß faßte, hatte er die wenigen Seiten geschrieben, jene Erinnerungen an seine Unterhaltung im Schloß Gueures und die Zwischenfälle, die ihr folgten, ein Memorandum, das er zu verbrennen vergaß oder verlegte und das einige Jahre nach seinem Tod in einem seiner Theologiebücher gefunden wurde, als man seine Bibliothek versteigerte.«

»Von wem gefunden?«

»Von Beaumagnan.«

Joséphine Balsamo hatte die Geschichte mit gesenktem Kopf und monotoner Stimme erzählt, wie eine aufgesagte Lektion. Als sie ihn ansah, erschrak sie über Raouls Gesichtsausdruck.

»Was hast du?« fragte sie.

»Das interessiert mich brennend. Denk doch, Josine, denk doch, Schritt für Schritt können wir durch die Mitteilungen der drei Greise, die ihr Wissen wie eine Fackel einander gegenseitig übergaben, über ein Jahrhundert weit zurückgehen, und dann geraten wir in eine Legende, was sage ich, in ein ungeheures Geheimnis, das seinen Ursprung im Mittelalter hat. Die Kette ist nicht gerissen. Alle Glieder sind an ihrem Platz. Und als letztes Glied dieser Kette erscheint Beaumagnan. Was hat er, Beaumagnan, getan? Muß man ihn seiner Rolle für würdig erklären oder ihm diese aberkennen? Soll ich mich mit ihm verbinden oder ihm die Fackel entreißen?«

Raouls Begeisterung faszinierte die Cagliostro, so daß sie ihn nicht unterbrechen mochte. Noch zögerte sie jedoch, denn die vielleicht wichtigsten, auf jeden Fall die schwerwiegendsten Worte waren noch nicht ausgesprochen: die, die sich auf ihre eigene Rolle bezogen. Er bat sie:

»Weiter, Josine. Wir sind auf einer herrlichen Fährte. Laß uns zusammengehen, wir werden den Schatz gemeinsam heben.«

Sie fuhr fort:

»Beaumagnan kann man mit einem Wort definieren: er ist ehrgeizig. Von Anfang an hat er seine religiöse Berufung, die echt ist, in den Dienst seines Ehrgeizes gestellt, der maßlos ist, und das eine wie das andere hat ihn dazu gebracht, in die Gesellschaft Jesu einzutreten, in der er einen wichtigen Posten innehat. Die Entdeckung der Aufzeichnungen berauschte ihn. Weite Horizonte öffneten sich vor ihm. Es gelang ihm, einige seiner Vorgesetzten zu gewinnen, er begeisterte sie für die Eroberung der Reichtümer, und er erreichte, daß alle Einflüsse des Ordens zugunsten seines Unternehmens ins Spiel gesetzt wurden.

Er sammelte sogleich etwa ein Dutzend mehr oder weniger ehrwürdige Männer um sich, die fast alle mehr oder weniger verschuldet waren, denen er nur einen Teil der Geschichte enthüllte und die er zu einer echten Verschwörergruppe zusammenschweißte, die zu allem bereit war. Jeder hatte ein Arbeitsfeld, jeder seinen Forschungsbereich. Beaumagnan hielt sie durch Geld bei der Stange, mit dem er verschwenderisch umgeht.

Zwei Jahre sorgfältigen Suchens brachten Ergebnisse, die nicht zu verachten sind. Zunächst erfuhr man, daß der enthauptete Pfarrer Bruder Nicolas hieß und Schatzmeister der

Abtei von Fécamp war. Dann entdeckte man bei Durchsuchungen geheimer Archive und alter Urkunden einen merkwürdigen Briefwechsel, an dem damals alle Klöster Frankreichs beteiligt waren, und es ergab sich daraus, daß schon seit sehr langer Zeit Geld geschickt wurde, das wie eine Zinsabgabe freiwillig von allen religiösen Institutionen gezahlt und von den Klöstern der Provinz Caux eingesammelt wurde. Dieses Geld schien einen gemeinsamen Schatz zu bilden, eine unerschöpfliche Reserve, um mögliche Angriffe zu unterstützen oder Kreuzzüge zu unternehmen. Ein Schatzkammerrat, der sich aus sieben Mitgliedern zusammensetzte, verwaltete diese Reichtümer, aber nur einer von ihnen kannte ihr Versteck.

Die Revolution hatte alle diese Klöster vernichtet. Aber die Reichtümer waren vorhanden. Bruder Nicolas war ihr letzter Hüter gewesen.«

Große Stille folgte Joséphine Balsamos Worten. Raouls Neugier war nicht enttäuscht worden, er war sehr erregt.

Voll verhaltener Begeisterung murmelte er:

»Wie herrlich das alles ist! Was für ein wunderbares Abenteuer! Ich habe schon immer die Gewißheit gehabt, daß die Vergangenheit der Gegenwart einige jener fabelhaften Schätze hinterlassen hat, die aufzufinden ein unlösbares Rätsel zu sein scheint. Wie sollte es auch anders sein? Unsere Ahnen besaßen noch nicht wie wir Panzerschränke und Keller in der Bank von Frankreich. Sie mußten naturgegebene Verstecke suchen, Gold und Schmuck dort verbergen und das Geheimnis durch eine mnemotechnische Formel weitergeben, wie wir dazu heute die Chiffre eines Schlosses verwenden. Wenn etwas Umwälzendes eintrat, war das Geheimnis verloren und mit ihm der so mühsam zusammengescharrte Schatz.«

Seine Aufregung wuchs, fröhlich plätscherte seine Stimme.

»Dieser wird es nicht sein, Joséphine Balsamo, und er ist ein besonders phantastischer. Wenn Bruder Nicolas die Wahrheit gesagt hat – und alles deutet darauf hin –, wenn wirklich zehntausend kostbare Steine in das seltsame Versteck gebracht wurden, müßte man diese unschätzbaren Werte doch mindestens mit einer Milliarde Francs veranschlagen – diese Opfer von Millionen und aber Millionen Mönchen, diese gigantische Gabe eines ganzen christlichen Volkes und der großen fanatisch gläubigen Epoche. Und das alles liegt im Schoß eines Granitsteins, inmitten eines normannischen Obstgartens! Ist das nicht hinreißend?

Und deine Rolle in dieser abenteuerlichen Geschichte, Joséphine Balsamo? Was weißt du? Hast du von Cagliostro besondere Hinweise?«

»Nur ein paar Worte«, sagte sie. »Er hat auf meine Liste der vier Rätsel, die er entdeckt hat, gegenüber dem uns betreffenden und jenem von dem Vermögen der Könige von Frankreich folgende Anmerkung geschrieben: ›Zwischen Rouen, Le Havre und Dieppe (Bekenntnisse von Marie-Antoinette)‹.«

»Ja, ja«, fuhr Raoul sinnend fort, »die Landschaft von Caux... die Mündung des alten Flusses, an dessen Ufern die Könige von Frankreich und die Mönche lebten... Dort sind die Ersparnisse eines gläubigen Jahrtausends versteckt... Das Kästchen und der Stein, beide sind dort, nicht weit voneinander entfernt, und dort werde ich sie finden.«

Und zu Josine:

»Du suchtest also auch?«

»Ja, aber ohne genaue Angaben...«

»Und eine andere Frau sucht wie du?« fragte er sie mit einem durchdringenden Blick, »diejenige, die die beiden Freunde Beaumagnans getötet hat?«

»Ja, die Marquise de Belmonte, die, wie ich annehme, ein Nachkomme des Cagliostro ist.«

»Und du hast nichts entdeckt?«

»Nichts, bis zu dem Tag, da ich Beaumagnan begegnete.«

»Der den Mord an seinen Freunden rächen wollte?«

»Ja.«

»Und Beaumagnan hat dir nach und nach anvertraut, was er wußte?«

»Ja.«

»Von sich aus?«

»Von sich aus...«

»Das heißt, du hast erraten, daß er dasselbe Ziel wie du verfolgte, und du hast seine Liebe zu dir ausgenutzt, um ihm vertrauliche Mitteilungen zu entlocken.«

»Ja,« bekannte sie offen.

»Dein Einsatz war hoch.«

»Ja, mein Leben. Durch seinen Entschluß, mich zu töten, wollte er sich sicher von der Liebe befreien, unter der er litt, da ich sie nicht erwiderte. Aber er hatte auch oder hauptsächlich Angst um das, was er mir anvertraut hatte. So bin ich plötzlich für ihn die Feindin geworden, die vor ihm das Ziel erreichen konnte. An dem Tag, als er seinen Fehler erkannte, war ich verurteilt.«

»Seine Entdeckungen beschränken sich im ganzen gesehen jedoch auf einige ziemlich vage historische Tatsachen.«

»Nur darauf.«

»Der Arm des Leuchters, den ich aus dem Pfeiler gezogen habe, war der erste positive Beweis für die Wahrheit?«

»Der erste.«

»Ich nehme es wenigstens an. Denn es könnte sein, daß er seit eurem Bruch um einige Schritte vorangekommen ist.«

»Um einige Schritte?«

»Ja, um einen wenigstens. Gestern abend ist Beaumagnan ins Theater gegangen. Warum? Nur deswegen, weil Brigitte Rousselin ein aus sieben Steinen zusammengesetztes Band um die Stirn trug. Er wollte erfahren, was das bedeutete, und zweifellos war er es auch, der heute morgen Brigittes Haus überwachen ließ.«

»Nehmen wir an, daß es so ist, wir können es trotzdem nicht herausbekommen.«

»Wir können es, Josine.«

»Wie? Durch wen?«

»Durch Brigitte Rousselin.«

Sie zuckte zusammen. »Brigitte Rousselin...«

»Natürlich«, sagte er ruhig, »wir brauchen sie nur zu fragen.«

»Diese Frau fragen?«

»Ich spreche von ihr, von keiner anderen.«

»Aber dann... aber dann... sie lebt also?«

»Bei Gott!«

Er stand auf und drehte sich zwei-, dreimal auf dem Absatz und deutete ein paar Tanzschritte an, eine Art Cancan oder Gigue.

»Ich flehe dich an, Gräfin Cagliostro, wirf mir nicht so wütende Blicke zu. Wenn ich in dir nicht einen starken Nervenschock provoziert hätte, der deinen Widerstand brach, hättest du nichts von alledem gebeichtet, und wo wären wir dann jetzt? Eines schönen Tages hätte Beaumagnan die Milliarde verschlungen und Joséphine Däumchen gedreht. Los, ich will ein liebliches Lächeln und nicht diesen haßerfüllten Blick sehen.«

Sie flüsterte:

»Du hast die Kühnheit gehabt!... Du hast gewagt!... Und die Drohungen, diese Erpressung, um mich zum Sprechen zu zwingen, war gespielt? Oh, Raoul, ich werde dir das nie verzeihen.«

»Aber natürlich, aber natürlich«, sagte er scherzend, »du wirst es verzeihen. Eine kleine Verletzung der Eigenliebe, die nichts mit unserer Liebe zu tun hat, mein Liebling. Zwischen Menschen, die sich wie wir lieben, gibt es das nicht. Einmal ist es der eine, der verletzt, ein anderes Mal der andere... bis zu dem Augenblick, wo die Übereinstimmung in allen Punkten vollkommen ist.«

»Wenn man vorher nicht miteinander bricht«, preßte sie zwischen den Zähnen hervor.

»Brechen? Weil ich dich um ein paar Vertraulichkeiten erleichtert habe? Brechen...?«

Joséphines Ausdruck blieb so verstört, daß Raoul, plötzlich von wildem Lachen gepackt, seine Erklärungen unterbrechen mußte. Er sprang von einem Fuß auf den anderen und stöhnte, während er die wildesten Verrenkungen machte:

»Gott! Ist das komisch! Die gnädige Frau ist verärgert! Was denn? Sollen wir uns nicht mehr an der Nase herumführen! Um nichts und wieder nichts wirst du böse! Oh, meine gute Joséphine, du bringst mich wirklich zum Lachen!«

Sie hörte nicht mehr hin. Ohne sich um ihn zu kümmern, zog sie Léonard die Decke vom Kopf und zerschnitt seine Fesseln. Léonard sprang wie ein wildgewordenes Tier auf Raoul zu.

»Rühr ihn nicht an«, befahl sie.

Er beherrschte sich und hob drohend seine Fäuste Raoul entgegen, dem vor Lachen die Tränen aus den Augen liefen.

»Ach, da ist ja der Häscher... ein Teufel, der aus seiner Schachtel springt...«

Léonard zitterte außer sich vor Wut:

»Wir treffen uns wieder, mein Kleiner... Wir treffen uns wieder, mein Kleiner, und sollte es in hundert Jahren sein.«

»Du rechnest also in Jahrhunderten, du auch?« lästerte Raoul, »genau wie deine Herrin...«

»Verschwinde«, befahl die Cagliostro und stieß Léonard zur Tür, »verschwinde, und nimm den Wagen mit.«

Sie wechselten ein paar schnelle Worte in einer Sprache, die Raoul nicht verstand. Als sie endlich mit dem jungen Mann allein war, machte sie einen Schritt auf ihn zu und fragte scharf:

»Und jetzt?«

»Jetzt?«

»Ja, deine Absichten?«

»Sind vollständig rein, Joséphine, engelreine Absichten.«

»Hör auf mit den Dummheiten. Was willst du tun? Wie willst du weiter vorgehen?«

Ernst geworden antwortete er:

»Ich werde anders handeln als du, Josine, die du immer nur mißtrauisch warst. Ich werde das sein, was du nicht gewesen bist, ein ehrlicher Freund, der erröten würde, wenn er dir Unrecht täte.«

»Das heißt?«

»Das heißt, daß ich Brigitte Rousselin die wenigen notwendigen Fragen stellen werde, und zwar so, daß du sie hören kannst. Bist du einverstanden?«

»Ja«, sagte sie, immer noch verwirrt.

»Dann bleib jetzt hier. Es wird nicht lange dauern. Die Zeit ist knapp.«

»Die Zeit ist knapp?«

»Ja, du wirst es gleich verstehen, Josine. Verhalte dich ruhig.«

Raoul öffnete die beiden Verbindungstüren und ließ sie einen Spalt offen, so daß sie jedes Wort hören konnte, und ging zu dem Bett, auf dem sich Brigitte Rousselin unter Valentines Obhut ausruhte.

Die junge Schauspielerin lächelte ihm entgegen. Trotz ihres Entsetzens und obwohl sie nichts von dem begriff, was geschehen war, überkam sie ein Gefühl der Erleichterung, von Sicherheit und Vertrauen, als sie Raoul erblickte.

»Ich will Sie nicht ermüden«, sagte er. »Nur eine oder zwei Minuten. Sie sind soweit hergestellt, daß Sie antworten können?«

»Oh! Natürlich.«

»Sehr schön. Sie sind das Opfer eines Halbirren geworden, den die Polizei überwacht und den man in eine Anstalt bringen wird. Also keine Gefahr mehr. Aber ich hätte gern Klarheit über einen Punkt gehabt.«

»Fragen Sie.«

»Was ist mit diesem Diadem? Von wem haben Sie es?«

Er fühlte, wie sie zögerte. Dann gestand sie jedoch:

»Es sind Steine, die ich in einem alten Kästchen gefunden habe.«

»Einem alten Kästchen aus Holz?«

»Ja, es war ganz zerspalten und nicht einmal verschlossen. Es lag unter dem Stroh auf dem Dachboden eines kleinen Hauses, das meine Mutter in der Provinz bewohnt.«

»Wo?«

»In Lillebonne, zwischen Rouen und Le Havre.«

»Gut. Und woher kam dieses Kästchen?«

»Das weiß ich nicht. Ich habe meine Mutter nicht danach gefragt.«

»Sie haben die Steine so vorgefunden, wie sie heute noch sind?«

»Nein. Sie befanden sich auf sieben breiten silbernen Ringen.«

»Und diese Ringe?«

»Ich hatte sie gestern noch in meinem Schminkkasten im Theater.«

»Sie haben sie also nicht mehr?«

»Nein, ich habe sie einem Herrn überlassen, der mich in meinem Ankleidezimmer beglückwünschte und sie zufällig sah.«

»War er allein?«

»Mit zwei anderen Herren. Es war ein Sammler. Ich habe ihm versprochen, ihm heute um drei Uhr auch die sieben Steine zu bringen, damit er sie wieder einfassen kann. Er muß sie mir teuer bezahlen.«

»Tragen die Ringe innen eine Inschrift?«

»Ja... Worte in alten Buchstaben, die ich nicht entziffern konnte.«

Raoul überlegte und schloß dann mit ernster Stimme:

»Ich rate Ihnen, diese Ereignisse unter allen Umständen geheimzuhalten. Sonst könnte die Sache ärgerliche Folgen haben, nicht für Sie, sondern für Ihre Mutter. Es ist einigermaßen erstaunlich, daß sie Ringe bei sich versteckt, die offensichtlich ohne Wert, aber von großem historischem Interesse sind.«

Brigitte Rousselin erschrak:

»Ich bin bereit, sie herzugeben.«

»Nicht nötig. Behalten Sie die Steine. Ich werde in Ihrem Namen die Herausgabe der Ringe fordern. Wo wohnt dieser Herr?«

»Rue de Vaugirard.«

»Sein Name?«

»Beaumagnan.«

»Gut. Ein letzter Rat noch. Verlassen Sie dieses Haus. Es liegt zu einsam. Und leben Sie einige Zeit – vielleicht für einen Monat

– mit Ihrem Zimmermädchen in einem Hotel. Dort werden Sie niemanden empfangen. Abgemacht?«

»Ja, mein Herr.«

Draußen krampften sich Joséphine Balsamos Hände um Raouls Arm. Sie schien sehr aufgeregt und von jedem Rachegedanken oder Wutausbruch weit entfernt. Schließlich fragte sie ihn:

»Ich habe verstanden, nicht wahr? Du willst zu ihm?«

»Zu Beaumagnan.«

»Das ist Wahnsinn.«

»Warum?«

»Zu Beaumagnan! Und zu einer Stunde, da du genau weißt, daß er mit den beiden anderen zu Hause ist.«

»Zwei plus eins gibt drei.«

»Geh nicht, ich bitte dich.«

»Warum? Glaubst du, sie werden mich fressen?«

»Beaumagnan ist zu allem fähig.«

»So? Ist er ein Menschenfresser?«

»Oh, lach doch nicht, Raoul!«

»Weine nicht, Josine.«

Er fühlte, daß sie es ernst meinte und daß sie, nun wieder von weiblicher Zärtlichkeit erfüllt, ihren Ärger vergessen hatte und sich um ihn sorgte.

»Geh nicht hin, Raoul«, wiederholte sie. »Ich kenne Beaumagnans Wohnung. Die drei Banditen würden sich auf dich stürzen, ohne daß dir jemand helfen könnte.«

»Um so besser, dann kann auch ihnen niemand helfen.«

»Raoul, Raoul, du machst Spaß, und doch ...«

Er preßte sie an sich.

»Höre, Josine, ich gerate als glücklicher letzter in diese ungeheure Geschichte und stehe zwei mächtigen Kräften gegenüber, dir und Beaumagnan. Ihr weigert euch natürlich beide, mich als dritten Gauner aufzunehmen, so daß ich, wenn ich nicht durchschlagende Mittel gebrauche, Gefahr laufe, wie vorher als Hanswurst dazustehen. Laß mich doch mit unserem Feind

Beaumagnan fertig werden, wie es mir mit meiner Freundin Joséphine Balsamo gelungen ist. Ich habe es nicht schlecht angefangen, nicht wahr, und du kannst nicht leugnen, daß ich bereits einige Steine im Brett habe.«

Wieder hatte er sie verletzt. Sie löste sich aus seinem Arm, und schweigend gingen sie nebeneinander her.

Innerlich fragte sich Raoul, ob nicht sein unversöhnlichster Gegner diese Frau mit dem sanften Gesicht sei, die er so heiß liebte und von der er so heiß geliebt wurde.

Der Tarpejische Fels

»Wohnt hier Herr Beaumagnan?«

Innen wurde das Guckloch geöffnet, und das Gesicht eines alten Dieners preßte sich gegen das Gitter.

»Er wohnt hier. Aber der Herr empfängt nicht.«

»Sagen Sie ihm, ich käme im Auftrag von Fräulein Brigitte Rousselin.«

Beaumagnans Wohnung befand sich im Erdgeschoß eines einstöckigen Hauses. Es gab keinen Pförtner, keine Klingel. Man mußte mit einem Eisenhammer gegen ein massives Tor klopfen, in dem sich eine kleine Einlaßpforte befand, eine Türe wie in einem Gefängnis.

Raoul wartete über fünf Minuten. Da man den Besuch der jungen Schauspielerin erwartete, mußte der eines jungen Mannes die drei Männer irritieren.

»Der Herr wird gebeten, seine Karte abzugeben«, sagte der Diener, als er zurückkehrte.

Raoul gab ihm seine Karte.

Neuerliches Warten. Dann wurde ein Riegel aufgeschoben, Ketten klirrten, und Raoul wurde in eine große, gut gebohnerte Halle geführt, die mehr dem Vorsaal eines Klosters glich und an deren Wänden die Feuchtigkeit ausschlug.

Sie gingen an mehreren Türen vorbei. Die Flügel der letzten waren mit Leder gepolstert.

Der alte Diener öffnete und schloß die Tür hinter dem jungen Mann, der sich nun allein seinen drei Feinden gegenübersah, denn anders konnte man diese drei Männer nicht bezeichnen. Zwei von ihnen standen da wie zum Angriff bereite Boxer und belauerten ihn.

»Er ist es! Er ist es tatsächlich!« rief Godefroy d'Etigues

wutschnaubend. »Beaumagnan, er ist es, unser Mann von Gueures, der den Arm des Leuchters gestohlen hat. Oh, ist das eine Frechheit! Was wollen Sie heute? Wenn Sie wegen der Hand meiner Tochter ...«

Lachend erwiderte Raoul:

»Denken Sie denn immer nur daran? Ich empfinde für Fräulein Clarisse tiefe Gefühle, und in meinem Innern bewahre ich eine ehrerbietige Hoffnung, aber mein Besuch gilt heute ebensowenig wie damals in Gueures meinen Heiratsplänen.«

»Also, Ihr Ziel?« brummte der Baron.

»In Gueures kam ich, um Sie in dem Keller einzusperren, heute ...«

Beaumagnan mußte eingreifen, sonst hätte sich Godefroy d'Etigues auf den Eindringling gestürzt.

»Lassen Sie es gut sein, Godefroy. Setzen Sie sich, mein Herr, und sagen Sie uns bitte den Grund Ihres Besuches.«

Er selbst setzte sich vor seinen Schreibtisch. Raoul machte es sich bequem.

Bevor er anfing zu sprechen, musterte er seine Gesprächspartner genau. Ihre Gesichter hatten sich, so schien es ihm, seit der Zusammenkunft in Haie d'Etigues verändert. Besonders der Baron war gealtert. Seine Wangen waren hohl, und in seinen Augen lag zeitweilig ein so verstörter, scheuer Ausdruck, daß Raoul erschrak. Ihre Gewissensbisse mußten dieses Fieber und die Unruhe, die Raoul auch auf dem Gesicht Beaumagnans zu entdecken glaubte, bewirkt haben.

Beaumagnan jedoch war beherrschter. Wenn ihn die Erinnerung an die tote Josine quälte, dann höchstens in der Art eines Zwiegesprächs mit dem Gewissen, bei dem man seine Tat verurteilt und dennoch auf seinem Recht besteht; ein innerer Prozeß, der das Äußere des Menschen nicht beeinträchtigt und ihn nur in Krisenminuten aus dem Gleichgewicht bringen kann.

›So etwas‹, sagte sich Raoul, ›muß ich hervorrufen, wenn ich Erfolg haben will. Er oder ich, einer von uns beiden muß nachgeben.‹

Und als Beaumagnan fortfuhr:

»Was wünschen Sie? Sie haben den Namen von Fräulein Rousselin benutzt, um sich Eintritt zu verschaffen. In welcher Absicht...?«

Da erwiderte er kühn:

»In der Absicht, mein Herr, die Unterhaltung fortzusetzen, die Sie gestern abend im Varietétheater mit ihr begonnen haben.«

Der Angriff war direkt. Aber Beaumagnan entzog sich ihm nicht.

»Ich glaube, daß dieses Gespräch nur mit ihr selbst fortgeführt werden kann, und ich erwartete nur sie.«

»Fräulein Rousselin ist durch einen ernsten Grund abgehalten worden.«

»Einen ernsten Grund?«

»Ja. Sie wurde das Opfer eines Mordversuchs.«

»Was sagen Sie? Man hat versucht, sie zu töten? Und warum?«

»Um ihr die sieben Steine zu nehmen, so wie Sie und diese Herren ihr die sieben Ringe genommen haben.«

Godefroy und Oscar de Bennetot rutschten unruhig auf ihren Stühlen hin und her. Beaumagnan beherrschte sich, schaute aber erstaunt auf diesen jungen Mann, dessen unerklärliches Eingreifen herausfordernd und arrogant wurde. In jedem Fall nahm er diesen Gegner nicht ernst, man spürte es an dem lässigen Ton seiner Antwort:

»Das ist jetzt das zweite Mal, daß Sie sich in etwas einmischen, das Sie nichts angeht, und das in einer Art und Weise, die uns herausfordert, Ihnen die verdiente Lektion zu erteilen. Das erste Mal in Gueures haben Sie meine Freunde in einen Hinterhalt gelockt und sich eines Gegenstandes bemächtigt, der uns gehörte, was in der Umgangssprache ganz schlicht als schwerer Diebstahl bezeichnet wird. Heute ist Ihr Angriff noch unverschämter, da Sie uns ohne den geringsten Grund frech beleidigen, denn Sie wissen sehr gut, daß wir jene Ringe nicht gestohlen haben, sondern daß sie uns überlassen wurden. Können Sie uns die Gründe Ihres Verhaltens nennen?«

den.«
inen ernsten Grund?«
a. Sie wurde das Opfer eines Mordve
Vas sagen Sie? Man hat versucht, sie zu
Jm ihr die sieben Steine zu nehmen,
en ihr die sieben Ringe genommen h
odefroy und Oscar de Bennetot rutsch
ten hin und her. Beaumagnan beherrs
unt auf diesen jungen Mann, dessen u
erausfordernd und arrogant wurde. I
n Gegner nicht ernst, man spürte es

»Sie wissen ebensogut«, erwiderte Raoul, »daß es von meiner Seite aus weder ein Diebstahl noch ein Angriff war, sondern einfach die Bemühungen von jemandem, der dasselbe Ziel verfolgt wie Sie.«

»Aha? Sie verfolgen dasselbe Ziel wie wir?« fragte Beaumagnan spöttisch. »Und was ist das bitte für ein Ziel?«

»Jene zehntausend kostbaren Steine, die in einem ausgehöhlten Granitstein versteckt liegen.«

Mit einem Schlag war Beaumagnan aus der Fassung gebracht, was er durch seine Haltung und sein verlegenes Schweigen ungeschickt durchblicken ließ. Raoul verstärkte daraufhin seinen Angriff.

»Da wir also alle beide den sagenhaften Schatz der alten Klöster suchen, kommt es natürlich vor, daß sich unsere Wege kreuzen, was zu Zusammenstößen führt. Das ist alles.«

Der Schatz der Klöster! Der Granitstein! Die zehntausend Edelsteine! Jedes dieser Worte traf Beaumagnan wie ein Keulenschlag. Man mußte also auch noch mit diesem Rivalen rechnen. Kaum war die Cagliostro verschwunden, tauchte ein anderer Mitbewerber im Rennen um die Millionen auf!

Godefroy d'Etigues und Bennetot rollten wild mit den Augen und reckten kampfbereit ihre hünenhaften Oberkörper. Beaumagnan straffte sich, um seine Kaltblütigkeit wiederzuerlangen. Er wußte, wie notwendig er sie brauchte.

»Legenden!« sagte er, indem er versuchte, seiner Stimme einen festen Klang zu geben und den Faden seiner Gedanken wiederzufinden. »Altweibergeschwätz! Märchen, bei denen man stehend einschläft! Daran vergeuden Sie Ihre Zeit?«

»Ich vergeude sie nicht mehr als Sie», antwortete Raoul, der nicht wollte, daß Beaumagnan seine Sicherheit wiedergewann, und keine Gelegenheit ausließ, ihm den Wind aus den Segeln zu nehmen. »Nicht mehr als Sie, dessen ganzes Tun diesem Schatz gilt, nicht mehr als der Kardinal de Bonnechose daran vergeudete, dessen Bericht durchaus kein Altweibergeschwätz war. Nicht mehr als das Dutzend Freunde, deren Chef Sie sind.«

»Herr im Himmel«, sagte Beaumagnan, der die Ironie nachahmte, »was sind Sie gut unterrichtet!«

»Viel besser, als Sie ahnen.«

»Und von wem haben Sie diese Auskünfte?«

»Von einer Frau.«

»Einer Frau?«

»Joséphine Balsamo, der Gräfin de Cagliostro.«

»Die Gräfin de Cagliostro!« rief Beaumagnan, völlig aus der Fassung geraten. »Sie haben sie also gekannt?«

Raouls Plan war plötzlich gelungen. Er brauchte nur den Namen der Cagliostro ins Gespräch zu bringen, um den Gegner in Schrecken zu versetzen, und dieses Entsetzen war so groß, daß Beaumagnan aus unerklärlicher Unvorsichtigkeit so von der Cagliostro sprach, als ob sie nicht mehr lebte.

»Sie haben sie gekannt? Wo? Wann? Was hat sie Ihnen erzählt?«

»Ich habe sie Anfang vorigen Winters kennengelernt, genau wie Sie, mein Herr«, sagte Raoul, seinen Angriff ausbauend. »Und den ganzen Winter hindurch, bis zu dem Augenblick, als ich das Vergnügen hatte, die Tochter des Barons d'Etigues zu treffen, habe ich sie fast jeden Tag gesehen.«

»Sie lügen!« warf Beaumagnan dazwischen. »Sie hat Sie nicht jeden Tag sehen können. Sie hätte mir Ihren Namen genannt. Ich war so gut Freund mit ihr, daß sie ein Geheimnis dieser Art nicht für sich behalten hätte!«

»Dieses behielt sie für sich.«

»Verleumdung! Sie wollen uns glauben machen, daß zwischen Ihnen und ihr eine solche Intimität bestanden hätte. Das ist falsch, mein Herr. Man kann Joséphine Balsamo viele Dinge vorwerfen: ihre Eitelkeit, ihre Betrügereien, aber das nicht, keine Ausschweifung.«

»Die Liebe ist keine Ausschweifung«, sagte Raoul ruhig.

»Was sagen Sie? Joséphine Balsamo liebte Sie?«

»Ja, mein Herr.«

Beaumagnan war außer sich. Er schwang seine Faust vor

Raouls Gesicht. Jetzt mußte er beruhigt werden, er zitterte vor Wut, und Schweiß lief ihm von der Stirn.

›Ich habe ihn‹, dachte Raoul vergnügt. ›Über Verbrechen und Gewissensbisse stolpert er nicht. Aber die Liebe nagt noch immer an ihm, und ich werde ihn dahin bringen, wohin ich ihn haben will.‹

Ein oder zwei Minuten vergingen. Beaumagnan wischte sich über das Gesicht. Gierig trank er ein Glas Wasser, stellte wohl fest, daß man diesen Feind, so schmal er auch war, nicht mit einer Handbewegung wieder loswerden konnte, und fuhr fort:

»Wir schweifen ab, mein Herr. Ihre persönlichen Gefühle für die Gräfin de Cagliostro haben nichts mit dem zu tun, was uns heute beschäftigt. Ich komme also auf meine erste Frage zurück: Was wollen Sie hier?«

»Das ist sehr einfach, und eine kurze Erklärung wird genügen. Wegen der Kirchenschätze aus dem Mittelalter, die Sie persönlich in die Kassen der Gesellschaft Jesu fließen lassen wollen, bin ich hier: Diese Opfergaben aus allen Provinzen wurden an die sieben Abteien der Provinz Caux geschickt und zu einem gemeinsamen Schatz zusammengetragen, der von sieben Abgeordneten verwaltet wurde, und nur einer von ihnen kannte den Platz der Schatzkammer und die Chiffre für deren Schloß. Jede Abtei besaß einen der Ringe, die von Generation zu Generation ihrem Abgeordneten übertragen wurden. Als Symbol der Mission galt für das Komitee der Sieben ein Leuchter mit sieben Armen. In Erinnerung an die hebräische Liturgie und den Tempel des Moses war in jeden Arm ein Stein von derselben Farbe und demselben Material wie in den zugehörigen Ringen eingelassen. So trug der Arm, den ich in Gueures gefunden habe, einen roten Stein, einen falschen Granat, der eine der Abteien repräsentierte, und andererseits wissen wir, daß Bruder Nicolas, der letzte Schatzverwalter der Klöster von Caux, ein Mönch der Abtei von Fécamp war. Sie können mir folgen?«

»Ja.«

»So genügt es also, wenn man die Namen der sieben Abteien

weiß, um die sieben Plätze zu kennen, wo die Suche mit Erfolg durchgeführt werden könnte. Sieben Namen stehen in den sieben Ringen, die Ihnen Brigitte Rousselin gestern abend im Theater überlassen hat. Ich bitte Sie, diese sieben Ringe zu untersuchen.«

»Das heißt«, bemerkte Beaumagnan, wobei er jedes Wort betonte, »daß wir jahrelang gesucht haben, und daß Sie behaupten, auf Anhieb genausoweit gelangt zu sein wie wir.«

»Genau.«

»Und wenn ich mich weigere?«

»Ich werde nur auf eine deutliche Ablehnung etwas erwidern. Weigern Sie sich tatsächlich?«

»Natürlich weigere ich mich. Ihre Bitte ist absolut unsinnig, und ich weigere mich kategorisch.«

»Dann zeige ich Sie an.«

Beaumagnan schien verblüfft. Er betrachtete Raoul, als hätte er es mit einem Verrückten zu tun.

»Sie zeigen mich an ... Was ist das nun wieder für eine Geschichte?«

»Ich zeige Sie alle drei an.«

»Alle drei?« spöttelte er. »Aber warum, mein kleiner Herr?«

»Ich zeige Sie alle drei an als die Mörder von Joséphine Balsamo, der Gräfin de Cagliostro.«

Sie protestierten nicht, machten keine Anstalten zur Auflehnung. Godefroy d'Etigues und sein Vetter Bennetot sanken noch tiefer in ihren Stühlen zusammen. Beaumagnan wurde fahl, sein höhnisches Lächeln endete in einer scheußlichen Grimasse.

Er stand auf, drehte den Schlüssel im Schloß und steckte ihn in seine Tasche, was seine beiden Helfershelfer wieder etwas belebte. Die von ihrem Chef angekündigte Gewalttat brachte sie zu sich.

Dennoch hatte Raoul den Mut zu scherzen:

»Mein Herr«, sagte er, »wenn ein Rekrut zum Regiment kommt, setzt man ihn ohne Steigbügel auf ein Pferd, bis er das Gleichgewicht hält.«

»Das bedeutet?«

»Folgendes: ich habe mir geschworen, niemals einen Revolver bei mir zu tragen, solange ich jede Situation nur mit Hilfe meines Gehirns meistern kann. Sie wissen es also: ich habe keinen Steigbügel – oder vielmehr keinen Revolver. Sie sind zu dritt, alle drei bewaffnet, und ich bin allein. Also ...«

»Also genug geredet«, erklärte Beaumagnan drohend. »Tatsachen wollen wir. Sie beschuldigen uns, die Cagliostro ermordet zu haben?«

»Ja.«

»Haben Sie Beweise für diese ungeheuerliche Beschuldigung?«

»Ja.«

»Ich höre.«

»Vor wenigen Wochen irrte ich um das Gut von Haie d'Etigues herum – in der Hoffnung, daß mir der Zufall helfen würde, Fräulein d'Etigues zu sehen –, als ein Wagen in den Hof fuhr, der von einem Ihrer Freunde gelenkt wurde. Ich ging ihm nach. Eine Frau, Joséphine Balsamo, wurde in den Saal des alten Turmes geschleppt, in dem Sie alle vereint ein sogenanntes Gericht bildeten. Auf gemeine und heimtückische Art und Weise wurde ihr der Prozeß gemacht. Sie waren der öffentliche Ankläger, mein Herr, und Sie haben Ihrer Eitelkeit so nachgegeben und den Betrug so weit getrieben, daß man glauben konnte, diese Frau wäre Ihre Geliebte gewesen. Diese beiden Herren hier haben die Rolle der Henker gespielt.«

»Den Beweis! Den Beweis!« knirschte Beaumagnan, dessen Gesicht sich bis zur Unkenntlichkeit verzerrte.

»Ich war dort, in einer Fensternische direkt über Ihrem Kopf, mein Herr.«

»Unmöglich!« stammelte Beaumagnan. »Wenn es wahr wäre, hätten Sie versucht, einzugreifen und sie zu retten.«

»Retten wovor?« fragte Raoul, der nichts von der Rettung der Cagliostro erwähnen wollte. »Ich habe wie Ihre anderen Freunde geglaubt, daß Sie sie zur Einschließung in ein englisches Irrenhaus verurteilten. Ich bin zur gleichen Zeit wie die anderen fortgegangen und bis Etretat gelaufen. Ich habe ein Boot gemietet und bin abends vor jener englischen Jacht hergerudert, die Sie erwähnt hatten; ich wollte den Kapitän erschrecken.

Es war ein falsches Manöver, das der Unglücklichen das Leben gekostet hat. Erst später habe ich Ihre gemeine List begriffen und Ihr Verbrechen in seiner ganzen Schrecklichkeit rekonstruieren können, den Abstieg Ihrer beiden Komplizen über die Treppe, das angebohrte Boot und das Ertränken.«

Langsam waren die drei Männer mit ihren Stühlen nähergerückt, während sie schreckensstarr Raouls Worten lauschten. Bennetot stieß den Tisch zur Seite, der vor dem jungen Mann wie eine Art Schutzwehr stand. Raoul sah in Godefroy d'Etigues grausames Gesicht, sah das hämische Grinsen, das seinen Mund entstellte.

Ein Zeichen von Beaumagnan, und der Baron würde den Revolver ziehen und den Unvorsichtigen durch den Kopf schießen...

Vielleicht war es gerade diese unerklärliche Unvorsichtigkeit, die Beaumagnans Befehl hinauszögerte. Erschrocken und bleich vor Wut flüsterte er:

»Ich wiederhole Ihnen, mein Herr, daß Sie nicht das Recht haben, so zu handeln, wie Sie es getan haben, und sich in Dinge einzumischen, die Sie nichts angehen. Ich will jedoch nicht lügen und das leugnen, was geschehen ist. Nur, nur frage ich mich, wieso Sie vor uns zu stehen und uns zu provozieren wagen, wenn Sie ein solches Geheimnis entdeckt haben. Das ist doch Wahnsinn!«

»Warum denn, mein Herr?« fragte Raoul arglos.

»Weil Ihr Leben in unseren Händen ist.«

Er zuckte mit den Schultern.

»Mein Leben ist gegen jede Gefahr geschützt.«

»Wir sind aber drei und in wenig erfreulicher Laune, wir wissen, daß unsere Sicherheit gefährdet ist.«

»Mir droht von Ihnen dreien keine größere Gefahr, als wenn Sie meine Verteidiger wären.«

»Sind Sie so sicher?«

»Ja, da Sie mich nach allem, was ich Ihnen gesagt habe, noch nicht getötet haben.«

»Und wenn ich mich dazu entschließe?«

»Eine Stunde später wären Sie alle drei verhaftet.«

»Pah!«

»Sicher, wie ich die Ehre habe, Ihnen anzukündigen. Es ist jetzt fünf Minuten nach vier Uhr. Ein Freund von mir spaziert vor dem Polizeipräsidium auf und ab. Wenn ich um dreiviertel fünf Uhr nicht bei ihm bin, benachrichtigt er den Chef des Sicherheitsdienstes.«

»Alles dummes Geschwätz! Albernheiten!« schrie Beaumagnan, der wieder Hoffnung zu schöpfen schien. »Man kennt mich. Wenn er meinen Namen nennt, lacht man Ihrem Freund ins Gesicht.«

»Man wird ihn anhören.«

»Inzwischen ...«, murmelte Beaumagnan und drehte sich zu Godefroy d'Etigues.

Der Mordbefehl sollte gegeben werden. Raoul spürte Vergnügen an der Gefahr. Noch wenige Sekunden und das, was er durch seine außergewöhnliche Kaltblütigkeit hinausgezögert hatte, würde geschehen.

»Ein Wort noch«, sagte er.

»Sprechen Sie«, brummte Beaumagnan. »Aber nur unter der Bedingung, daß dieses Wort ein Beweis gegen uns ist. Ich will keine Beschuldigungen mehr. Was das Gericht darüber denken könnte, nehme ich auf mich. Ich will einen Beweis, der mir zeigt, daß ich meine Zeit nicht mit ihm vergeude. Einen sofortigen Beweis, sonst ...«

Er war wieder aufgestanden. Raoul baute sich vor ihm auf, Auge in Auge mit ihm; hartnäckig und herrisch sprach er:

»Einen Beweis ... sonst der Tod, nicht wahr?«

»Ja.«

»Hier ist meine Antwort. Die sieben Ringe, aber sofort. Sonst ...«

»Sonst?«

»Sonst übergibt mein Freund der Polizei den Brief, den Sie an Baron d'Etigues geschrieben haben, um ihm mitzuteilen, wie Sie sich Joséphine Balsamo vom Hals schaffen wollten, und um ihn zum Mord zu zwingen.«

Beaumagnan spielte den Überraschten.

»Einen Brief? Ratschläge für einen Mord?«

»Ja«, führte Raoul genauer aus, »ein chiffrierter Brief, in dem man nur die überflüssigen Sätze wegzulassen braucht.«

Beaumagnan brach in schallendes Gelächter aus.

»Ah, ja, ich weiß ... ich erinnere mich ... ein Gekritzel ...«

»Ein Gekritzel, das der von Ihnen geforderte unwiderlegbare Beweis ist.«

»Ja, in der Tat... in der Tat, ich gebe es zu«, sagte Beaumagnan immer noch ironisch. »Nur bin ich kein Anfänger und treffe meine Vorsichtsmaßnahmen. Dieser Brief wurde mir zu Beginn der Versammlung von Baron d'Etigues ausgehändigt.«

»Die Kopie wurde Ihnen gegeben, das Original aber, das ich in einer Ritze des Schreibtischs des Barons fand, habe ich aufbewahrt. Mein Freund wird es der Polizei übergeben.«

Der Kreis um Raoul löste sich auf. Die wilden Gesichter der beiden Vettern waren nur noch Angst und Schrecken. Raoul sah, daß das Duell beendet war, ohne daß es zum wirklichen Kampf gekommen war. Ein bißchen Säbelgerassel, einige Finten. Kein Kampf von Körper zu Körper. Er hatte die Sache so gut geführt, durch geschicktes Manövrieren Beaumagnan so geschickt in eine ausweglose Lage getrieben, daß jener in seinem augenblicklichen Geisteszustand die Dinge nicht mehr klar beurteilen und die schwachen Punkte des Gegners nicht erkennen konnte.

Raoul versicherte zwar, daß er das Original des Briefes besäße, aber womit konnte er es beweisen? Mit nichts. So daß Beaumagnan, der, bevor er nachgab, einen unwiderlegbaren, greifbaren Beweis forderte, sich plötzlich in dieser bedrückenden Situation, die Raouls Vorgehen heraufbeschworen hatte, mit einer einfachen Versicherung zufriedengab.

Plötzlich gab er nach, ohne Feilschen und ohne Ausflüchte. Er zog die Schublade auf, nahm die sieben Ringe und sagte schlicht:

»Wer gibt mir die Sicherheit, daß Sie diesen Brief nicht mehr gegen uns verwenden werden?«

»Sie haben mein Wort und außerdem werden, unter uns gesagt, die Umstände für mich nie wieder so günstig liegen. Das nächste Mal werden Sie Ihren Vorteil zu nutzen wissen.«

»Da können Sie sicher sein«, erwiderte Beaumagnan mit verhaltenem Zorn.

In fieberhafter Eile ergriff Raoul die Ringe. Tatsächlich trug jeder von ihnen im Innern einen Namen. Schnell schrieb er auf ein Blatt Papier die sieben Namen der Abteien:

Fécamp – Saint-Wandrille – Jumièges – Valmont – Cruchet-le-Valasse – Montivilliers – Saint-Georges-de-Boscherville.

Beaumagnan hatte geklingelt, aber er hielt den Diener im Flur zurück und näherte sich Raoul:

»Ich mache Ihnen auf alle Fälle einen Vorschlag. Sie kennen unsere Bemühungen. Sie wissen genau, wie weit wir sind und daß das Ziel bald erreicht ist.«

»Ich bin derselben Ansicht«, sagte Raoul.

»Gut! Hätten Sie Lust – ich meine es ernst – mit uns zu arbeiten?«

»In derselben Stellung wie Ihre Freunde?«

»Nein. Wie ich.«

Das Angebot war ehrlich. Raoul fühlte sich durch diese Ehre geschmeichelt. Vielleicht hätte er eingewilligt, wenn Joséphine Balsamo nicht gewesen wäre. Aber zwischen ihr und Beaumagnan war jede Einigung unmöglich.

»Ich danke Ihnen«, sagte Raoul, »ich muß es aus privaten Gründen abschlagen.«

»Also ein Feind?«

»Nein, mein Herr, ein Konkurrent.«

»Ein Feind«, wiederholte Beaumagnan, »und als solcher frei...«

»So behandelt zu werden wie die Gräfin de Cagliostro«, unterbrach ihn Raoul.

»Sie sagen es, mein Herr. Sie wissen, daß die Größe unseres Ziels die Mittel entschuldigt, die wir manchmal gezwungen sind anzuwenden. Wenn sich diese Mittel eines Tages gegen Sie richten – Sie haben es so gewollt.«

»Ich habe es gewollt.«

Beaumagnan rief den Diener.

»Führen Sie den Herrn hinaus.«

Raoul machte drei tiefe Verbeugungen und ging den Flur entlang bis zu der kleinen Tür, die offenstand. Dort sagte er zu dem alten Diener:

»Eine Sekunde, mein Freund, warten Sie auf mich.«

Mit schnellen Schritten eilte er in das Zimmer zurück, in dem sich die drei Männer berieten. Auf der Schwelle hielt er inne, behielt den Türgriff in der Hand, so daß sein Rückgang gesichert war, und rief ihnen mit freundlicher Stimme zu:

»Was übrigens diesen berühmten, so kompromittierenden Brief betrifft, muß ich Ihnen ein Geständnis machen, das Sie beruhigen wird. Ich habe ihn nämlich nie abgeschrieben, und folglich besitzt mein Freund auch nicht das Original. Glauben Sie nicht auch, daß diese ganze Geschichte mit dem Freund, der vor dem Polizeipräsidium auf und ab spaziert und die genaue Stunde abpaßt, ziemlich unwahrscheinlich ist? Schlafen Sie in Frieden, meine Herren, ich freue mich, Sie wiederzusehen.«

Er knallte die Tür vor Beaumagnans Nase zu und verließ das Haus, bevor dieser Zeit hatte, seinem Diener Anweisungen zu geben.

Die zweite Schlacht war gewonnen.

Am Ende der Straße erwartete ihn Joséphine Balsamo, die ihn zu Beaumagnan begleitet hatte, in einem Wagen.

»Kutscher«, befahl Raoul, »zum Bahnhof Saint-Lazare, zur Abfahrtshalle der Fernzüge.«

Er sprang in den Wagen, und bebend vor Freude rief er im Tone des Siegers:

»Hier, mein Liebling, hier sind die sieben notwendigen Namen. Hier ist die Liste. Nimm sie.«

»Also?« fragte sie nur.

»Also? Es hat geklappt. Der zweite Sieg an einem Tag, und was für ein Sieg, dieser hier! Mein Gott, ist es einfach, die Leute an der Nase herumzuführen! Ein bißchen Mut, klare Gedanken, Logik und den absoluten Willen, wie ein Pfeil auf das Ziel loszuschießen. Und schon weichen die Hindernisse von selbst. Beaumagnan ist ein Schlaukopf, nicht wahr? Siehe da, er ist genauso hereingefallen wie du, meine gute Josine. He? Macht dir dein Schüler Ehre? Zwei erstklassige Meister, Beaumagnan und die Tochter des Cagliostro, von einem Anfänger überrollt, zermalmt! Was sagst du dazu, Joséphine?«

Er unterbrach sich:

»Du bist mir nicht böse, mein Liebling, daß ich so rede?«

»Aber nein, aber nein«, sagte sie lächelnd.

»Du bist nicht mehr verärgert wegen der Geschichte von vorhin?«

»Oh, frag mich nicht zuviel! Siehst du, du darfst nicht meinen Stolz verletzen. Ich bin sehr stolz und sehr nachtragend. Aber dir kann man nicht lange böse sein. Du hast etwas an dir, das einen entwaffnet.«

»Beaumagnan ist nicht entwaffnet, Donnerwetter, der nicht.«

»Beaumagnan ist ein Mann.«

»Ja, gut! Ich führe Krieg mit Männern! Ich glaube wirklich, daß ich dazu geboren bin, Josine! Für das Abenteuer, für den Sieg, für das Ungewöhnliche und Fabelhafte. Ich fühle, daß es keine Situation gibt, aus der ich nicht meinen Vorteil heraushole. Dann macht es Spaß zu kämpfen, nicht wahr, Josine, wenn man des Sieges sicher ist.«

Der Wagen fuhr schnell durch die engen Straßen am linken Flußufer. Sie überquerten die Seine.

»Und von heute an werde ich nur noch siegen, Josine. Ich habe alle Trümpfe in der Hand. In wenigen Stunden schiffe ich mich nach Lillebonne ein. Ich suche die Witwe Rousselin auf und untersuche das Holzkästchen, in das das Rätselwort eingraviert ist, ob sie nun will oder nicht. Und basta! Mit dem Wort und den Namen der sieben Abteien muß es schon mit dem Teufel zugehen, wenn ich nicht den Vogel abschieße!«

Josine lachte über seine Begeisterung. Er frohlockte. Er erzählte ihr seinen Zweikampf mit Beaumagnan. Er umarmte die junge Frau, drehte den Vorübergehenden lange Nasen, öffnete das Fenster und beschimpfte den Kutscher, sein Pferd sei eine Schnecke.

»Galopp, alter Teufel! Wie? Du hast die Ehre, in deinem Karren den Gott des Glücks und die Königin der Schönheit zu fahren, und dein Läufer galoppiert nicht!«

Der Wagen fuhr die Avenue de l'Opéra entlang, bog in die Rue des Petits-Champs und dann in die Rue des Capucines ein. In der Rue Caumartin lief das Pferd schneller.

»Na also!« rief Raoul. »Fünf Minuten vor zwölf. Wir kommen rechtzeitig. Du begleitest mich natürlich nach Lillebonne?«

»Warum? Das ist doch unnötig. Es genügt, wenn einer von uns beiden hinfährt.«

»Herrlich, du hast Vertrauen zu mir! Du weißt, daß ich dich nicht verrate und daß der Pakt zwischen uns geschlossen ist. Der Sieg des einen ist der Sieg des anderen.«

Aber als sie sich der Rue Auber näherten, öffnete sich plötzlich auf der linken Seite ein Torweg, der Wagen fuhr, ohne das Tempo zu verlangsamen, in den Hof.

An jeder Seite tauchten drei Männer auf, Raoul wurde brutal gepackt und, ohne den geringsten Widerstand leisten zu können, aus dem Wagen gezerrt.

Er hatte gerade noch Zeit zu hören, wie Joséphine Balsamo, die sitzengeblieben war, befahl:

»Zum Bahnhof Saint-Lazare, schnell!«

Schon zogen ihn die Männer in ein Haus und warfen ihn in ein halbdunkles Zimmer, dessen massive Tür hinter ihm verriegelt wurde.

Raouls sprudelnde Fröhlichkeit war noch so stark, daß er sie nicht sofort verlor. Er lachte und scherzte, aber in ständig wachsendem Zorn, der seine Stimme entstellte:

»Jetzt bin ich an der Reihe! Bravo, Joséphine... Oh, was für ein Meisterstreich! Gut getroffen! Mitten ins Schwarze! Wirklich, das habe ich nicht erwartet. Nein! Wie haben dich meine Triumphgesänge amüsieren müssen: ›Ich bin für den Sieg gemacht! Für das Ungewöhnliche, das Fabelhafte!‹ Ich Idiot! Wenn man zu solchen Dummheiten fähig ist, hält man den Mund. Was für ein Reinfall!«

Er stürzte sich auf die Tür. Wozu! Eine Gefängnistür. Er versuchte zu einem kleinen Oberlicht hinaufzuklettern, durch das gelbliches Licht drang. Aber wie sollte er es erreichen? Außerdem erregte ein leises Geräusch seine Aufmerksamkeit. In dem Halbdunkel bemerkte er, daß in einer Ecke der Decke eine Schießscharte vorhanden war, in der der Lauf eines auf ihn gerichteten Gewehres steckte. Es folgte allen seinen Bewegungen und hielt inne, wenn er stillstand.

Seine ganze Wut entlud sich jetzt auf den unsichtbaren Schützen, den er mutig mit Schimpfkanonaden überhäufte:

»Schurke! Elender! Komm herunter aus deinem Loch, damit ich dir zeigen kann, wer ich bin. Was für einen Beruf hast denn du? Und außerdem, bestell doch deiner Herrin, daß ihr das nicht geschenkt wird und daß ich über kurz oder lang...«

Er verstummte plötzlich. Das ganze Geschwätz kam ihm mit einemmal so dumm vor, seine Wut wich einer plötzlichen Resignation, er streckte sich auf einem Eisenbett aus, das in einem gleichzeitig als Toilette eingerichteten Nebenraum aufgestellt war.

»Töte mich doch, wenn es dir Spaß macht, aber laß mich schlafen.«

Raoul dachte nicht daran zu schlafen. Er mußte zunächst die Lage überdenken und daraus die unangenehmen Folgerungen ziehen. Es war so einfach, daß er es in einem Satz zusammenfassen konnte: Joséphine Balsamo entledigte sich seiner, um die

Früchte des Sieges, den er vorbereitet hatte, für sich allein zu ernten.

Aber welche Hilfsmittel mußten ihr zur Verfügung stehen, um in so kurzer Zeit zum Erfolg zu kommen! Raoul bezweifelte nicht, daß Léonard ihnen mit einem weiteren Komplizen in einem anderen Wagen zu Beaumagnan gefolgt war und sich dort sofort mit ihr beratschlagt hatte. Daraufhin hatte Léonard die Falle in der Rue Caumartin in einer für solche Zwecke vorgesehenen Wohnung vorbereitet, während Joséphine Balsamo auf ihn wartete.

Was konnte er in seinem Alter und allein gegen solche Feinde ausrichten? Auf der einen Seite Beaumagnan mit einer Reihe von Helfern und Spießgesellen hinter sich. Auf der anderen Seite Joséphine Balsamo mit ihrer so mächtigen und gut organisierten Bande!

Raoul faßte einen Entschluß:

›Ob ich nun später den rechten Weg einschlage, wie ich es hoffe, oder mich endgültig auf die Laufbahn des Abenteurers verlege, was wahrscheinlicher ist, ich schwöre, daß auch ich über die notwendigen Mittel und Möglichkeiten zum Handeln verfügen werde. Weh dem Außenseiter! Nur der Chef erreicht das Ziel! Ich habe Joséphine bezwungen, und doch wird sie es sein, die heute abend den kostbaren Kasten in der Hand hat, während Raoul auf feuchtem Stroh stöhnt.‹

So weit war er mit seinen Überlegungen gekommen, als ihn plötzlich eine unerklärliche Erstarrung überfiel, der allgemeine Übelkeit folgte. Er kämpfte gegen ein ungewöhnliches Schlafbedürfnis an. Aber schon verschwammen seine Gedanken. Gleichzeitig würgte es ihn in der Kehle, der Druck auf dem Magen wurde immer stärker.

Es gelang ihm, seine Schwäche zu überwinden und auf und ab zu gehen. Nur wenige Sekunden, dann überfiel ihn die Betäubung von neuem, und plötzlich warf er sich, von einem schrecklichen Gedanken überwältigt, auf seine Matratze: er erinnerte sich daran, daß Joséphine Balsamo im Wagen eine kleine goldene

Bonbonniere aus ihrer Tasche gezogen hatte, die sie gewöhnlich bei sich trug, und ihm, während sie selbst zwei oder drei Bonbons in den Mund steckte und lutschte, mit einer mechanischen Bewegung ebenfalls welche angeboten hatte.

»Oh!« stammelte er schweißüberströmt, »sie hat mich vergiftet ... die übrigen Bonbons enthielten Gift ...«

Er kam nicht mehr dazu, den Gedanken auf seine Richtigkeit zu überprüfen. Ihm schwindelte, ihm schien es, als wirbelte er über einem großen Loch, in das er schließlich stürzte.

Der Todesgedanke saß so tief in Raoul, daß er nicht sicher war, ob er lebte, als er die Augen wieder öffnete. Mühsam machte er einige Atemübungen, kniff sich und sprach laut vor sich hin. Er lebte! Endlich überzeugten ihn die fernen Geräusche von der Straße. ›Offensichtlich bin ich nicht tot‹, sagte er sich. ›Aber was für eine hohe Meinung habe ich von der Frau, die ich liebe! Wegen eines erbärmlichen Schlafmittels, das sie mir verpaßt hat, wie es ihr Recht ist, beschuldige ich sie sofort, eine Giftmischerin zu sein.‹

Er konnte nicht sagen, wie lange er geschlafen hatte. Einen Tag? Zwei Tage? Noch länger? Sein Kopf war schwer, sein Gehirn dröhnte, und eine unendliche Zerschlagenheit lähmte ihn.

An der Mauer bemerkte er einen Korb mit Eßsachen, den man durch die Schießscharte heruntergelassen haben mußte. Der Gewehrlauf dort oben war verschwunden.

Er war hungrig und durstig. Er aß und trank. Seine Müdigkeit war so groß, daß er nicht an die Folgen dachte, die diese Mahlzeit haben konnte. Schlafmittel? Gift? Was tat es? Ein vorübergehender Schlaf, ein ewiger Schlaf, ihm war alles gleichgültig. Er legte sich wieder aufs Bett; von neuem schlief er ein – für Stunden, für Nächte, für Tage ...?

Schließlich registrierte Raoul trotz überwältigender Müdigkeit und bleierner Schwere einige Eindrücke, so wie man das Ende eines Tunnels an den Lichtflecken erkennt, die die finsteren Wände erhellen. Es waren angenehme Gefühle. Ohne Zweifel Träume, sanft schwingende Träume, die ein gleiches, ununterbrochenes Geräusch untermalte. Es gelang ihm, die Lider zu heben, und er bemerkte den rechteckigen Rahmen eines Gemäldes, dessen bemalte Leinwand hin und her schwankte und in immer neuen Landschaften vor ihm abrollte, strahlend hell oder dunkel, sonnenüberströmt oder in einer goldenen Dämmerung verfließend.

Jetzt brauchte er nur noch den Arm auszustrecken, um die Lebensmittel zu nehmen. Nach und nach, immer kräftiger spürte er ihren Geschmack. Er trank duftenden Wein dazu. Als er ihn schluckte, schien es ihm, als durchdränge ihn neue Energie. Seine Augen wurden klar. Der Bilderrahmen wurde zum Rahmen eines offenen Fensters, das den Blick auf vorüberziehende Hügel, Wiesen und Kirchtürme freigab.

Er befand sich in einem anderen, ganz kleinen Raum, den er wiedererkannte, weil er schon in ihm gewohnt hatte. Wann? Dort lagen seine Kleider, seine Wäsche, seine Bücher.

Dort war auch eine Leiter. Warum stieg er nicht hinauf, da er doch die Kraft dazu hatte? Er brauchte nur zu wollen. Er wollte und stieg hinauf. Sein Kopf drückte eine Falltür hoch, und er befand sich in einer unendlichen Weite. Rechts und links war der Fluß. Er flüsterte: »Das Deck der ›Nonchalante‹ ... Die Seine ... Die Ufer der beiden Liebenden ...«

Er trat ein paar Schritte vor.

Josine saß in einem Korbstuhl.

Es gab in der Tat keinen Übergang zwischen dem Gefühl aufbegehrender, kampflustiger Rachsucht und dem Überschwang an Liebe und Sehnsucht, der ihn von Kopf bis Fuß erschütterte. Hatte er jemals die kleinste Rachsucht und die geringste Empörung empfunden? Alles ging in dem übermäßigen Bedürfnis unter, sie in seine Arme zu nehmen.

Feindin? Diebin? Verbrecherin, vielleicht? Nein. Nur Frau, vor allem Frau. Und was für eine Frau!

Sie war so wie gewöhnlich sehr einfach gekleidet, trug aber den hauchdünnen Schleier, unter dem ihre Haare leuchtend schimmerten und der ihr eine so große Ähnlichkeit mit der Jungfrau von Bernardino Luini gab. Der Hals war nackt, warm und weich. Ihre schmalen Hände lagen nebeneinander auf den Knien. Ihr Blick war auf den steilen Hang des Ufers, ihrer beider Liebesreich, gerichtet. Nichts war sanfter und reiner als dieses Gesicht mit dem unbewegten Lächeln – ein tiefer, geheimnisvoller Ausdruck.

Raoul berührte sie fast, als sie ihn gewahrte. Sie errötete ein wenig, senkte die Lider und ließ durch ihre langen, dunklen Wimpern einen Blick gleiten, der sich nicht auf einen festen Punkt zu richten wagte. Kein Mädchen kann mehr Scham und naive Scheu zeigen, etwas weniger Gekünsteltes und Kokettes gibt es nicht.

Es rührte ihn. Sie fürchtete dieses Zusammentreffen. Würde er sie mit Füßen treten? Sich auf sie werfen, sie schlagen, ihr schreckliche Dinge vorwerfen? Oder in jene Verachtung flüchten, die schlimmer als alles andere ist? Raoul zitterte wie ein Kind. In dieser Minute zählte für ihn nichts als das, was ewig für die Liebenden zählt, der Kuß, die Vereinigung der Hände und des Atems, die Tollheit der Blicke, die einander suchen, und die Lippen...

Er fiel vor ihr auf die Knie.

Die verstümmelte Hand

Das Lösegeld der Liebe in einer solchen Situation ist das Schweigen, zu dem sie verdammt ist. Selbst wenn die Münder sprechen, belebt das Geräusch der gewechselten Worte nicht die düstere Stille der einsamen Gedanken. Jeder hängt seinen eigenen Überlegungen nach, ohne in das Leben des anderen eindringen zu können. Ein verzweifelter Dialog, unter dem Raoul, immer bereit, sein Herz auszuschütten, mehr und mehr litt.

Auch Josine mußte darunter leiden, wie man aus gewissen Momenten äußerster Müdigkeit schließen konnte, in denen sie nahe daran zu sein schien, ganz offen zu sprechen, was Liebende mehr noch als Liebkosungen einander näher bringt. Einmal weinte sie in Raouls Armen so herzzerreißend, daß er glaubte, der entscheidende Augenblick der endgültigen Offenheit wäre gekommen. Aber sie beherrschte sich sofort und war ihm ferner als je zuvor.

›Sie bringt es nicht fertig, sich mir anzuvertrauen‹, dachte er. ›Sie gehört zu den Menschen, die abseits und in ewiger Einsamkeit leben. Sie ist die Gefangene des Bildes, das sie von sich selbst geben will, Gefangene des Rätsels, das sie selbst entworfen hat und das sie nun in seinen unsichtbaren Fängen hält. Als Tochter des Cagliostro hat sie sich an die Dunkelheit gewöhnt, an die Komplikationen, Verschwörungen, Intrigen und Schleichwege. Jemandem einen Teil dieser Machenschaften aufzudecken, würde bedeuten, ihm den Faden zu zeigen, der ihn in das Labyrinth führt. Sie hat Angst und zieht sich in sich selbst zurück.‹

Deshalb schwieg er wie sie und hütete sich davor, das Abenteuer zu erwähnen, in das sie sich eingelassen hatten, und die Fragen auszusprechen, deren Lösung sie suchten. Hatte sie das Kästchen bekommen? Kannte sie die Buchstaben, die das Rätsel lösten? Hatte sie den legendären Grenzstein gefunden und die tausend und aber tausend Edelsteine herausgeholt?

Darüber, über alles schwiegen sie.

Als sie Rouen hinter sich gelassen hatten, lockerte sich ihr enges Beieinandersein. Léonard, der Raoul mied, tauchte wieder auf. Die geheimen Zusammenkünfte begannen von neuem. Jeden Tag verließ ihn Joséphine Balsamo in dem Wagen mit den kleinen, unermüdlichen Pferden. Wohin? Was unternahmen sie? Raoul stellte fest, daß sich drei Abteien in der Nähe des Flusses befanden: Saint-Georges-de-Boscherville, Jumièges, Saint-Wandrille. Aber wenn sie noch auf dieser Seite Nachforschungen anstellte, bedeutete das, daß noch nichts entschieden war und daß sie einen Mißerfolg hatte.

Dieser Gedanke trieb ihn plötzlich zum Handeln. Er ließ sich sein Fahrrad kommen, das er in einer Herberge in der Nähe von Haie d'Etigues gelassen hatte, und fuhr in die Gegend von Lillebonne, wo die Mutter von Brigitte wohnte. Dort erfuhr er, daß die Witwe Rousselin vor zwölf Tagen – das entsprach der Reise von Joséphine Balsamo – ihr Haus verlassen hätte, um, wie sie behauptete, zu ihrer Tochter nach Paris zu ziehen. Am Abend vorher, das bestätigten Nachbarn, hätte eine Dame sie aufgesucht.

Erst um zehn Uhr abends kehrte Raoul zum Kahn zurück, der im Südwesten in der ersten Bucht hinter Rouen vor Anker lag. Kurz vor seiner Ankunft überholte er Josines Wagen, den Léonards kleine Pferde erschöpft und mühsam hinter sich herzogen. Am Flußufer sprang Léonard vom Kutschbock, öffnete die Tür, beugte sich in den Wagen und nahm den reglosen Körper Josines auf seine Schulter.

Raoul lief hinzu. Gemeinsam trugen sie die junge Frau in ihre Kabine. Das Fischerehepaar folgte ihnen.

»Kümmern Sie sich um sie«, sagte der Mann rauh. »Sie ist nur ohnmächtig. Es ist Feuer am Dach. Daß niemand fortgeht.«

Er lief zum Wagen zurück und fuhr fort.

Die ganze Nacht hindurch phantasierte Joséphine Balsamo,

ohne daß Raoul eines ihrer zusammenhanglosen Worte verstehen konnte.

Am nächsten Morgen war sie wieder auf den Beinen. Am Abend besorgte sich Raoul, der in das Nachbardorf gefahren war, die Zeitung von Rouen. Unter den Regionalnachrichten las er:

»Gestern nachmittag schickte die Polizei von Caudebec, die ein Holzfäller alarmiert hatte, weil er eine Frau um Hilfe schreien gehört hatte, einen Unteroffizier und einen Gendarm zu Erkundigungen aus. Die Schreie sollen aus dem alten Brennofen einer verlassenen Zementfabrik am Rand des Waldes von Maulévrier gekommen sein. Als sich die Polizisten dem Obstgarten näherten, in dem sich der Brennofen befindet, bemerkten sie über der Böschung zwei Männer, die eine Frau zu einem geschlossenen Wagen hinter sich herschleiften. Bei dem Wagen stand eine andere Frau.

Da sie gezwungen waren, die Böschung zu umgehen, erreichten sie den Obstgarten erst nach Abfahrt des Wagens. Die Verfolgung setzte sofort ein. Sie hätte für die berittene Polizeiwache einen leichten Sieg bedeutet, aber der Wagen war mit zwei so schnellen Pferden bespannt und der Kutscher mußte die Gegend so gut kennen, daß es ihm gelang, durch das Netz der engen Straßen zwischen Caudebec und Motteville nach Norden zu entkommen. Außerdem wurde es bereits dunkel. Bis jetzt hat man noch nicht feststellen können, wohin die feine Gesellschaft geflüchtet ist.«

›Man wird auch nichts erfahren‹, sagte sich Raoul vollkommen sicher. ›Niemand anderer als ich wird die Tatsachen rekonstruieren können, denn nur ich kenne den Ort der Abreise und den der Ankunft.‹

Und nachdem er eine Weile überlegt hatte, kam er zu folgendem Schluß:

›Es ist eine unleugbare Tatsache, daß sich die Witwe Rousselin unter der Bewachung eines Komplizen in dem verlassenen Brennofen befand. Joséphine Balsamo und Léonard, die sie aus

Lillebonne entführt und dort eingeschlossen hatten, fuhren jeden Tag zu ihr und versuchten, ihr die entscheidenden letzten Auskünfte zu entreißen. Gestern wurde das Verhör zweifellos ein wenig heftig. Die Witwe Rousselin schrie. Die Polizei kam. Übereilte Flucht. Man entkommt. Auf dem Weg bringt man die Gefangene in ein anderes im voraus vorbereitetes Versteck. Noch einmal haben sie es geschafft. Aber alle diese Aufregungen haben bei Joséphine Balsamo eine ihrer üblichen nervösen Krisen hervorgerufen. Sie wird ohnmächtig.‹

Raoul studierte eine Generalstabskarte. Die direkte Entfernung vom Wald von Maulévrier zur ›Nonchalante‹ betrug ungefähr dreißig Kilometer. In der Nähe dieses Weges, vielleicht etwas weiter nach rechts oder links, mußte das Gefängnis der Witwe Rousselin sein.

›Den Kampfplatz kenne ich‹, sagte sich Raoul, ›und die Stunde, da ich in Erscheinung trete, wird auch nicht mehr fern sein.‹

Schon am nächsten Morgen machte er sich an die Arbeit, spazierte auf den normannischen Straßen hin und her, horchte die Leute aus und versuchte herauszufinden, wo der alte mit zwei Pferden bespannte Wagen vorbeigekommen oder gehalten hatte. Die Suche, konsequent und logisch durchgeführt, mußte Erfolg haben.

In diesen Tagen war die Liebe zwischen Joséphine Balsamo und Raoul gieriger und leidenschaftlicher als je zuvor. Die junge Frau, die wußte, daß sie von der Polizei gesucht wurde und die die Ereignisse in der Herberge Vasseur in Doudeville nicht vergessen hatte, wagte nicht, die ›Nonchalante‹ zu verlassen und in der Gegend umherzustreifen. So fand Raoul sie jedesmal, wenn er von seinen Streifzügen heimkehrte, an Bord. Mit dem verzweifelten Wunsch, alle Freuden, deren Ende sie nahen fühlten, zu erleben, stürzten sie einander in die Arme.

Es waren schmerzliche Freuden, wie die zweier Liebender, die das Schicksal auseinandertreibt. Verdächtige Freuden, die der Zweifel vergiftete. Sie errieten gegenseitig ihre geheimen Absichten, und wenn sie sich küßten, wußte jeder, daß der andere in demselben Augenblick, in dem er noch liebte, sich doch so verhielt, als ob er Verachtung empfände.

»Ich liebe dich, ich liebe dich«, wiederholte Raoul heftig, während er in Gedanken verzweifelt nach Wegen suchte, die Mutter von Brigitte Rousselin aus den Fängen der Cagliostro zu befreien.

Manchmal drückten sie sich so heftig aneinander wie zwei Gegner, die sich bekämpfen. In ihrer Liebe war Brutalität, in ihren Augen Drohung, in ihren Gedanken Haß, und Verzweiflung in ihrer Zärtlichkeit. Man hätte meinen können, sie belauerten einander, um den wunden Punkt zu finden, wo die Verletzung am empfindlichsten wäre.

Eines Nachts erwachte Raoul wie durch einen Alpdruck. Vor seinem Bett stand Josine und betrachtete ihn im Lampenlicht. Ein Frösteln überlief ihn. Nicht daß ihr entzückendes Gesicht einen anderen Ausdruck als ihr gewöhnliches Lächeln gehabt hätte. Aber warum erschien Raoul dieses Lächeln so bösartig und grausam?

»Was hast du?« fragte er, »was willst du von mir?«

»Nichts... nichts«, erwiderte sie abwesend und wandte sich um. Gleich darauf kehrte sie zu ihm zurück und zeigte ihm eine Photographie.

»Ich habe das in deiner Brieftasche gefunden. Es ist unglaublich, daß du das Bild einer Frau bei dir trägst. Wer ist es?«

Es war das Photo Clarisse d'Etigues; zögernd antwortete er:

»Ich weiß nicht... ein Zufall...«

»Los«, sagte sie schroff, »lüg mich nicht an. Es ist Clarisse d'Etigues. Glaubst du, ich hätte sie nie gesehen und weiß nichts von eurer Liaison? Sie war deine Geliebte, nicht wahr?«

»Nein, nein, nie«, sagte er schnell.

»Sie war deine Geliebte, davon bin ich überzeugt, und sie liebt dich, und zwischen euch ist noch nichts zu Ende.«

Er zuckte mit den Schultern, als er aber das junge Mädchen verteidigen wollte, unterbrach ihn Josine:

»Genug davon, Raoul. Du bist gewarnt, das ist besser. Ich werde nicht versuchen, ihr zu begegnen, wenn aber jemals die Umstände sie mir über den Weg führen, dann kann ich ihr nicht helfen.«

»Weh dir, Josine, wenn du ihr auch nur ein Haar krümmst!« rief Raoul unvorsichtigerweise.

Sie wurde bleich. Ihr Kinn zitterte leicht, und während sie Raoul die Hand auf den Hals legte, stammelte sie:

»Du wagst es, sie gegen mich zu verteidigen!... Gegen mich...!«

Ihre kalte Hand krampfte sich zusammen. Raoul hatte das Gefühl, sie wolle ihn erwürgen. Mit einem Satz sprang er aus dem Bett. Jetzt erschrak sie, glaubte an einen Angriff und zog blitzschnell ein Stilett mit blitzender Klinge aus ihrer Bluse.

So standen sie sich gegenüber und musterten sich angriffsbereit. Raoul empfand es als so peinlich, daß er murmelte:

»Oh! Josine! Wie traurig! Ist es möglich, daß es mit uns schon so weit gekommen ist?«

Gleichfalls ganz bewegt fiel sie auf einen Stuhl; er kniete sich vor sie.

»Umarme mich, Raoul... umarme mich... und laß uns an nichts mehr denken.«

Sie umarmten sich leidenschaftlich; er bemerkte jedoch, daß sie den Dolch nicht fallen gelassen hatte und daß eine einfache Bewegung genügt hätte, ihn ihm ins Genick zu stechen.

Am gleichen Tag, um acht Uhr morgens, verließ Raoul die ›Nonchalante‹.

›Von ihr kann ich nichts erhoffen‹, sagte er sich. ›Liebe, ja, sie liebt mich wirklich, und sie möchte wie ich, daß diese Liebe ohne Vorbehalte ist. Aber das kann nicht sein. Sie hat eine feindliche Seele. Sie mißtraut jedem und allen und mir am allermeisten.‹

Im Grunde blieb sie für ihn ein undurchdringliches Geheimnis. Trotz des Verdachts und aller Beweise, und obwohl der Hang zum Schlechten sie beherrschte, weigerte er sich zu glauben, daß sie bis zum Verbrechen gehen würde. Mord ließ sich mit diesem sanften Gesicht, das weder Haß noch Wut verändern konnten, nicht vereinbaren.

Aber er dachte an Léonard, und er bezweifelte nicht, daß dieser fähig war, die Mutter Rousselin aufs grausamste zu quälen.

Von Rouen nach Declair und weiter führt die Straße durch die Obstgärten am Ufer der Seine und am Fuß des weißen Felsens, der den Fluß überragt. In die Kreide sind Höhlen gebrochen, in denen die Bauern oder Arbeiter ihre Geräte unterbringen, oder manchmal sogar selbst wohnen. So hatte Raoul festgestellt, daß eine dieser Grotten von drei Männern bewohnt wurde, die Körbe aus dem Schilf der nahegelegenen Flüsse flochten. Ein kleiner offener Gemüsegarten lag vor der Höhle.

Auf Grund aufmerksamer Beobachtung und einiger verdächtiger Einzelheiten glaubte Raoul annehmen zu können, daß Vater Corbut und seine beiden Söhne, alle drei als Wilddiebe und Plünderer in sehr schlechtem Ruf, zu der Bande gehörten, die Joséphine Balsamo überall ein wenig einsetzte, und daß ihre Grotte zu den Zufluchtsorten, Herbergen, Schuppen, Brennöfen und ähnlichem zählte, die Joséphine Balsamo überall im Land zur Verfügung standen.

Es waren Vermutungen, über die er Gewißheit brauchte, ohne ihren Verdacht zu erregen. Er untersuchte die Position des Gegners genau, kletterte auf den Felsen und kehrte über einen Waldweg, der in einer leichten Vertiefung endete, zur Seine zurück. Dort angekommen, kroch er durch das Dickicht und die Dornen zu einer Mulde, die etwa vier oder fünf Meter über der Grotte lag.

Dort verbrachte er zwei Tage und zwei Nächte, ernährte sich von den Vorräten, die er mitgebracht hatte, und schlief unter freiem Himmel. Das buschige Dickicht des hohen Grases verbarg ihn so gut, daß er unbemerkt das Tun und Treiben der drei Männer verfolgen konnte. Am zweiten Tag gab ihm eine Unterhaltung die Gewißheit: die Corbuts waren mit der Bewachung der Witwe Rousselin beauftragt, die sie seit dem Krach in Maulévrier in ihrem Schlupfwinkel gefangenhielten.

Wie sollte er sie befreien? Oder wie sollte er wenigstens in ihre Nähe kommen, um von der Unglücklichen die Angaben zu erhalten, die sie zweifellos Joséphine Balsamo verweigert hatte? Aus der Kenntnis der Gewohnheiten der Corbuts entwarf er mehrere Pläne und gab sie wieder auf. Am Morgen des dritten Tages sah er jedoch von seinem Beobachtungsstand aus die ›Nonchalante‹, die die Seine hinabfuhr und etwa einen Kilometer oberhalb der Grotte vor Anker ging.

Um fünf Uhr nachmittags kamen zwei Personen über den Steg und setzten ihren Weg am Fluß entlang fort. An ihrem Gang und trotz ihrer Kleidung als einfache Frau aus dem Volk erkannte er Joséphine Balsamo. Léonard begleitete sie.

Vor der Grotte der Corbuts unterhielten sie sich mit den dreien wie mit Leuten, die man zufällig trifft. Als niemand mehr auf der Straße war, gingen sie schnell durch den Gemüsegarten. Léonard verschwand, zweifellos im Innern der Grotte. Joséphine Balsamo blieb draußen auf einem alten wackeligen Stuhl, hinter einigen Stauden versteckt, sitzen.

Der alte Corbut jätete seinen Garten. Die Söhne flochten am Fuß eines Baumes ihre Rohre.

›Das Verhör beginnt von neuem‹, dachte Raoul. ›Wie schade, daß ich nicht dabei sein kann.‹

Er beobachtete Josine. Ihr Gesicht war fast vollständig verborgen unter der heruntergeschlagenen Krempe eines großen gewöhnlichen Strohhutes, wie ihn die Bäuerinnen an heißen Tagen tragen.

Unbeweglich, ein wenig zusammengekrümmt, die Ellenbogen auf ihre Knie gestützt, saß sie auf ihrem Platz.

Die Zeit verging, und Raoul fragte sich, was er unternehmen könnte, als er neben sich Stöhnen zu hören glaubte, dem erstickte Schreie folgten. Ja, neben ihm. Es ertönte aus den Grasbüscheln, die ihn verdeckten. Wie war das möglich?

Langsam kroch er zu der Stelle, an der das Geräusch am lautesten schien. Er brauchte nicht lange zu suchen, um alles zu begreifen. Der vorspringende Teil des Felsens, hinter dem die

Mulde lag, war voll Geröll, und zwischen diesen Steinen lag ein kleiner Haufen Mauersteine, die sich von der ziemlich gleichförmigen Schicht aus Erde und Wurzelwerk kaum abhoben. Es waren die Überbleibsel eines Kamins.

Damit war alles klar. Die Grotte der Corbuts mußte ziemlich tief in den Felsen hineingeschlagen worden sein. Durch einen Luftschacht, der früher als Kamin diente, und das Geröll drangen die Geräusche nach oben.

Zwei furchtbare Schreie zerrissen die Stille. Raoul dachte an Joséphine Balsamo. Als er sich umwandte, konnte er sie am anderen Ende des kleinen Gemüsegartens sehen. Noch immer saß sie vornübergebeugt, unbeweglich, und riß zerstreut die Blütenblätter einer Kapuzinerkresse ab. Raoul nahm an – wollte annehmen –, daß sie nichts gehört hatte. Vielleicht wußte sie nicht einmal...?

Trotzdem bebte er vor Entrüstung. Ob sie nun bei dem schrecklichen Verhör, das die Unglückliche über sich ergehen lassen mußte, dabei war oder nicht, war sie nicht dennoch eine Verbrecherin? Mußten die hartnäckigen Zweifel, die ihr in Raouls Denken bisher zugute kamen, nicht vor der unwiderlegbaren Wirklichkeit weichen? Alles, was er über sie ahnte, alles, was er nicht wissen wollte, war wahr, denn sie war es, die Léonard die Arbeit auftrug, deren scheußlichen Anblick sie nicht hätte ertragen können.

Vorsichtig schob Raoul die Steine zur Seite und räumte einen Erdklumpen fort. Als er damit fertig war, hatte das Stöhnen aufgehört, aber Wortfetzen drangen zu ihm, kaum lauter als ein Flüstern. Er mußte daher in seiner Arbeit fortfahren und die obere Öffnung des Schachts restlos freilegen. Als er sich vorbeugte, den Kopf so dicht wie möglich auf den Boden preßte und sich, so gut es ging, an dem rissigen Gemäuer festklammerte, konnte er die Worte verstehen.

Er hörte zwei Stimmen, Léonards und die einer Frau, zweifellos die der Witwe Rousselin. Die Unglückliche schien am Ende ihrer Kräfte, in ihrer Stimme lag namenlose Angst.

»Ja... ja...«, flüsterte sie, »ich rede weiter... weil ich es versprochen habe ... aber ich bin so müde!... Sie müssen mich entschuldigen... mein guter Herr... Außerdem liegen die Ereignisse so weit zurück... vierundzwanzig Jahre sind seitdem vergangen...«

»Genug geschwätzt«, knurrte Léonard.

»Ja«, fuhr sie fort. »Also... es war während des Krieges mit Preußen, vor vierundzwanzig Jahren... Als sich die Preußen Rouen näherten, wo wir wohnten, bekam mein Mann, er war Lohnkutscher, den Besuch zweier Herren... Herren, die wir nie gesehen hatten. Sie wollten mit ihrem Gepäck aufs Land fliehen, wie viele andere zu jener Zeit, nicht wahr? Wir wurden uns über den Preis einig, und da sie es sehr eilig hatten, fuhr mein Mann ohne Zeit zu verlieren mit ihnen fort. Unglückseligerweise hatten wir wegen der Requirierungen nur ein Pferd, das nicht sehr kräftig war. Außerdem schneite es ununterbrochen. Zehn Kilometer von Rouen entfernt fiel das Pferd und stand nicht mehr auf...

Die Herren zitterten vor Angst, denn die Preußen konnten jeden Augenblick kommen... Da kam ein Mann aus Rouen, den mein Mann gut kannte, der Vertraute des Kardinals de Bonnechose, ein gewisser Herr Jaubert, mit seinem Wagen vorbei... Sie wissen, wie das so geht... Man unterhält sich. Die beiden Herren bieten ihm für sein Pferd eine große Summe... Jaubert lehnt ab. Sie flehen ihn an, sie drohen... ja, und dann werfen sie sich wie Verrückte auf ihn, schlagen ihn trotz der Bitten meines Mannes nieder... Dann untersuchen sie das Gefährt, finden einen Kasten, den sie an sich nehmen, spannen das Pferd von Jaubert vor den Rollwagen und verschwinden, während sie Jaubert halbtot liegen lassen.«

»Vollkommen tot«, warf Léonard ein.

»Ja, mein Mann hat es Monate später, als er nach Rouen zurückkehren konnte, erfahren.«

»Hat er die beiden nicht angezeigt?«

»Ja... sicher... er hätte es vielleicht müssen«, sagte die Witwe Rousselin verstört, »nur...«

»Nur hatten sie sein Schweigen erkauft«, spöttelte Léonard, »nicht wahr? Das Kästchen enthielt Schmuck ... sie haben Ihrem Mann seinen Judaslohn gezahlt.«

»Ja ... ja ...«, sagte sie, »die Ringe ... die sieben Ringe ... Aber deswegen hat er nicht geschwiegen ... Der arme Mann war krank ... Bald nach seiner Rückkehr ist er gestorben.«

»Und das Kästchen?«

»Es war in dem leeren Wagen geblieben. Mein Mann hat es mit den Ringen nach Hause gebracht. Ich habe wie er geschwiegen. Es war schon eine alte Geschichte, und dann habe ich den Skandal gefürchtet ... Man hätte meinen Mann beschuldigen können. Es war besser zu schweigen. Ich habe mich mit meiner Tochter nach Lillebonne zurückgezogen, und erst als mich Brigitte verließ, um zum Theater zu gehen, hat sie die Ringe genommen ... die ich nie hatte anrühren wollen ... Das ist alles, mein guter Herr, fragen Sie mich nicht mehr.«

Léonard lachte:

»Wieso alles ...?«

»Mehr weiß ich davon nicht«, flüsterte die Witwe ängstlich.

»Aber Ihre Geschichte interessiert überhaupt nicht. Unsere Auseinandersetzung geht um etwas ganz anderes, das wissen Sie ganz genau, zum Teufel!«

»Was?«

»Die Buchstaben, die im Innern des Kästchens unter dem Deckel eingraviert waren, darum geht es ...«

»Halbverblaßte Buchstaben, das schwöre ich Ihnen, mein guter Herr, ich habe mich niemals bemüht, sie zu entziffern.«

»Gut, das will ich gern glauben. Aber dann kommen wir immer zu demselben Punkt zurück: was ist aus dem Kästchen geworden?«

»Ich habe es Ihnen doch gesagt: am Tag bevor Sie mit einer Dame, der mit dem dichten Schleier, nach Lillebonne kamen, hat jemand es mitgenommen.«

»Jemand hat es mitgenommen ... wer?«

»Eine Person ...«

»Eine Person, die es suchte?«

»Nein, sie hat es zufällig in der Ecke des Dachbodens stehen sehen. Es hat ihr als Rarität gefallen.«

»Der Name dieser Person? Jetzt frage ich Sie schon zum hundertsten Mal danach.«

»Ich kann ihn nicht nennen. Es ist jemand, der mir viel Gutes im Leben getan hat, ich würde ihm dadurch Unannehmlichkeiten bereiten, große Unannehmlichkeiten, ich werde es nicht sagen...«

»Dieser Jemand würde Ihnen als erster raten, zu reden...«

»Vielleicht... vielleicht... aber wie soll ich das wissen? Ich kann es nicht wissen. Ich kann ihm nicht schreiben... Man sieht sich von Zeit zu Zeit... Halt, wir sollten uns nächsten Freitag sehen... um drei Uhr...«

»Wo?«

»Unmöglich... ich habe nicht das Recht...«

»Was? Soll ich wieder damit beginnen?« knurrte Léonard ungeduldig.

Die Witwe Rousselin zuckte zusammen.

»Nein! Nein! Oh, mein guter Herr, nein! Ich flehe Sie an.«

Sie stieß einen Schmerzensschrei aus.

»Oh! Der Lump!... Was machen Sie mit mir? Oh! Meine arme Hand...«

»Rede doch, zum Donnerwetter!«

»Ja... ja... ich verspreche Ihnen...«

Aber die Stimme der Unglücklichen versagte. Sie war am Ende ihrer Kräfte. Léonard drang immer weiter in sie, und Raoul verstand einige vor Angst gestammelte Worte. »Ja... also... wir wollen uns Donnerstag treffen... am alten Leuchtturm... Nein... ich habe nicht das Recht... lieber sterbe ich... machen Sie mit mir, was Sie wollen... wirklich... lieber sterbe ich...« Sie schwieg. Léonard brummte:

»Na also! Was? Was hat sie denn, dieses dickköpfige Weib? Doch nicht tot, hoffe ich... Ah! Du Hexe, du wirst sprechen! Ich gebe dir zehn Minuten!«

Die Tür wurde geöffnet und wieder geschlossen. Wahrscheinlich würde er der Cagliostro das Geständnis mitteilen und sich erkundigen, wie er das Verhör fortsetzen sollte. Tatsächlich sah Raoul, der sich erhoben hatte, die beiden unten nebeneinander sitzen. Léonard gestikulierte wild. Josine hörte ihm zu.

Diese Elenden! Raoul verabscheute alle beide gleichermaßen. Das Stöhnen der Witwe Rousselin hatte ihn erschüttert, er fieberte vor Wut und Angriffslust. Nichts konnte ihn mehr davon abhalten, diese Frau zu retten.

Es war seine Art, Gedanken sofort in die Tat umzusetzen, wenn sie sich ihm in logischer Abfolge aufzwangen. In derartigen Fällen kann ein Zögern alles zunichte machen. Der Erfolg hängt von dem Mut ab, mit dem man sich über die noch unbekannten Hindernisse hinwegsetzt.

Er warf einen Blick auf seine Gegner. Alle fünf waren von der Grotte entfernt. Schnell kletterte er – diesmal aufrecht – in den Kamin. Er wollte sich so leise wie möglich durch das Gestein hinablassen. Doch fast augenblicklich wurde er wie bei einem plötzlichen Erdrutsch mit allen beweglichen Steinen mitgerissen, so daß er mit lautem Getöse der rollenden Steine und fallenden Ziegel mit einem Schlag von oben hinunterfiel.

»Zum Donnerwetter!« sagte er, »hoffentlich haben sie draußen nichts gehört.«

Er horchte. Niemand kam.

Die Dunkelheit war so groß, daß er sich noch im Gemäuer des Kamins glaubte. Als er jedoch den Arm ausstreckte, stellte er fest, daß der Schacht direkt in die Grotte führte, oder vielmehr in einen schmalen Gang am hinteren Ende der Grotte, der so klein war, daß seine ausgestreckte Hand nach kurzem Tasten eine andere Hand berührte, die fieberheiß war. Als sich seine Augen an die Dunkelheit gewöhnt hatten, sah Raoul in zwei auf ihn gerichtete leuchtende Pupillen, er sah ein leichenblasses, eingefallenes Gesicht, das sich vor Angst krampfhaft verzerrte.

Keine Fesseln, kein Knebel. Wozu auch? Die Schwäche und

die Angst der Gefangenen machten jeden Fluchtversuch unmöglich. Er beugte sich zu ihr und flüsterte:

»Haben Sie keine Angst. Ich habe Ihre Tochter Brigitte vom Tod errettet, die auch ein Opfer derer war, die Sie wegen des Kästchens und der Ringe verfolgen. Seit Ihrem Verschwinden aus Lillebonne bin ich auf Ihrer Spur. Ich will auch Sie retten, aber nur unter der Bedingung, daß Sie niemals etwas von dem, was geschehen ist, erzählen.«

Aber warum sollte er sich mit Erklärungen aufhalten, die die Ärmste nicht verstand? Ohne noch länger zu zögern, hob er sie auf und lud sie auf seine Schulter. Er durchquerte die Grotte und öffnete vorsichtig die Tür, die, wie er vermutet hatte, nur angelehnt war.

Etwas weiter entfernt unterhielt sich Josine noch immer mit Léonard. Hinter ihnen, am Rand des Gemüsegartens, sah er die weiße Straße, die zum großen Schloß von Duclair hinunterführte. Und auf dieser Straße fuhren Bauern mit ihren Fuhrwerken hin und her.

Als er den Augenblick für am günstigsten hielt, stieß er die Tür auf, stolperte den Hang des Gartens hinunter und legte die Witwe auf die andere Seite der Böschung.

Augenblicklich hörte er die Rufe. Die Corbuts und Léonard stürzten in seine Richtung. Alle vier rannten unüberlegt auf ihn zu, um ihn anzugreifen. Aber was konnten sie tun? Aus der einen Richtung näherte sich ein Wagen, ein anderer aus der anderen. Wenn sie Raoul in Gegenwart aller dieser Zeugen angriffen und die Witwe Rousselin mit Gewalt zurückholten, lieferten sie sich selbst aus, so daß sie sich unvermeidlich eine gerichtliche Untersuchung und alle Repressalien der Justiz zuzogen. Sie rührten sich nicht. Das hatte Raoul gehofft. Vollkommen ruhig rief er zwei Nonnen mit weiten Hauben herbei, von denen die eine einen kleinen, mit einem alten Pferd bespannten Wagen führte, und bat sie, einer armen Frau zu helfen, die er ohnmächtig am Straßenrand gefunden und der ein Wagen offensichtlich die Hand zerquetscht hatte.

Die guten Schwestern, die in Duclair ein Asyl und ein Krankenhaus leiteten, beeilten sich, zu helfen. Sie hoben die Witwe in ihren Wagen und hüllten sie in Tücher. Sie war nicht wieder zu sich gekommen und fieberte und bewegte unaufhörlich ihre verstümmelte Hand, deren Daumen und Zeigefinger angeschwollen und blutig waren.

Langsam fuhr der Wagen weiter.

Raoul rührte sich nicht. Er wurde das gräßliche Bild dieser mißhandelten Hand nicht los, er war so erregt, daß er nicht auf Léonard und die drei Corbuts achtete, die über einen Umweg ihm immer näherrückten. Als er es bemerkte, hatten sie ihn schon fast umzingelt und versuchten, ihn zum Gemüsegarten zu drängen. Kein Bauer war in Sicht. Die Situation schien Léonard so günstig, daß er sein Messer zog.

»Steck das ein, und laß uns allein«, fuhr Josine ihn an. »Ihr auch, Corbuts. Keine Dummheiten, verstanden?«

Sie hatte während des ganzen Auftritts ihren Stuhl nicht verlassen und tauchte plötzlich aus dem Gebüsch auf.

Léonard protestierte:

»Keine Dummheiten? Die größte Dummheit ist, ihn laufen zu lassen. Wo wir ihn schon einmal haben.«

»Verschwinde«, sagte sie nur.

»Aber diese Frau ... diese Frau wird uns anzeigen!«

»Nein. Die Witwe Rousselin hat kein Interesse daran zu plaudern. Im Gegenteil.«

Als Léonard sich entfernt hatte, trat sie an Raouls Seite.

Er sah sie lange an, und sein drohender Blick schien sie so zu beunruhigen, daß sie zu scherzen versuchte, um die Stille zu unterbrechen.

»Jeder zu seiner Zeit, nicht wahr, Raoul? Der Erfolg schwankt dauernd zwischen dir und mir. Heute hast du die Oberhand. Morgen ... Aber was ist denn los? Du machst so ein komisches Gesicht, und deine Augen schauen so hart ...«

Deutlich erklärte er:

»Adieu, Josine.«

Sie wurde kaum merklich blaß.

»Adieu?« fragte sie. »Du wolltest sagen ›Auf Wiedersehen‹.«

»Nein, adieu.«

»Dann... dann... bedeutet das, daß du mich nicht mehr sehen willst?«

»Ich will dich nicht mehr wiedersehen.«

Sie senkte die Augen. Heftig zuckten ihre Lider. Ihre Lippen lächelten und waren zugleich doch so schmerzlich verzogen.

Schließlich flüsterte sie:

»Warum, Raoul?«

»Weil ich etwas gesehen habe, das ich nicht sehen kann ... das ich dir niemals werde verzeihen können.«

»Was?«

»Die Hand dieser Frau.«

Sie schien zu schwanken und murmelte:

»Oh, ich verstehe... Léonard hat sie mißhandelt... obwohl ich es ihm verboten hatte... und ich glaubte, sie hätte auf einfache Drohungen nachgegeben.«

»Du lügst, Josine. Du hörtest die Schreie dieser Frau, wie du sie damals im Wald von Maulévrier gehört hast. Léonard führt es aus, aber der Wille zum Schlechten, die Absicht des Mordes – das bist du, Josine. Du hast deinen Komplizen in das kleine Haus am Montmartre geschickt mit dem Auftrag, Brigitte Rousselin zu töten, wenn sie sich widersetzte. Du hast damals Gift in das Pulver gemischt, das Beaumagnan schlucken sollte. Du hast in den Jahren davor, du ganz allein, die beiden Freunde von Beaumagnan, Denis Saint-Hébert und Georges d'Isneaubal, erledigt.«

Sie empörte sich.

»Nein, nein, ich erlaube dir nicht... das ist nicht wahr, und das weißt du, Raoul.«

Er zuckte die Schultern.

»Ja, ja, die Legende von der anderen Frau, die du der Notwendigkeit halber erdichtet hast... eine andere Frau, die dir ähnlich sieht und Verbrechen begeht, während du, Joséphine

Balsamo, dich mit weniger brutalen Abenteuern zufriedengibst. Ich habe an diese Legende geglaubt. Ich habe mich von allen diesen Geschichten irremachen lassen, Tochter, Enkeltochter, Urenkelin der Cagliostros. Aber damit ist jetzt Schluß, Josine. Wenn ich meine Augen freiwillig geschlossen habe, um nicht zu sehen, was mich erschreckte, der Anblick dieser mißhandelten Hand hat sie mir endgültig für die Wahrheit geöffnet.«

»Für Lügen, Raoul! Für Lügen und falsche Schlüsse. Ich habe die beiden Männer, von denen du sprichst, nicht gekannt.«

Er sagte müde:

»Das mag sein. Es ist nicht ganz unmöglich, daß ich mich irre, aber es ist absolut unmöglich, daß ich dich von nun an noch hinter diesem geheimnisvollen Nebel sehe, hinter dem du dich versteckt hattest. Du bist nicht mehr geheimnisvoll für mich, Josine. Ich sehe dich, so wie du bist, das heißt wie eine Verbrecherin.« Und leiser fügte er hinzu:

»Ja, sogar wie eine Kranke. Wenn es auf der Welt eine Lüge gibt, ist es die deiner Schönheit.«

Sie schwieg. Der Schatten des Strohhutes ließ ihr sanftes Gesicht noch zarter erscheinen. Die Beleidigungen ihres Geliebten berührten es nicht. Sie war vollkommene Verführerin, sie war bezaubernd.

Er war bis auf den Grund seines Ichs aufgewühlt. Niemals war sie ihm so schön und begehrenswert erschienen, und er fragte sich, ob er nicht verrückt wäre, eine Freiheit wiedererlangen zu wollen, die er schon am nächsten Tag verfluchen würde.

»Meine Schönheit ist keine Lüge, Raoul, und du wirst zurückkommen, denn eigens für dich bin ich schön.«

»Ich werde nicht zurückkommen.«

»Doch, du kannst ohne mich nicht mehr leben, die ›Nonchalante‹ ist nicht weit. Dort erwarte ich dich morgen ...«

»Ich werde nicht zurückkommen«, sagte er, schon geneigt, nachzugeben.

»Warum zitterst du, warum bist du so blaß?«

Er begriff, daß alles von seinem Schweigen abhing, daß er ohne ein Wort, ohne den Kopf zu wenden, flüchten mußte.

Er stieß ihre beiden Hände, die ihn halten wollten, zurück und ging fort ...

Der alte Leuchtturm

Die ganze Nacht hindurch radelte Raoul verzweifelt auf seinem Fahrrad durch die Gegend und fuhr wahllos auf irgendwelchen Wegen, einmal um seine Verfolger irrezuführen, zum anderen, um sich bis zum Umfallen zu ermüden. Am Morgen landete er erschöpft und ausgepumpt in seinem Hotel in Lillebonne.

Er verbot den Wirtsleuten, ihn zu wecken, und verschloß seine Tür durch doppeltes Umdrehen des Schlüssels. Er schlief länger als vierundzwanzig Stunden. Als er angekleidet und einigermaßen wiederhergestellt war, hatte er nur einen Gedanken, sich auf sein Fahrrad zu setzen und auf die ›Nonchalante‹ zurückzukehren. Der Kampf gegen die Liebe begann.

Er war sehr unglücklich, und da er nie gelitten, sondern immer seinen geringsten Launen nachgegeben hatte, lehnte er sich gegen eine Verzweiflung auf, die er so einfach hätte beenden können.

›Warum soll ich nicht nachgeben?‹ fragte er sich. ›In zwei Stunden bin ich bei ihr. Wer hindert mich daran, einige Tage später wieder wegzugehen, wenn ich für den Bruch besser vorbereitet bin?‹ Aber er konnte nicht. Der Anblick jener verstümmelten Hand verfolgte ihn. Sie zwang ihn, alle anderen brutalen, widerwärtigen Handlungen heraufzubeschwören, die diese unbegreifliche Tat vermuten ließ.

Josine hatte das getan; also hatte Josine getötet, also schreckte Josine nicht vor einem Mord zurück und fand es einfach und natürlich, zu töten und immer wieder zu töten, wenn das Verbrechen für ihre Pläne vorteilhaft war. Aber Raoul hatte Angst vor dem Verbrechen. Es war ein physischer Widerwille, ein Aufbegehren seines Instinkts. Der Gedanke, daß er in einem Anfall von Sinnesverwirrung dazu gezwungen werden könnte, Blut zu vergießen, entsetzte ihn. Und mit diesem Entsetzen verband sich in der so überaus tragischen Wirklichkeit unauflöslich das Bild der Frau, die er liebte.

Also blieb er, aber mit welchem Kraftaufwand! Wieviel Tränen mußte er zurückdrängen! Mit welchen Seufzern machte sich sein ohnmächtiges Aufbegehren Luft! Josine streckte ihm ihre schönen Arme entgegen und bot ihm den Mund zum Kuß. Wie sollte er dem Ruf der Wollust widerstehen?

Sein Egoismus war im Innersten getroffen, zum erstenmal erkannte er das unermeßliche Leid, das er Clarisse d'Etigues angetan haben mußte. Er stellte sich ihre Tränen vor, die herzzerreißende Verzweiflung dieses enttäuschten Lebens. Von Gewissensbissen geplagt, hielt er ihr zärtliche Reden und rief sich die ergreifenden Stunden ihrer Liebe ins Gedächtnis.

Er tat noch mehr. Da er wußte, daß dem jungen Mädchen Briefe persönlich überreicht wurden, wagte er ihr zu schreiben:

»Verzeihen Sie mir, liebe Clarisse. Ich habe mich Ihnen gegenüber wie ein Schuft benommen. Hoffen wir auf eine bessere Zukunft, denken Sie mit der ganzen Nachsicht Ihres großmütigen Herzens an mich. Verzeihung, liebe Clarisse, Verzeihung – Raoul.«

›Oh, wie schnell ich in ihrer Nähe all diese häßlichen Dinge vergessen werde‹, sagte er zu sich. ›Die Hauptsache ist nicht, reine Augen und sanfte Lippen zu haben, sondern eine offene, ernste Seele wie Clarisse!‹

Nur waren es gerade die Augen und das zweideutige Lächeln von Josine, das er vergötterte, und wenn er an die Liebe der jungen Frau dachte, kümmerte es ihn wenig, daß sie eine Seele hatte, die weder offen noch ernst war.

In der Zwischenzeit bemühte er sich, jenen alten Leuchtturm zu finden, den die Witwe Rousselin erwähnt hatte. Da sie in Lillebonne wohnte, war er sicher, daß der Ort in der näheren Umgebung lag, und deswegen schlug er gleich am ersten Abend diese Richtung ein.

Er irrte sich nicht. Er brauchte sich nur zu erkundigen, um zu erfahren, daß es einen alten ausgedienten Leuchtturm in den

Wäldern um das Schloß von Tancarville gab und daß der Eigentümer dieses Leuchtturms der Witwe Rousselin die Schlüssel dazu anvertraut hatte, die jede Woche, und zwar am Donnerstag, dorthin ging, um ein wenig aufzuräumen. Nach einem mühelosen nächtlichen Ausflug besaß er die Schlüssel.

Es waren nur noch zwei Tage, bis die unbekannte Person, die das Kästchen besaß, die Witwe Rousselin treffen wollte, und da diese, weil sie erst gefangen und jetzt krank war, das abgemachte Rendezvous nicht umbestellen konnte, mußte der andere zu diesem Treffen kommen, das Raoul so wichtig schien.

Diese Aussicht beruhigte ihn. Das Problem, das ihn seit Wochen verfolgte und dessen Lösung nicht mehr weit sein konnte, beschäftigte ihn wieder.

Um nichts dem Zufall zu überlassen, besichtigte er am Vorabend den Ort des Treffpunktes. Als er dann am Donnerstag eine Stunde vorher munteren Schrittes den Wald von Tancarville durchquerte, schien ihm der Erfolg greifbar nahe. Schon jetzt empfand er Freude und Stolz.

Über den Schloßpark von Tancarville hinaus erstreckt sich ein Teil dieses Waldes bis zu den Klippen des Seine-Ufers. Von einem zentralen Rondell aus gehen die Wege strahlenförmig auseinander. Einer von ihnen führt über steile Schluchten und Hänge zu einem schroffen Vorgebirge, auf dem kaum sichtbar der verlassene Leuchtturm steht. Während der Woche ist dieser Platz vollkommen einsam. Sonntags kommen manchmal Spaziergänger vorbei.

Wenn man den Turm hinaufsteigt, hat man einen großartigen Ausblick auf den Kanal von Tancarville und die Mündung des Flusses. Unten, rundherum, war zu dieser Zeit undurchdringliches Dickicht.

Ein einziger ziemlich großer Raum mit zwei Fenstern, in dem nur zwei Stühle standen, bildete das Erdgeschoß, dessen Eingang in Bodenhöhe auf einen mit Brennesseln und wilden Pflanzen bewachsenen Hof hinausging.

Als Raoul näher kam, verlangsamte er seinen Schritt. Er hatte den durchaus berechtigten Eindruck, daß wichtige Ereignisse bevorstanden: nicht nur die Begegnung mit jener Person und die endgültige Klarheit über das große Geheimnis, sondern vor allem ein Höhepunkt in seinem Kampf, bei dem der Gegner endgültig besiegt werden würde.

Und dieser Feind war die Cagliostro – die Cagliostro, die ebenso wie er das Geständnis der Witwe Rousselin kannte und die, unfähig, eine Niederlage hinzunehmen, über unbegrenzte Möglichkeiten verfügend, leicht diesen alten Leuchtturm gefunden haben mußte, in dem sich der letzte Akt des Dramas abspielen würde.

»Und ich frage mich nicht nur«, sagte er halblaut und über sich selbst spottend, »ob sie bei dem Treffen dabei sein wird, sondern in Wirklichkeit hoffe ich es, und daß ich sie wiedersehe und daß wir beide als Sieger einander in die Arme fallen werden.«

Raoul sprang über eine Pforte, die recht und schlecht in eine kleine mit Glasscherben bespickte Mauer eingebaut war, und gelangte in den Hof. Die wilden Pflanzen ließen keine Figur erkennen. Vielleicht war man an einer anderen Stelle über die Mauer gekommen und durch eines der Seitenfenster gestiegen.

Sein Herz schlug wild. Kampfbereit ballte er die Fäuste, falls man ihn in eine Falle gelockt hatte.

›Wie dumm ich bin‹, dachte er. ›Warum eine Falle?‹

Er spielte am Schloß der wurmstichigen Tür und trat ein. Sofort ahnte er die Gefahr. Jemand versteckte sich gleich hinter der Tür in einer Nische. Er fand keine Zeit mehr, dem Angreifenden entgegenzutreten. Kaum hatte ihn sein Instinkt mehr noch als seine Augen gewarnt, als sein Hals mit einem Strick zusammengeschnürt wurde; es zog ihn rückwärts, während sich ein Knie brutal in sein Kreuz drückte.

Halb erstickt und zerschlagen mußte er sich dem gegnerischen Willen unterwerfen; er verlor das Gleichgewicht und brach zusammen.

»Gut gespielt, Léonard!« stammelte er. »Eine hübsche Revanche.«

Er irrte sich. Es war nicht Léonard. Er sah das Profil des Mannes und erkannte Beaumagnan. Während ihm Beaumagnan die Hände fesselte, berichtigte er seinen Irrtum, und seine Überraschung ließ ihn sagen:

»Ach nein, der entlaufene Mönch.«

Das Seil, das ihn zu Boden gerissen hatte, war an einem Ring in der gegenüberliegenden Mauer über einem Fenster befestigt. Beaumagnan, dessen Bewegungen nervös und verstört wirkten, öffnete dieses Fenster und stieß die vermoderten Jalousien einen Spalt breit auf. Da ihm der Ring als Rolle diente, zog er an dem Seil und zwang Raoul, einige Schritte vorwärts zu machen. Raoul sah durch den Spalt hindurch ins Leere, denn der Felsen, auf dem der Leuchtturm stand, fiel zwischen Steinabbrüchen und breiten Baumkronen, die den Horizont verdeckten, senkrecht herab.

Beaumagnan drehte ihn um, stellte ihn mit dem Rücken gegen die Jalousien und fesselte ihm Hände und Füße.

Die Sache war nun also die: wenn Raoul versuchen sollte, einen Ausbruch nach vorne zu machen, würde ihn das Seil mit dem Laufknoten erwürgen. Wenn andererseits Beaumagnan auf den Gedanken kam, sich seines Opfers zu entledigen, brauchte er ihm nur einen kräftigen Stoß zu versetzen, die Jalousien würden sich öffnen und Raoul würde über dem Abgrund schwebend gehängt werden.

»Eine ausgezeichnete Position für ein ernsthaftes Gespräch«, spottete er.

Im übrigen stand sein Entschluß fest. Wenn Beaumagnans Absicht darin bestand, ihm die Wahl zu lassen zwischen Tod oder Verrat der Erfolge, die er auf der Spur des großen Geheimnisses errungen hatte, würde er nicht zögern zu sprechen.

»Zu Ihren Diensten«, sagte er. »Fragen Sie.«

»Halt den Mund!« befahl der andere wütend.

Und Beaumagnan steckte ihm einen Wattebausch in den Mund und schnürte ein Tuch darüber, das er im Nacken verknüpfte.

»Ein Ton nur, eine Bewegung, und ich schicke dich mit einem Schlag hinab.«

Er sah ihn eine Sekunde lang an, wie jemand, der sich fragt, ob er seinen Vorschlag nicht sofort ausführen solle. Doch plötzlich entfernte er sich. Sein Gang war schwerfällig und schwankend. Er durchquerte den Raum, stolperte über hervorstehende Fliesen und kniete sich auf die Türschwelle, so daß er durch den Spalt nach draußen blicken konnte.

›Das ist schlecht‹, dachte Raoul sehr beunruhigt. ›Das ist um so schlechter, als ich es nicht begreife. Wieso ist er hier? Muß man annehmen, daß er der Wohltäter der Witwe Rousselin ist, den sie nicht hat kompromittieren wollen?‹

Aber diese Hypothese befriedigte ihn nicht.

›Nein, das ist es nicht. Ich bin ins Garn gegangen, wenn auch aus Unvorsichtigkeit und Naivität. Es ist klar, daß ein Mann wie Beaumagnan die ganze Affäre Rousselin kennt, daß er um dieses Rendezvous weiß und um den Zeitpunkt jeder Verabredung; und da er also wußte, daß die Witwe entführt wurde, überwacht er die Umgebung von Lillebonne und Tancarville. Da entdeckt man mich, mein Kommen und Gehen, eine Falle . . . und dann . . .‹

Von dieser Version war Raoul vollständig überzeugt. Als Sieger über Beaumagnan in Paris hatte er die zweite Runde jetzt verloren. Als Sieger stellte Beaumagnan ihn wie eine Fledermaus, die man an der Mauer festnagelt, an eine Jalousie und wartete jetzt auf die andere Person, um sich ihrer zu bemächtigen und ihr das Geheimnis zu entreißen.

Ein Punkt blieb allerdings unklar. Warum benahm er sich wie ein wildes Tier, das sich auf seine Beute stürzen will? Das stimmte nicht mit der wahrscheinlich doch ganz friedlichen Begegnung überein, die zwischen ihm und dieser Person stattfinden sollte. Beaumagnan brauchte nur herauszugehen, sie draußen zu erwarten und ihr zu sagen:

»Frau Rousselin ist krank und hat mich geschickt. Sie möchte gern die in den Deckel des Kästchens eingravierte Inschrift wissen.«

›Es sei denn‹, dachte Raoul, ›Beaumagnan hat Gründe, die Ankunft einer dritten Person zu erwarten ... er ist mißtrauisch und bereitet einen Angriff vor.‹

Es genügte, daß sich Raoul diese Frage stellte, um sofort zu wissen, daß diese Vermutung richtig war. Wenn er annahm, daß Beaumagnan ihm eine Falle gestellt hatte, war das nur die Hälfte der Wahrheit. Die Schlinge war doppelt, aber auf wen konnte Beaumagnan so verzweifelt und fieberhaft lauern? Auf wen, wenn nicht auf Joséphine Balsamo?

›Das ist es! Das ist es!‹ dachte Raoul, als ihm diese Erleuchtung kam. ›Das ist es! Er hat erraten, daß sie lebt. Ja, neulich in Paris, als er mir gegenüberstand, mußte ihm das Entsetzliche klarwerden. Noch ein Bock, den ich geschossen habe, weil ich zu wenig Erfahrung habe. Hätte ich so gesprochen, hätte ich so gehandelt, wenn Joséphine Balsamo tot gewesen wäre? Ich habe diesem Mann erzählt, daß ich zwischen den Zeilen eines Briefes an Baron Godefroy gelesen habe und bei der berüchtigten Sitzung in Haie d'Etigues dabei war, und ich sollte nicht begriffen haben, daß er der Cagliostro an den Kragen wollte! Ein Bursche wie ich, der keine Angst kennt, soll diese Frau im Stich gelassen haben! Na also! Wenn ich bei der Sitzung dabei war, dann war ich auch auf der Treppe an der Klippe! Und ich war am Strand, als die Boote in See stachen! Und ich habe Joséphine Balsamo gerettet! Und wir haben uns geliebt – keine Liebe aus dem letzten Winter, wie ich behauptete, sondern eine kürzliche Liebe mit der angeblich toten Josine! ... Das muß er sich gesagt haben, dieser Beaumagnan.‹

Beweis fügte sich zu Beweis. Die Ereignisse griffen wie Glieder einer Kette ineinander.

In die Affäre Rousselin verwickelt und folglich von Beaumagnan gesucht, war natürlich auch Josine in der Gegend des alten Leuchtturms herumgestreift. Als er das wußte, legte Beaumagnan seine Falle. Raoul ging hinein. Jetzt war Josine an der Reihe ...

Man hätte meinen können, daß das Schicksal Raouls Gedankenfolge bestätigen wollte. Im Augenblick, als er mit seinen Überlegungen zu Ende war, vernahm er das Geräusch eines Wagens, der die Straße am Kanal unter den Klippen heraufkam. Raoul erkannte unverzüglich das schnelle Getrappel der kleinen Pferde Léonards.

Auch Beaumagnan wußte, womit er es zu tun hatte, denn mit einem Satz stand er auf den Beinen und lauschte.

Das Geräusch der Hufe verstummte, dann hörte man es wieder, dieses Mal weniger flink. Der Wagen fuhr eine steile holprige Anhöhe zu dem Plateau hinauf, von dem der Waldweg abzweigt, der für Wagen nicht mehr befahrbar ist und der über steile Böschungen zu dem alten Leuchtturm führt.

In spätestens fünf Minuten würde Joséphine Balsamo erscheinen. Jede Sekunde dieser feierlichen Minuten steigerte Beaumagnans Aufregung und seine fieberhafte Spannung. Er stammelte unzusammenhängende Worte. Seine Maske des romantischen Helden verzerrte sich zu bestialischer Häßlichkeit. Der Instinkt, der Wille zum Mord vergiftete seine Züge, und plötzlich erkannte Raoul, daß sich dieser Wille, dieser entfesselte Trieb gegen ihn, den Geliebten Joséphine Balsamos richtete.

Mechanisch stampfte Beaumagnan auf den Fliesen herum. Er bewegte sich, ohne es zu wissen, und er würde töten, ohne es zu wissen, wie ein Betrunkener. Seine Arme spannten sich. Mit verkrampften Fäusten kam er auf Raoul zu und streckte sie vor, als ob er sie langsam, stetig, unaufhaltsam in die Brust des jungen Mannes bohren wollte.

Noch wenige Schritte, und Raoul würde über dem Abgrund hängen.

Raoul schloß die Augen. Noch gab er nicht auf und versuchte zu hoffen.

›Das Seil wird reißen‹, dachte er, ›auf den Steinen liegt sicher Moos, so daß ich weich falle. Wirklich, das Schicksal des Herrn Arsène Lupin d'Andrésy kann nicht zulassen, daß er gehängt wird. Wenn ich in meinem Alter nicht das Glück habe, ein solches Abenteuer durchzustehen, dann haben die mir bisher wohlgesonnenen Götter nicht mehr die Absicht, sich weiterhin mit mir zu befassen! In diesem Fall kein Bedauern!‹

Er dachte an seinen Vater, an den Gymnastik- und Judounterricht, den Théophraste Lupin ihm gegeben ... er murmelte Clarisses Namen ...

Doch der Stoß erfolgte nicht. Obwohl er spürte, daß Beaumagnan direkt vor ihm stand, schien es, als zögerte der Gegner. Raoul hob vorsichtig die Lider. Kerzengerade und weit größer als er stand Beaumagnan vor ihm. Er rührte sich nicht, seine Arme hingen herunter, und sein Gesicht, auf dem die Absicht zu morden eine fürchterliche Grimasse gezeichnet hatte, ließ darauf schließen, daß die Entscheidung aufgeschoben sei.

Raoul lauschte, hörte aber nichts. Aber vielleicht spürte Beaumagnan mit seinen überreizten Sinnen die Nähe Joséphine Balsamos. Schritt um Schritt wich er zurück, mit einem plötzlichen Satz stand er wieder auf seinem Posten in der Nische rechts von der Tür.

Raoul sah sein Gesicht. Es war gräßlich. Ein Jäger auf dem Anstand schultert sein Gewehr und wiederholt mehrmals diese Geste, um bereit zu sein, im entscheidenden Augenblick zu schießen. Krampfhaft bereiteten sich Beaumagnans Hände auf das Verbrechen vor. Sie öffneten sich zum Würgegriff, hielten den entsprechenden Abstand voneinander und krümmten die Finger wie Krallen.

Raoul hatte Angst. Seine Ohnmacht war schrecklich, er litt darunter wie unter einer Folter.

Obgleich er wußte, daß jede Anstrengung vergeblich war, versuchte er seine Fesseln zu lösen. Wenn er hätte schreien können! Aber der Knebel erstickte seine Rufe, und die Fesseln schnitten ihm ins Fleisch.

In der großen Stille hörte man von draußen das Geräusch von Schritten. Die Pforte quietschte. Ein Rock raschelte in den Blättern. Steine rollten.

Beaumagnan drückte sich an die Wand und hob die Ellenbogen. Seine Hände – Hände eines Skeletts, das der Wind bewegt –

zitterten, sahen aus, als schlössen sie sich schon um einen Hals und als hielten sie ihn, lebend, zuckend.

Raoul heulte hinter seinem Knebel.

Da wurde die Tür aufgestoßen, das Drama begann.

Und zwar genau so, wie Beaumagnan es vorgesehen und Raoul es sich vorgestellt hatte. Die Gestalt einer Frau, Joséphine Balsamo, erschien und brach im selben Augenblick unter Beaumagnan zusammen. Ein schwacher Ruf, nicht mehr, der unterging in dem wütenden Geschrei, das aus der Kehle des Mörders drang.

Raoul stampfte mit den Füßen auf den Boden; niemals hatte er Josine so sehr geliebt wie in dieser Minute, da sie mit dem Tode rang. Ihre Fehler, ihre Verbrechen? Sie waren unwichtig. Sie war das schönste Geschöpf auf der Welt, und diese ganze Schönheit, dieses kostbare Lächeln, dieser herrliche Körper, der für Zärtlichkeiten wie geschaffen war, sollten ausgelöscht werden. Unmöglich, ihr zu helfen. Keine Gewalt konnte gegen die unüberwindliche Macht dieser Bestie an.

Was Joséphine Balsamo rettete, war das Übermaß einer Liebe, die nur der Tod stillen konnte, die aber in allerletzter Sekunde ihr schauriges Werk nicht vollenden konnte. Am Ende seiner Kräfte, von Verzweiflung gepackt, die schon dem Irrsinn gleichkam, rollte sich Beaumagnan auf dem Boden, raufte sich die Haare und stieß seinen Kopf auf die Fliesen.

Raoul atmete endlich auf. Trotz des Anscheins und obgleich Joséphine Balsamo sich nicht rührte, war er sicher, daß sie lebte. Langsam, aus dem schrecklichen Traum erwachend, stand sie auf, mühsam und immer wieder von Angst geschüttelt, die sie zu erschöpfen schien; endlich stand sie aufrecht, gerade und ruhig. Sie trug eine Art Umhang, der sie einhüllte, auf dem Kopf einen Samthut, von dem ein mit großen Blumen bestickter Schleier herabfiel. Sie ließ den Umhang zu Boden gleiten, ihre Schultern leuchteten aus dem Ausschnitt ihrer Bluse, die durch den Kampf zerrissen worden war.

Auch den zerquetschten Hut mit dem Schleier warf sie in

weitem Bogen von sich, ihre gelösten Haare hingen in schweren, gleichmäßigen Locken, in denen sich das Licht widerspiegelte, an beiden Seiten herunter. Ihre Wangen waren gerötet, ihre Augen glänzten.

Lange Zeit herrschte Schweigen. Die beiden Männer betrachteten sie mit glühendem Blick, nicht mehr so, als wäre sie eine Feindin, eine Mätresse oder ein Opfer, sondern einfach als eine strahlende Frau, deren Faszination und Verzauberung sie unterlagen. Raoul, ganz erschüttert, und Beaumagnan, unbeweglich und unterwürfig, bewunderten sie beide mit der gleichen Glut.

Sie holte die kleine Metallpfeife hervor, die Raoul so gut kannte. Léonard mußte in einiger Entfernung warten und würde bei ihrem Pfiff sofort erscheinen. Aber sie besann sich eines Besseren. Warum sollte sie ihn kommen lassen, da sie absolute Herrin der Lage war?

Sie ging auf Raoul zu, knüpfte den Schal auf, der ihn knebelte und sagte:

»Du bist nicht zurückgekommen, Raoul, wie ich es gehofft habe. Du wirst wiederkommen?«

Wenn er frei gewesen wäre, hätte er sie heftig an sich gezogen. Aber warum schnitt sie nicht seine Fesseln entzwei? Welcher Hintergedanke ließ sie zögern?

Laut sagte er: »Nein ... es ist zu Ende.«

Sie stellte sich auf die Fußspitzen, preßte die Lippen gegen die seinen und murmelte: »Zwischen uns beiden zu Ende? Du bist verrückt, mein Raoul.« Beaumagnan war zusammengefahren. Durch diese unvorhergesehene zärtliche Geste außer sich, machte er einige Schritte auf sie zu. Als er versuchte, sie am Arm zu packen, wandte sie sich um, und plötzlich durchbrachen ihre wirklichen Gefühle die bisher gewahrte Ruhe. Abscheu und wilder Zorn gegen Beaumagnan beherrschten sie.

Schlagartig und mit einer Heftigkeit, die Raoul ihr nie zugetraut hätte, brach es aus ihr hervor.

»Rühr mich nicht an, du Elender. Und glaub ja nicht, daß ich Angst vor dir habe. Heute bist du allein, und vorhin habe ich wohl gesehen, daß du mich niemals zu töten wagen würdest. Du bist nur ein Feigling. Deine Hände zittern. Meine Hände aber werden nicht zittern, Beaumagnan, wenn die Stunde gekommen ist.«

Vor ihren Verwünschungen und Drohungen wich er zurück, sie aber fuhr haßerfüllt fort:

»Aber deine Stunde ist noch nicht gekommen. Du hast noch nicht genug gelitten. Du hast ja nicht einmal gelitten, weil du mich tot glaubtest. Deine Strafe ist es, jetzt zu wissen, daß ich lebe und liebe.

Ja, hörst du, ich liebe Raoul. Zunächst habe ich ihn geliebt, um mich an dir zu rächen und es dir später zu sagen, heute liebe ich ihn ohne Grund, weil er es ist und weil ich ihn nicht mehr vergessen kann. Kaum daß er es wußte, kaum, daß ich es wußte. Aber seit einigen Tagen, seit er mich verließ, habe ich gefühlt, daß er mein ganzes Leben ist. Ich kannte die Liebe nicht, aber das ist die Liebe, diese Raserei, die ich in mir fühle.« Sie war ebenso im Delirium wie der, den sie quälte. Das Bekenntnis ihrer Liebe schien ihr genauso weh zu tun wie Beaumagnan. Raoul empfand bei ihrem Anblick mehr Befremdung als Freude. Das Strohfeuer des Verlangens, der Bewunderung und der Liebe, das angesichts der Gefahr wiederaufgeflackert war, erlosch endgültig. Die Schönheit und der Zauber Josines lösten sich wie eine Fata Morgana in nichts auf, und auf ihrem Gesicht, das sich doch nicht verändert hatte, konnte er nur noch den häßlichen Widerschein einer grausamen, kranken Seele entdecken.

Sie setzte ihren wütenden Angriff gegen Beaumagnan fort. Dieser antwortete ihr durch heftige Zuckungen eifersüchtiger Wut. Es war wirklich bestürzend zu sehen, wie diese beiden Menschen in dem Augenblick, da die Lösung des großen Rätsels, die sie seit so langer Zeit suchten, greifbar nahe war, alles im Ausbruch ihrer Leidenschaft vergaßen. Das jahrhundertealte große Geheimnis, die Entdeckung der Edelsteine, der legendäre Grenzstein, das Kästchen mit der Inschrift, die Witwe Rousselin, die Person, die auf dem Weg zu ihnen war und ihnen das

Stichwort bringen würde – das waren jetzt Albernheiten, um die sie sich beide gleich wenig kümmerten. Die Liebe zog wie ein reißender Wasserfall alles mit sich. Haß und Leidenschaft lieferten sich den ewigen Kampf, an dem die Liebenden zerbrechen.

Wieder krümmten sich Beaumagnans Finger wie Krallen zusammen, seine zitternden Hände wollten sie erwürgen. Sie wurde immer leidenschaftlicher, blind und zügellos warf sie ihm das beleidigende Geständnis ihrer Liebe ins Gesicht!

»Ich liebe ihn, Beaumagnan. Das Feuer, das mich verbrennt und verzehrt, gleicht deiner Liebe, in die sich der Gedanke an Mord und Tod mischt. Ja, ich würde ihn eher töten, als ihn einer anderen zu lassen oder zu wissen, daß er mich nicht mehr liebt. Aber er liebt mich, Beaumagnan, er liebt mich, hörst du, er liebt mich!«

Unerwartetes Gelächter drang aus Beaumagnans verzerrtem Mund. Seine Wut endete in hämischer Heiterkeit.

»Er liebt dich, Joséphine Balsamo? Du hast recht, er liebt dich! Er liebt dich wie alle Frauen. Du bist schön, er begehrt dich. Eine andere läuft ihm über den Weg, auch sie will er. Auch du, Joséphine Balsamo, du leidest Höllenqualen. Gib es doch zu!«

»Höllenqualen, ja«, sagte sie, »Höllenqualen, wenn ich an seinen Verrat glaubte. Aber das ist nicht wahr, und du versuchst umsonst ...«

Sie verstummte. Beaumagnan lachte so spöttisch und bösartig, daß sie Angst bekam. Sehr leise und schreckerfüllt fuhr sie fort: »Einen Beweis ... Gib mir nur einen einzigen Beweis ... Gar nicht nötig ... einen Hinweis ... etwas, das mich zwingt zu zweifeln ... Und ich schlage ihn wie einen Hund zu Boden.« Aus ihrer Bluse hatte sie einen kleinen Totschläger gezogen, der aus einer Walfischgräte und einer Bleikugel bestand. Ihr Blick wurde hart. Beaumagnan erwiderte:

»Ich erzähl dir nichts, was dich zweifeln lassen könnte, sondern was zu beweisen ist.«

»Sprich ... nenne einen Namen.«

»Clarisse d'Etigues.«

Sie zuckte mit den Schultern.

»Ich weiß ... eine bedeutungslose Liebelei.«

»Die ihm immerhin so viel bedeutet, daß er den Vater um ihre Hand gebeten hat.«

»Er hat ihr einen Antrag gemacht! Aber nein, das ist doch unmöglich ... Ich habe mich erkundigt ... Sie haben sich zwei- oder dreimal im Wald getroffen, nicht öfter.«

»Mehr als das, im Zimmer der Kleinen.«

»Du lügst, du lügst!« schrie sie.

»Sag eher, daß ihr Vater lügt, denn Godefroy d'Etigues hat mir vorgestern abend die Sache anvertraut.«

»Und er, woher wußte er es?«

»Von Clarisse selbst.«

»Das ist doch absurd. Ein Mädchen erzählt so etwas nicht.«

Beaumagnan lächelte:

»Es gibt Fälle, in denen sie wohl oder übel dazu gezwungen ist.«

»Wie? Was? Was wagst du zu behaupten?«

»Ich sage es so, wie es ist. Nicht die Liebende hat gebeichtet, sondern die Mutter ... die Mutter, die dem Kind, das sie trägt, einen Namen sichern will, die Mutter, die die Heirat fordert.«

Joséphine Balsamo schien vor Wut zu platzen.

»Heirat! Eine Heirat mit Raoul! Baron d'Etigues würde das zulassen ...?«

»Verdammt!«

»Alles Lügen! Altweibergeschwätz! Nein, vielmehr deine Erfindung. An dem Ganzen ist kein einziges wahres Wort. Sie haben sich nicht mehr wiedergesehen.«

»Sie schreiben sich.«

»Den Beweis, Beaumagnan, den sofortigen Beweis!«

»Würde ein Brief dir genügen?«

»Ein Brief?«

»Von ihm an Clarisse geschrieben.«

»Vor vier Monaten geschrieben?«

»Vor vier Tagen.«

»Hast du ihn?«

»Hier.«

Raoul, der ängstlich zugehört hatte, erschrak. Er erkannte den Umschlag und das Papier des Briefes, den er von Lillebonne aus an Clarisse d'Etigues geschickt hatte.

Josine nahm den Zettel und las ihn leise, wobei sie jede Silbe artikulierte:

»Verzeihen Sie mir, liebe Clarisse. Ich habe mich wie ein Schuft Ihnen gegenüber benommen. Hoffen wir auf eine bessere Zukunft, denken Sie mit der ganzen Nachsicht Ihres großmütigen Herzens an mich. Verzeihung, Clarisse, Verzeihung – Raoul.«

Sie fand kaum noch die Kraft, den Brief, der sie verleugnete und aufs empfindlichste in ihrer Eigenliebe verletzte, zu Ende zu lesen. Sie wankte. Ihre Augen suchten Raouls Blick. Er begriff, daß Clarisse zum Tode verurteilt war, und tief in seinem Innern wußte er, daß er gegen Joséphine Balsamo nur noch Haß empfinden konnte und würde.

Beaumagnan fuhr fort:

»Godefroy hat diesen Brief abgefangen, mir gegeben und mich um Rat gefragt. Der Umschlag war in Lillebonne abgestempelt, so habe ich eure Spur wiedergefunden.«

Die Cagliostro schwieg. In ihrem Gesicht stand so tiefer Schmerz, daß man gerührt hätte sein können und Mitleid mit den langsam über ihre Wangen laufenden Tränen haben konnte, wenn ihr Schmerz nicht so sichtbar von rachedurstigen Gedanken beherrscht gewesen wäre. Sie entwarf Pläne. Sie stellte ihre Fallen.

Den Kopf schüttelnd, sagte sie zu Raoul:

»Ich hatte dich gewarnt, Raoul.«

»Ein gewarnter Mann ist doppelt so viel wert«, erwiderte er spöttisch.

»Mach keine Späße!« schrie sie aufbrausend. »Du weißt, was ich dir gesagt habe, daß du sie nie zwischen uns und unsere Liebe stellen solltest.«

»Und du weißt genausogut, was ich dir geantwortet habe«, sagte er ebenso herausfordernd wie sie. »Wenn du ihr jemals auch nur ein einziges Haar krümmst...«

Sie zuckte zusammen.

»Oh! Wie kannst du dich so über mein Leid lustig machen und gegen mich für eine andere Frau Partei ergreifen? Gegen mich! Oh! Raoul, sie hat selber Schuld!«

»Reg dich nicht auf«, sagte er. »Sie ist in Sicherheit, weil ich sie beschütze.«

Beaumagnan, glücklich über ihren Streit und den Haß, der in ihnen brodelte, beobachtete sie. Aber Joséphine Balsamo beherrschte sich, wahrscheinlich glaubte sie, daß es unnütze Zeitverschwendung wäre, über eine Rache zu sprechen, für die der geeignete Zeitpunkt kommen würde. Im Augenblick hatte sie andere Sorgen, und ihre geheimsten Gedanken gestehend, murmelte sie, während sie lauschte:

»Man hat gepfiffen, nicht wahr, Beaumagnan? Es ist einer meiner Männer, die die Wege überwachen, auf denen man herkommen kann. Er benachrichtigt mich. Die Person, die wir erwarten, muß in Sicht sein. Denn ich nehme an, daß auch du ihretwegen gekommen bist?«

Tatsächlich waren Beaumagnans Anwesenheit und seine Absichten nicht sehr klar. Wie hatte er den Tag und die Stunde der Verabredung erfahren können? Welche besonderen Anhaltspunkte hatte er in bezug auf die Affäre Rousselin?

Josine warf einen Blick auf Raoul. So gut gefesselt, wie er war, konnte er sie in ihren Plänen nicht stören und an der letzten Schlacht nicht teilnehmen. Aber Beaumagnan schien sie zu beunruhigen, sie zog ihn zur Tür, als wollte sie der erwarteten Person entgegengehen. In dem Augenblick, in dem sie hinausging, hörte Raoul Schritte kommen. Sie trat rückwärts und stieß dabei Beaumagnan zur Seite, so daß Léonard eintreten konnte.

Lebhaft betrachtete er die beiden Männer, nahm dann die Cagliostro zur Seite und flüsterte ihr ein paar Worte ins Ohr. Sie schien sehr erstaunt und murmelte:

»Was sagst du da?... Was sagst du da?«

Sie wandte den Kopf ab, damit die anderen ihren Gesichtsausdruck nicht sehen sollten, aber Raoul hatte das Gefühl, als freue sie sich sehr.

»Wir wollen ganz still sein«, sagte sie. »Man kommt... Léonard, nimm deinen Revolver. Wenn die betreffende Person die Schwelle übertreten hat, richte ihn.«

Sie fuhr Beaumagnan an, der versuchte, die Tür zu öffnen.

»Sind Sie verrückt? Was ist denn los? Bleiben Sie hier.«

Als Beaumagnan nicht nachgab, wurde sie wütend:

»Warum wollen Sie hinaus? Aus welchem Grund? Sie kennen also diese Person, und Sie wollen Sie daran hindern... oder Sie mit sich nehmen? Was? So antworten Sie doch!«

Beaumagnan ließ den Türgriff nicht los, während sich Josine bemühte, ihn zurückzuhalten. Als sie sah, daß es ihr nicht gelang, drehte sie sich zu Léonard um und zeigte mit ihrer freien Hand auf Beaumagnans linke Schulter mit einer Bewegung, die befahl zuzuschlagen, ohne Hemmungen zuzuschlagen. In Sekundenschnelle zog Léonard ein Stilett aus seiner Tasche, das er leicht in die Schulter des Gegners stach.

»Oh! Diese Hexe...«, murmelte der Verletzte nur noch und brach auf den Fliesen zusammen.

Ruhig bat sie Léonard:

»Hilf mir, schnell.«

Sie schnitten einen Teil von dem langen Seil ab, mit dem Raoul gefesselt war, und banden nun auch Beaumagnans Arme und Beine. Nachdem sie ihn aufgesetzt und gegen die Mauer gelehnt hatte, untersuchte sie seine Wunde und verband sie mit einem Taschentuch.

»Es ist nichts«, sagte sie, »er wird gerade nur für zwei oder drei Stunden betäubt sein... Gehen wir an unsere Plätze.«

Sie legten sich auf die Lauer.

Alles das führte sie ohne Eile, mit ruhigem Gesicht und so genauen Bewegungen aus, als hätte sie den Ablauf der Dinge im voraus berechnet. Sie brauchte nur wenige Worte, um ihre

Befehle zu erteilen. Aber selbst ihre gedämpfte Stimme drückte so viel Triumph aus, daß Raoul immer unruhiger wurde und schreien wollte, um den oder die Eintretende vor der Falle zu warnen. Wozu? Wie wollte er sich den furchtbaren Entscheidungen der Cagliostro widersetzen? Außerdem wußte er nicht mehr, was er machen sollte. In seinem Gehirn gingen die absurdesten Ideen durcheinander. Und dann ... und dann ... dann war es zu spät. Ein Stöhnen entfuhr ihm: Clarisse d'Etigues trat ein.

Wahnsinn und Genie

Bis zu diesem Augenblick hatte Raoul nur oberflächlich Furcht empfunden, da die Gefahr nur ihn und die Cagliostro bedroht hatte; was ihn betraf, so verließ er sich auf seine Geschicklichkeit und seinen guten Stern; und von der Cagliostro wußte er, daß sie allein imstande war, sich gegen Beaumagnan zu verteidigen.

Aber Clarisse! Für Joséphine Balsamo war Clarisse eine der List und Grausamkeit des Feindes ausgelieferte sichere Beute. Jetzt wurde Raouls Furcht zu einer Art physischem Entsetzen, so daß ihm tatsächlich die Haare zu Berge standen und ihm eine Gänsehaut über den Rücken lief. Léonards unversöhnliches Gesicht steigerte noch seine Angst. Er dachte an die Witwe Rousselin und ihre geschwollenen Finger.

Eine Stunde vorher, als er zum Rendezvous ging, hatte er sich nicht getäuscht: dies war der große Kampf, den er mit Joséphine Balsamo auszufechten hatte. Bis jetzt waren es nur Scharmützel und kleine Vorgefechte gewesen. Jetzt aber bedeutete es den Kampf auf Leben und Tod zwischen allen, die gegeneinander standen, und Raoul mußte mit gefesselten Händen, einer Schlinge um den Hals und jener durch Clarisse d'Etigues' Ankunft noch gesteigerten Schwäche daran teilnehmen.

›Nun‹, sagte er sich, ›ich muß noch viel lernen. Ich bin für diese schreckliche Situation fast verantwortlich, und noch einmal ist die geliebte Clarisse mein Opfer.‹

Das junge Mädchen stand sprachlos vor Schrecken, als sie den drohenden Revolver Léonards auf sich gerichtet sah. Sie war fröhlich hergekommen, wie man an einem freien Tag zu jemandem geht, den man gerne sieht, und sie brach mitten in diese Szene voll Gewalttaten und Verbrechen ein, während der, den sie liebte, bewegungslos und gefangen vor ihr stand.

Sie stammelte: »Was ist, Raoul? Warum sind Sie gefesselt?«

Hilflos streckte sie die Hände aus. Was konnten sie beide tun?

Er sah ihre erschöpften Züge und die ungeheure Müdigkeit in ihrem ganzen Wesen. Er mußte seine Rührung überwinden, als er an die schmerzliche Beichte dachte, die sie ihrem Vater gemacht hatte, und an die Folgen seines Unrechts. Er beherrschte sich und sagte mit unerschütterlicher Sicherheit in der Stimme:

»Ich habe nichts zu befürchten, Clarisse, und Sie auch nicht, absolut nichts. Ich übernehme für alles die Verantwortung.«

Sie warf einen Blick auf die Umstehenden, erkannte erstaunt Beaumagnan in den Fesseln, die ihn halb erstickten, und fragte schüchtern Léonard:

»Was wollen Sie von mir? Das alles ist so schrecklich ... Wer hat mich hierher kommen lassen?«

»Ich«, sagte Joséphine Balsamo.

Josines Schönheit hatte Clarisse überrascht. Sie schöpfte ein wenig Hoffnung, als könne ihr von dieser wunderbaren Frau nur Hilfe und Schutz zuteil werden.

»Wer sind Sie, Madame? Ich kenne Sie nicht.«

»Aber ich kenne Sie«, versicherte Joséphine Balsamo, die die Anmut und Zartheit des jungen Mädchens zu irritieren schien, die aber ihren Zorn beherrschte. »Sie sind die Tochter von Baron d'Etigues, und ich weiß auch, daß Sie Raoul d'Andrésy lieben.«

Clarisse wurde rot, widersprach aber nicht. Zu Léonard gewandt, sagte Joséphine Balsamo:

»Schließ die Pforte. Hänge die Kette daran mit dem Vorhängeschloß, das du mitgebracht hast, und richte den alten umgefallenen Pfosten wieder auf, der das Schild ›Privatbesitz‹ trägt.«

»Soll ich draußen bleiben?« fragte Léonard.

»Ja, ich brauche dich im Augenblick nicht«, sagte Josine mit einem Ausdruck, der Raoul erschreckte. »Bleib draußen. Wir dürfen nicht gestört werden. Auf keinen Fall, hörst du?«

Léonard zwang Clarisse, sich auf einen der beiden Stühle zu setzen, zog ihre beiden Arme nach hinten und wollte ihre Handgelenke an die Lehne binden.

»Nicht nötig«, sagte Joséphine, »laß uns allein.«

Er gehorchte.

Sie musterte nacheinander ihre drei Opfer, alle drei entwaffnet und zur Ohnmacht verdammt. Sie war Herrin auf dem Schlachtfeld und konnte ihre unerbittlichen Urteile bis zur Todesstrafe durchsetzen.

Raoul ließ sie nicht aus den Augen und versuchte ihre Pläne und Absichten herauszufinden. Am meisten beeindruckte ihn Josines Ruhe. Ihr Handeln verriet kein Fieber, keine Erregung, das jede andere Frau an ihrer Stelle gezeigt hätte. Sie triumphierte nicht. Sie verriet eher Langeweile, so als handelte sie unter dem Einfluß innerer Kräfte, die sie nicht beherrschen konnte.

Zum erstenmal erkannte er in ihr jenen lässigen Fatalismus, den gewöhnlich ihre lächelnde Schönheit verdeckte und der vielleicht das Grundelement und die Erklärung ihrer rätselhaften Natur war.

Sie setzte sich neben Clarisse auf den anderen Stuhl und begann mit festem Blick und langsamer Stimme, trocken und monoton zu sprechen:

»Vor drei Monaten wurde eine junge Frau gewaltsam entführt, als sie aus dem Zug stieg. Sie wurde ins Schloß Haie d'Etigues gebracht, wo in einem großen abgeschlossenen Saal etwa zehn Männer aus der Provinz Caux versammelt waren, unter ihnen Beaumagnan, den Sie hier sehen, und Ihr Vater. Ich will Ihnen nicht alles erzählen, was auf dieser Versammlung gesprochen wurde, nicht die Erniedrigung erwähnen, die jene Frau von den Menschen erleiden mußte, die sich zu Richtern aufgespielt hatten. Nach einer Scheinverhandlung, als die Gäste abends gegangen waren, schleppten Ihr Vater und sein Vetter Bennetot die Frau an den Fuß der Klippen, warfen sie gefesselt in ein angebohrtes Boot, das sie mit einem riesigen Stein beschwert hatten, fuhren sie aufs Meer und ließen sie dort im Stich.«

Erstickt stammelte Clarisse:

»Das ist nicht wahr! Das ist nicht wahr!... Mein Vater hätte das nie getan... das ist nicht wahr!«

Ohne sich um Clarisses entrüsteten Protest zu kümmern, fuhr Joséphine Balsamo fort:

»Ein Mann hatte jedoch, ohne daß es die Verschworenen wußten, an der Versammlung im Schloß teilgenommen, ein Mann, der die beiden Mörder – es gibt keinen anderen Ausdruck dafür, nicht wahr – belauerte, sich an dem Boot festklammerte und das Opfer rettete, als sie sich entfernt hatten. Woher kam er? Alles läßt darauf schließen, daß er die Nacht davor und auch den Morgen in Ihrem Zimmer verbracht hatte, von Ihnen empfangen, und das nicht als Verlobter, denn Ihr Vater hatte ihm Ihre Hand verweigert, sondern als Geliebter.«

Die Beschuldigungen und Beleidigungen fielen wie Keulenschläge auf Clarisse nieder. Von der ersten Minute an war sie außer Gefecht gesetzt, unfähig, Widerstand zu leisten oder sich wenigstens zu verteidigen.

Bleich und wankend krümmte sie sich auf ihrem Stuhl zusammen und stöhnte:

»Oh! Madame, was behaupten Sie?«

»Was Sie selbst Ihrem Vater gestanden haben, denn die Folgen Ihres Unrechts machten das Geständnis, das Sie ihm vorgestern abend ablegten, notwendig. Muß ich Ihnen noch genauer ausführen, was aus Ihrem Geliebten geworden ist? Am selben Tag, an dem er Sie entehrte, verließ Raoul d'Andrésy Sie, um der Frau zu folgen, die er vor einem schrecklichen Tod gerettet hatte, verschrieb sich ihr mit Leib und Seele, ließ sich von ihr lieben, teilte ihr Leben und schwor ihr, Sie niemals wiederzusehen. Der Schwur erfolgte kategorisch: ›Ich liebe sie nicht‹, sagte er. ›Es war eine Liebelei. Jetzt ist es aus.‹

Nach einem vorübergehenden Streit zwischen seiner Geliebten und ihm entdeckte diese, daß Raoul mit Ihnen korrespondierte und Ihnen einen Brief geschrieben hatte – hier ist er –, in dem er Sie um Verzeihung und um Vertrauen für die Zukunft bat. Verstehen Sie jetzt, daß ich einiges Recht habe, Sie als Feindin zu behandeln, ja, als tödliche Feindin?«

Clarisse schwieg. Furcht stieg in ihr hoch, sie blickte mit

wachsender Angst in dieses sanfte, schreckliche Gesicht jener Frau, die ihr Raoul genommen und sich jetzt als ihre Feindin erklärte. Von Mitleid überwältigt und ohne Rücksicht auf Joséphine Balsamos Zorn sagte Raoul ernst:

»Wenn ich einen feierlichen Schwur getan habe, den ich vor allen und gegen jeden entschieden halten will, Clarisse, so ist es der, mit dem ich geschworen habe, daß Ihnen kein Haar gekrümmt würde. Haben Sie keine Angst. Spätestens in zehn Minuten werden Sie heil und unbeschädigt von hier fortgehen. Zehn Minuten, Clarisse, nicht länger.«

Joséphine sagte darauf nichts. Ruhig fuhr sie fort:

»Das ist also unser beider Lage, wie sie sich stellt. Ich will zu den Tatsachen übergehen. Auch darin werde ich mich kurz fassen. Ihr Vater, mein Fräulein, sein Freund Beaumagnan und ihre Komplizen haben sich zu einem Vorhaben zusammengeschlossen, das auch ich verfolge und für das sich Raoul ebenfalls interessiert. Daher besteht zwischen uns ein unaufhörlicher Krieg. Wir haben alle mit Frau Rousselin Verbindung aufgenommen, die ein altes Kästchen besaß, das wir unbedingt benötigen, um Erfolg zu haben. Dieses Kästchen hat sie einer anderen Person überlassen.

Wir haben sie dringend gebeten, uns zu helfen, sie wollte uns jedoch den Namen jener Person nicht sagen, die sie, so scheint es, mit Wohltaten überhäuft hat und die sie nicht durch eine Indiskretion kompromittieren wollte. Alles, was wir erfahren konnten, ist eine alte Geschichte, die ich Ihnen in kurzen Zügen erzählen werde, und die Sie mit dem gleichen Interesse wie wir verfolgen werden.«

Allmählich verstand Raoul, welchen Weg die Cagliostro eingeschlagen hatte und wo er unvermeidlich enden mußte. Es erschreckte ihn so sehr, daß er wütend zu ihr sagte:

»Nein, nein, das nicht, nicht wahr? Das nicht! Es gibt Dinge, die nicht gesagt werden sollten...«

Sie schien ihn nicht zu hören und setzte die Erzählung unerbittlich fort:

»Also: vor vierundzwanzig Jahren, während des Krieges zwischen Frankreich und Preußen, töteten zwei Männer, die unter der Führung des Herrn Rousselin vor Plünderern flüchteten, in der Gegend von Rouen einen Diener mit Namen Jaubert, um ihm sein Pferd zu stehlen. Mit dem Pferd konnten sie sich retten; außerdem nahmen sie ein Kästchen mit, das sie ihrem Opfer geraubt hatten und das sehr kostbare Schmuckstücke enthielt.

Später kehrte Rousselin, den sie gewaltsam mitgeschleppt und dem sie als seinen Anteil einige wertlose Ringe gegeben hatten, nach Rouen zu seiner Frau zurück, wo er kurz danach starb. So sehr hatten ihn der Mord und seine unfreiwillige Mittäterschaft bedrückt. Die Mörder aber nahmen Verbindung mit der Witwe auf, da sie fürchteten, sie würde ausplaudern, was sie von der Tat wußte, und dann geschah es... Aber ich vermute, mein Fräulein, daß Sie genau verstehen, worum es sich handelt, nicht wahr?«

Clarisse hörte mit so schmerzhafter Bestürzung zu, daß Raoul schrie:

»Schweig endlich, Josine, kein Wort mehr! Es ist sinnlos und gemein. Wozu das alles?«

Sie befahl ihm, still zu sein.

»Wozu? Weil die ganze Wahrheit gesagt werden muß. Du hast uns, sie und mich, gegeneinander gehetzt. Also sollen wir auch beide gleichermaßen leiden.«

»Oh! Du Hexe!« murmelte er verzweifelt.

Sich zu Clarisse wendend, fuhr Joséphine Balsamo fort:

»Ihr Vater und Ihr Vetter Bennetot beobachteten also das Tun der Witwe Rousselin; offensichtlich verdankt sie Baron d'Etigues ihre Wohnung in Lillebonne, wo er sie leichter überwachen konnte. Außerdem fand sich mit der Zeit jemand, der mehr oder weniger bewußt diese Arbeit ausführen konnte: Sie, mein Fräulein. Die Witwe Rousselin liebte Sie, so daß von ihrer Seite keine Feindschaft zu erwarten war. Um nichts auf der Welt hätte sie den Vater des kleinen Mädchens verraten, das von Zeit zu Zeit zu ihr spielen kam. Es waren natürlich heimliche Besuche, damit niemand die Gegenwart mit der Vergangenheit in Zusammenhang bringen konnte, Besuche, die sogar manchmal in die Umgebung verlegt wurden, in diesen alten Leuchtturm oder an einen anderen Ort.

Während eines dieser Besuche haben Sie zufällig auf dem Dachboden in Lillebonne das Kästchen gefunden, das Raoul und ich suchten. Sie haben Gefallen daran gefunden und es mit nach Haie d'Etigues genommen. Als Raoul und ich von der Witwe Rousselin erfuhren, daß das Kästchen im Besitz einer Person war, die sie nicht nennen wollte, daß diese Person sie mit Wohltaten überhäuft hatte und daß sie sich beide an einem bestimmten Tag treffen wollten, sind wir ohne Schwierigkeiten zu dem Schluß gekommen, daß es genügte, an Stelle der Witwe Rousselin zum alten Leuchtturm zu kommen, um einen Teil der Wahrheit zu entdecken.

Als wir Sie kommen sahen, waren wir sofort davon überzeugt, daß die beiden Mörder nur Bennetot und Baron d'Etigues sein konnten, das heißt die beiden Männer, die mich ins Meer geworfen haben.«

Clarisse weinte, ihre Schultern zuckten krampfhaft vor Schluchzen. Raoul war überzeugt, daß sie von den Verbrechen ihres Vaters nichts wußte, aber er bezweifelte ebensowenig, daß die Beschuldigungen der Feindin ihr plötzlich Dinge in ihrem wirklichen Licht enthüllten, über die sie sich bis jetzt keine Rechenschaft abgelegt hatte und die sie zwangen, ihren Vater für einen Mörder zu halten. Welch ein Leid für sie! Und wie genau Joséphine Balsamo die rechte Stelle getroffen hatte! Mit welch schrecklicher Kenntnis des Schlechten der Henker sein Opfer quälte! Mit wieviel Geschicklichkeit, die tausendmal grausamer war als die physische Folter, der die Witwe Rousselin durch Léonard ausgesetzt worden war, rächte sich Joséphine Balsamo an der unschuldigen Clarisse!

»Ja«, sagte Joséphine leise, »ein Mörder. Seine Reichtümer, sein Schloß, seine Pferde, alles rührt von dem Verbrechen her.

Nicht wahr, Beaumagnan? Auch du könntest dafür Zeuge sein, du, der du gerade deswegen so großen Einfluß auf ihn gewonnen hast. Als Herr eines Geheimnisses, das du ihm, unwichtig wie, entlockt hast, ließest du ihn nach deiner Pfeife tanzen und benutztest das erste Verbrechen und die Beweise, die du dafür hattest, dazu, ihn zu zwingen, dir zu dienen und auch die zu töten, die dich störten, Beaumagnan... ich weiß genug! Oh! Lumpen, die ihr seid!«

Ihre Augen suchten Raouls Blick. Er hatte das Gefühl, als versuche sie, ihre eigenen Verbrechen zu entschuldigen, indem sie die von Beaumagnan und seinen Komplizen heraufbeschwor. Hart sagte er zu ihr:

»Und jetzt? Bist du fertig? Willst du dich noch weiter auf dieses Kind stürzen? Was willst du noch?«

»Sie soll sprechen«, erklärte Josine.

»Läßt du sie frei, wenn sie spricht?«

»Ja.«

»Dann frage sie. Was willst du? Das Kästchen? Die in den Deckel eingravierte Formel? Ist es das?«

Aber ob Clarisse antworten wollte oder nicht, ob sie die Formel kannte oder nicht, sie schien unfähig, auch nur ein einziges Wort herauszubringen oder auch nur die Frage zu verstehen. Raoul drängte sie:

»Beherrschen Sie Ihren Schmerz, Clarisse. Es ist die letzte Prüfung, dann ist alles zu Ende. Ich bitte Sie, antworten Sie... Sie verletzen damit Ihr Gewissen nicht. Sie haben nicht geschworen zu schweigen. Sie verraten niemanden. In diesem Fall...«

Raouls eindringliche Stimme beruhigte das junge Mädchen. Er fühlte es und fragte:

»Was ist aus dem Kästchen geworden? Sie haben es nach Haie d'Etigues gebracht?«

»Ja«, flüsterte sie erschöpft.

»Warum?«

»Es gefiel mir... eine Laune...«

»Ihr Vater hat es gesehen?«

»Ja.«

»Am selben Tag?«

»Nein, erst einige Tage später.«

»Er hat es Ihnen weggenommen?«

»Ja.«

»Unter welchem Vorwand?«

»Keinem.«

»Aber Sie hatten Zeit, es zu untersuchen?«

»Ja.«

»Und Sie haben eine Inschrift im Innern des Deckels gefunden, nicht wahr?«

»Ja.«

»Alte, unbeholfen eingravierte Buchstaben, nicht wahr?«

»Ja.«

»Konnten Sie sie entziffern?«

»Ja.«

»Leicht?«

»Nein, aber es ist mir gelungen.«

»Erinnern Sie sich an diese Inschrift?«

»Vielleicht ... ich weiß nicht ... es waren lateinische Worte ...«

»Lateinische Worte? Überlegen Sie gut ...«

»Habe ich das Recht? Wenn es ein so großes Geheimnis ist, darf ich es preisgeben ...?« Clarisse zögerte.

»Sie dürfen es, Clarisse, ich versichere es Ihnen. Sie dürfen es, weil dieses Geheimnis niemandem gehört. Jeder hat das Recht, es zu erfahren, genauso wie Ihr Vater, seine Freunde oder ich. Es gehört dem, der es zuerst erfährt und seinen Vorteil daraus zieht.«

Sie gab nach. Es mußte richtig sein, was Raoul sagte.

»Ja ... ja ... Sie haben bestimmt recht ... Aber ich habe dieser Inschrift so wenig Bedeutung beigemessen, daß ich meine Gedanken sammeln muß ... und übersetzen, was ich gelesen habe. Es war von einem Stein die Rede ... und von einer Königin ...«

»Sie müssen sich erinnern, Clarisse, Sie müssen es«, flehte

Raoul, den der finstere Ausdruck der Cagliostro beunruhigte. Mit vor Anstrengung verzerrtem Gesicht suchte das Mädchen in seiner Erinnerung, schien sich zu besinnen und verwarf den Gedanken wieder, bis sie schließlich verkündete:

»Ja ... jetzt erinnere ich mich ... das ist genau der Satz, den ich entziffert habe ... fünf lateinische Worte ... in dieser Reihenfolge:

Ad lapidem currebat olim regina ...«

Sie hatte kaum die letzte Silbe ausgesprochen, als Joséphine Balsamo, die noch angriffslustiger schien und sich dem Mädchen genähert hatte, schrie:

»Lüge! Diese Formel kennen wir schon lange! Beaumagnan kann es bestätigen. Nicht wahr, Beaumagnan, wir kennen sie? Sie lügt, Raoul, sie lügt. Diese fünf Worte hat schon Kardinal de Bonnechose in seiner Zusammenfassung erwähnt und ihnen wenig Bedeutung beigemessen; er weigert sich eindeutig, ihnen auch nur den geringsten Sinn zu geben, so daß ich sie dir nicht einmal erzählt habe! ... ›Früher lief die Königin zum Stein.‹ Aber wo ist er, der Stein, und um welche Königin handelt es sich? Jetzt wird schon seit zwanzig Jahren danach gesucht. Nein, nein, es ist noch etwas anderes.«

Wieder hatte sie die kalte Wut ergriffen, die sich weder in Stimmausbrüchen noch in unruhigen Bewegungen äußerte, sondern in einer inneren Erregung, die man an bestimmten Anzeichen, vor allem an der abnormen und ungewöhnlichen Grausamkeit ihrer Worte erkannte.

Sie beugte sich zu dem jungen Mädchen, und indem sie es duzte, wiederholte sie:

»Du lügst! ... du lügst! ... Es gibt ein Wort, das diese fünf zusammenfaßt ... Welches? Es gibt eine Formel ... eine einzige ... Welche? Antworte!«

Verschreckt schwieg Clarisse. Raoul bat flehend:

»Überlegen Sie, Clarisse ... Erinnern Sie sich ... Außer diesen fünf Worten haben Sie nichts gesehen?«

»Ich weiß nicht ... ich glaube nicht ...«, stöhnte das Mädchen.

»Erinnern Sie sich. Sie müssen sich erinnern ... Ihrer Freiheit wegen ...«

Aber Raouls Ton und die darin mitschwingende Besorgtheit um Clarisse brachten Joséphine Balsamo in höchstem Maße auf.

Sie packte das junge Mädchen am Arm und befahl:

»Sprich, sonst ...«

Clarisse öffnete den Mund, ohne zu antworten. Die Cagliostro pfiff laut und schrill.

Fast augenblicklich erschien Léonard im Türrahmen.

Sie zischte tonlos zwischen den Zähnen:

»Nimm sie mit, Léonard, und frag sie aus.«

Raoul bäumte sich in seinen Fesseln auf.

»Oh, du Feigling, du Elende! Was wollt ihr mit ihr machen? Bist du denn eine Bestie von Frau? Léonard, wenn du dieses Kind anrührst, schwöre ich dir bei Gott, eines Tages ...«

»Welche Angst du um sie hast!« spottete Joséphine Balsamo. »Was? Der Gedanke, daß sie leiden könnte, erschüttert dich wohl? Teufel, ihr seid dazu geboren, euch zu verstehen, alle beide. Die Tochter eines Mörders und ein Dieb!«

»Ja, ein Dieb«, kreischte sie, sich Clarisse zuwendend. »Dein Geliebter ein Dieb, nichts anderes! Er hat nur vom Diebstahl gelebt. Schon als Kind stahl er. Um dir Blumen zu schenken, um dir den kleinen Verlobungsring, den du am Finger trägst, zu geben, hat er gestohlen. Er ist ein Einbrecher, ein Betrüger. Ja, auch sein Name, sein feiner Name d'Andrésy, ganz einfach ein Betrug. Raoul d'Andrésy? Ach wo! Arsène Lupin, das ist sein wirklicher Name. Behalte ihn, Clarisse, er wird berühmt werden.

O ja, ich habe ihn arbeiten gesehen, deinen Geliebten! Ein Meister! Ein Wunder an Geschicklichkeit! Was für ein hübsches Paar ihr abgeben würdet, wenn ich keine Ordnung hineinbrächte, und was für ein auserwähltes Kind ihr haben werdet, Sohn des Arsène Lupin und Enkel des Baron Godefroy.«

Der Gedanke an das Kind machte sie noch wilder. Der Wahnsinn des Schlechten entfesselte sich.

»Léonard ...«

»Oh! Du Katze!« schrie Raoul entsetzt. »Und wie du dich erniedrigst!... Ha! Du nimmst deine Maske ab, Joséphine Balsamo. Nicht mehr nötig, Theater zu spielen, was? Du bist wirklich der Henker...«

Sie ließ sich nicht mehr abhalten, von dem einen grausamen Wunsch besessen, Schlechtes zu tun und das junge Mädchen zu quälen. Sie stieß Clarisse zu Léonard, der sie zur Tür zog.

»Feigling! Ungeheuer!« heulte Raoul. »Ein einziges Haar, hörst du... ein einziges! Und ihr seid alle beide tot. Oh, diese Ungeheuer! Laßt sie doch!«

Er hatte so heftig an seinen Fesseln gerissen, daß der ganze Mechanismus, der ihn zurückhalten sollte, zerbrach, die wurmstichige Jalousie aus ihren Angeln gerissen wurde und hinter ihm ins Zimmer fiel.

Einen Augenblick lang herrschte auf der Gegenseite gespanntes Schweigen. Aber die Seile, die sich zwar gelockert hatten, hielten stand. Der Gefangene war keine Gefahr. Léonard zog seinen Revolver und richtete ihn auf Clarisses Schläfe.

»Wenn er noch einen Schritt weitergeht, noch eine Bewegung macht, schieß!« befahl die Cagliostro.

Raoul rührte sich nicht vom Fleck. Er zweifelte nicht, daß Léonard den Befehl sofort ausführen würde, und daß die geringste Bewegung Clarisses Todesurteil gewesen wäre. Also?... Sollte er aufgeben? Gab es kein Mittel, sie zu retten?

Joséphine Balsamo ließ ihn nicht aus den Augen.

»Gut«, sagte sie, »du begreifst die Lage und bist vernünftiger.«

»Nein«, erwiderte er sehr beherrscht, »nein, aber ich überlege.«

»Was?«

»Ich habe ihr versprochen, daß sie frei sein würde und nichts zu befürchten hätte. Ich will mein Versprechen halten.«

»Später vielleicht«, sagte sie.

»Nein, Josine, du wirst sie freilassen.«

Sie wandte sich zu ihrem Komplizen.

»Bist du bereit, Léonard? Geh, und mach schnell.«

»Halt!« befahl Raoul mit einem Ton, in dem eine so große Sicherheit lag, daß sein Befehl befolgt wurde, daß man auf der Gegenseite zögerte.

»Halt«, wiederholte er, »gib sie frei. Hörst du, Josine, ich will, daß du sie freigibst. Es handelt sich nicht darum, die Gemeinheit aufzuschieben, die ihr vorhabt, oder darauf zu verzichten. Es geht darum, Clarisse d'Etigues auf der Stelle freizulassen und ihr diese Tür zu öffnen.«

Er mußte seiner selbst sehr sicher sein, und außergewöhnliche Gründe mußten seinen Wunsch unterstützen, sonst hätte er ihn nicht mit so gebieterischer Feierlichkeit ausgesprochen.

Selbst Léonard war beeindruckt und blieb unentschlossen. Clarisse, die das Drohende der Szene nicht begriffen hatte, schien wieder zu sich zu kommen.

Bestürzt murmelte die Cagliostro:

»Worte, nicht wahr? Eine neue List ...«

»Tatsachen oder vielmehr eine Tatsache, die entscheidend ist und vor der du dich beugen wirst.«

»Was soll das bedeuten?« fragte die Cagliostro immer verwirrter. »Was wünschst du?«

»Ich wünsche nicht, ich fordere!«

»Was?«

»Clarisses sofortige Freiheit, die Freiheit von hier fortgehen zu dürfen, ohne daß sich Léonard oder du auch nur einen Schritt weit bewegen.«

Sie begann zu lachen und fragte:

»Nichts weiter?«

»Nichts weiter.«

»Und was bietest du mir dafür?«

»Die Lösung des Rätsels.«

Sie zuckte zusammen.

»Du kennst sie also?«

»Ja.«

Plötzlich schien das Drama eine Wendung zu nehmen. Von dem ganzen wilden Widerstand, dem Haß, dem Fluch der Liebe und der Eifersucht schien nur noch die eine Sorge um das große Unternehmen übrigzubleiben. Vergessen war plötzlich die Besessenheit der Cagliostro, sich rächen zu wollen. Die tausend und aber tausend Edelsteine der Mönche begannen vor ihren Augen zu funkeln, wie Raoul es gehofft hatte.

Halb aufgerichtet hörte Beaumagnan gierig zu.

Josine ließ Clarisse unter der Bewachung ihres Komplizen, trat auf Raoul zu und sagte:

»Genügt es, wenn man das Losungswort des Rätsels kennt?«

»Nein«, erwiderte er. »Man muß es außerdem auslegen. Der Kern der Formel ist in eine Schale gehüllt, deren man sich zunächst entledigen muß.«

»Und du hast es gekonnt?«

»Ja, meine Überlegungen gingen schon lange in diese Richtung. Plötzlich ist mir die Erleuchtung gekommen.«

Sie wußte, daß Raoul nicht der Mann war, der in einem derartigen Fall scherzt.

»Erkläre es«, sagte sie, »und Clarisse ist frei.«

»Erst wenn sie fortgegangen ist, erkläre ich es dir. Außerdem tue ich es nicht mit einer Schlinge um den Hals und gefesselten Händen, sondern frei, ohne Behinderung.«

»Das ist absurd. Du verdrehst die Lage der Dinge. Ich bin die absolute Herrin der Situation.«

»Jetzt nicht mehr. Du bist von mir abhängig. Jetzt stelle ich meine Bedingungen.«

Sie zuckte mit den Schultern, konnte aber nicht umhin, noch zu sagen:

»Schwöre, daß du die ganze Wahrheit sagen wirst. Schwöre es bei dem Grab deiner Mutter.«

Langsam sprach er:

»Beim Grab meiner Mutter schwöre ich dir, daß ich dir zwanzig Minuten, nachdem Clarisse die Schwelle übertreten hat, den genauen Platz nennen werde, an dem der Grenzstein steht, das heißt, wo sich die Reichtümer befinden, die die Mönche der französischen Klöster angehäuft haben.«

Sie wollte sich von der unglaublichen Faszination losreißen, die Raoul plötzlich mit seinem fabelhaften Angebot auf sie ausübte, so daß sie sich empörte:

»Nein, nein, es ist eine Falle ... du weißt nichts ...«

»Ich weiß es nicht nur, sondern ich bin nicht einmal der einzige, der es weiß.«

»Wer außerdem?«

»Beaumagnan und der Baron.«

»Unmöglich.«

»Überleg doch. Beaumagnan war vorgestern in Haie d'Etigues. Warum? Weil der Baron das Kästchen gefunden hat und sie zusammen die Inschrift untersuchten. Wenn es also nicht nur die durch den Kardinal überlieferten fünf Worte gibt, wenn dort noch das Wort steht, das Zauberwort, das sie zusammenfaßt und der Schlüssel des Geheimnisses ist, haben sie es gelesen, sie wissen es.«

»Das macht nichts«, sagte sie und beobachtete Beaumagnan, »den dort habe ich.«

»Aber Godefroy d'Etigues, den hast du nicht, und vielleicht ist er gerade in dieser Minute mit seinem Vetter dort. Vielleicht hat Beaumagnan sie vorgeschickt, um die Stelle auszukundschaften und die Plünderung des Grenzsteins vorzubereiten. Begreifst du die Gefahr? Begreifst du, daß du durch eine vergeudete Minute die ganze Partie verlieren könntest?«

Immer noch wütend beharrte sie:

»Ich gewinne sie, wenn Clarisse spricht.«

»Sie wird nicht sprechen, aus dem einfachen Grund, weil sie nicht mehr weiß.«

»Gut, aber dann rede du, da du schon einmal so unvorsichtig warst, mir zuzugeben, daß du etwas weißt. Warum soll ich sie freilassen? Warum dir gehorchen? Solange Clarisse in Léonards Händen ist, brauche ich nur zu wollen, um von dir alles zu erfahren.«

Er schüttelte den Kopf.

»Nein, die Gefahr ist vorüber, das Gewitter schon fern.

Vielleicht brauchtest du wirklich nur zu wollen, aber gerade das kannst du ja nicht wollen. Du hast dazu nicht mehr die Kraft.«

Das war wahr, davon war Raoul überzeugt. Hart, grausam, ›teuflisch‹, wie Beaumagnan sagte, aber trotzdem eine Frau und nervösen Schwächeanfällen unterworfen, war das Schlechte in der Cagliostro mehr durch innere Krisen als durch ihren Willen bestimmt – Krisen des Wahnsinns, in denen sie hysterisch war und denen Müdigkeit und moralische wie auch physische Zerschlagenheit folgten. Raoul bezweifelte nicht, daß sie in diesem Augenblick soweit war.

»Los, Joséphine Balsamo«, sagte er, »denke doch logisch. Du hast dein Leben auf diese Karte gesetzt: auf die Eroberung unbegrenzter Reichtümer. Willst du in dem Augenblick, da ich dir diese Reichtümer biete, alle deine Bemühungen verleugnen?«

Ihr Widerstand wurde schwächer. Noch einmal warf sie ein:

»Ich traue dir nicht.«

»Das ist nicht wahr. Du weißt sehr gut, daß ich meine Versprechen halte. Wenn du zögerst... doch du zögerst nicht. Innerlich hast du deine Entscheidung schon getroffen, die richtige.«

Ein oder zwei Minuten blieb sie nachdenklich, dann machte sie wieder eine Bewegung, als ob sie sagen wollte: ›Ich werde sie wiederfinden, die Kleine, meine Rache ist nur aufgeschoben.‹

»Bei dem Andenken deiner Mutter, nicht wahr?«

»Bei dem Andenken meiner Mutter, bei allem, was mir an Ehre und Sauberkeit bleibt, ich werde dich über alles aufklären.«

»Gut«, willigte sie ein. »Aber Clarisse und du, ihr wechselt kein einziges Wort miteinander.«

»Kein einziges Wort. Außerdem habe ich ihr nichts Geheimes zu sagen. Sie soll frei sein, etwas anderes will ich nicht.«

»Léonard, laß die Kleine gehen. Und bind ihn los!« befahl sie. Léonard schaute sie mißbilligend an. Aber er war ihr zu sehr ergeben, um sich zu sträuben. Er ließ Clarisse stehen und schnitt Raouls Fesseln auf.

Raouls Haltung entsprach absolut nicht dem Ernst der Lage.

Er massierte seine Beine, machte zwei, drei Turnübungen mit den Armen und atmete tief durch.

»Uff! Das habe ich lieber! Ich fühle keinerlei Berufung, den Gefangenen zu spielen. Die Guten befreien und die Bösen bestrafen, nur das interessiert mich. Zittere, Léonard!«

Er trat zu Clarisse und sagte:

»Ich bitte Sie für alles, was hier geschehen ist, um Verzeihung. Das wird nie wieder vorkommen. Sie können beruhigt sein. Von nun an stehen Sie unter meinem Schutz. Haben Sie genug Kraft, fortzugehen?«

»Ja... ja... Aber Sie?«

»Oh, ich, ich laufe keine Gefahr. Die Hauptsache ist Ihre Sicherheit. Ich fürchte, daß Sie nicht lange werden laufen können.«

»Ich brauche nicht weit zu gehen. Gestern hat mich mein Vater zu einer meiner Freundinnen gebracht, dort will er mich morgen wieder abholen.«

»Hier in der Nähe?«

»Ja.«

»Sagen Sie nicht mehr, Clarisse. Alles könnte gegen Sie verwandt werden.«

Er begleitete sie zur Tür und machte Léonard ein Zeichen, das Vorhängeschloß der Pforte zu öffnen. Während Léonard der Aufforderung nachkam, fuhr er fort:

»Seien Sie klug und fürchten Sie nichts, absolut nichts, weder für sich noch für mich. Wir werden uns wiedertreffen, wenn die Stunde gekommen ist; sie wird bald kommen, wie groß auch die Hindernisse sein mögen, die uns trennen.«

Er schloß die Tür hinter ihr. Clarisse war gerettet.

Da hatte er noch die Frechheit auszurufen:

»Was für ein herrliches Geschöpf!«

Als Arsène Lupin später diese Episode seines großen Abenteuers mit Joséphine Balsamo erzählte, mußte er noch lachen: »Ja, ich lache, wie ich damals gelacht habe, und ich erinnere mich, daß ich zum erstenmal an Ort und Stelle einen jener kleinen

Luftsprünge vollführte, die mir seitdem oft dazu gedient haben, meine schwierigen Siege zu illustrieren ... und jener Sieg damals war verdammt schwierig.

Tatsächlich frohlockte ich. Clarisse war frei! Der Spuk schien mir vorüber. Ich zündete mir eine Zigarette an, und als sich Joséphine vor mich stellte, um mich an unsere Abmachung zu erinnern, beging ich die Unhöflichkeit, ihr meinen Rauch mitten ins Gesicht zu blasen. ›Flegel!‹ knirschte sie.

Das Wort, das ich ihr wie einen Ball zurückwarf, war ziemlich gemein. Zu meiner Entschuldigung muß ich sagen, daß ich es mehr schelmisch als grob sagte. Und außerdem ... und außerdem ... muß ich mich entschuldigen? Muß ich die übermäßigen, widersprechenden Gefühle analysieren, die mir diese Frau eingab? Ich will an ihr keine Psychologie treiben und mir nichts darauf zugute halten, daß ich mich ihr gegenüber wie ein Gentleman benommen habe. Ich liebte und verachtete sie gleichermaßen unbändig. Aber seitdem sie sich auf Clarisse gestürzt hatte, kannten mein Abscheu und meine Verachtung keine Grenzen mehr. Ich sah nicht einmal mehr die bewundernswerte Maske ihrer Schönheit, sondern das, was darunter war, und so erschien sie mir plötzlich wie eine fleischfressende Bestie, der ich unter der Maske des Spaßes eine abscheuliche Beleidigung an den Kopf warf.«

Später hatte Arsène Lupin gut lachen. Der Augenblick allerdings war ernst, und es fehlte nicht viel, und die Cagliostro oder Léonard hätten ihn niedergeknallt.

Sie zischte zwischen den Zähnen:

»Oh! Wie ich dich hasse!«

»Nicht mehr als ich dich!« spottete er.

»Und du weißt, daß der Schlußstrich zwischen Clarisse und Joséphine Balsamo noch nicht gezogen ist.«

»Genausowenig wie zwischen Clarisse und Raoul d'Andrésy«, sagte er widerspenstig.

»Idiot!« murmelte sie, »du verdientest ...«

»Eine Revolverkugel... Unmöglich, mein Liebling!«

»Fordere mich nicht zu sehr heraus, Raoul!«

»Unmöglich, sage ich dir. Augenblicklich bin ich für dich heilig. Ich bin der Herr, der eine Milliarde wert ist. Knall mich nieder, und die Milliarde geht dir aus der süßen Nase, oh, Tochter des Cagliostro! Schau, wie sehr du mich respektierst! Jede Zelle meines Gehirns entspricht einem kostbaren Stein... Eine kleine Kugel dort hinein, und du flehst umsonst die guten Götter deines Vaters an... Fehlgeschossen! Nicht einen Pfifferling für die Josette! Ich wiederhole es dir, meine kleine Joséphine, ich bin tabu, wie man in Polynesien sagt. Tabu von Kopf bis Fuß! Fall auf die Knie und küß mir die Hand, das ist das beste, was du tun kannst.«

Er öffnete ein Seitenfenster, das auf die Umfriedung ging, und atmete tief:

»Man erstickt hier drinnen. Wirklich, Léonard, man merkt dir das Stubenhocken an. Legst du viel Wert darauf, Joséphine, daß dein Henker seine Hand in der Tasche am Abzug des Revolvers hält?«

Sie stampfte mit dem Fuß auf.

»Hör auf zu schwätzen. Du hast Bedingungen gestellt, du kennst die meinen.«

»Geld oder Leben!«

»Sprich, Raoul, sofort!«

»Wie eilig du es hast! Erstens habe ich eine Frist von zwanzig Minuten gesetzt, um sicher zu sein, daß Clarisse aus der Reichweite deiner Klauen ist – die zwanzig Minuten sind noch lange nicht um –, außerdem...«

»Was noch?«

»Wie soll ich außerdem so schnell ein Problem lösen, um das man sich schon seit Jahren vergeblich bemüht?«

Sie war sprachlos.

»Was willst du damit sagen?«

»Etwas sehr Einfaches. Ich verlange ein wenig Aufschub.«

»Aufschub, aber warum?«

»Um die Lösung zu finden ...«

»Was? Du wußtest also nicht ...?«

»Das Losungswort? Mein Gott, nein.«

»Oh! Du hast gelogen!«

»Keine großen Worte, Joséphine.«

»Du hast gelogen, denn du hast geschworen ...«

»Beim Grab meiner armen Mama, ja, und ich drücke mich nicht. Aber du darfst ›nahe‹ nicht mit ›beinahe‹ verwechseln. Ich habe nicht geschworen, daß ich die Wahrheit wüßte. Ich habe geschworen, daß ich dir die Wahrheit sagen würde.«

»Um sie sagen zu können, muß man sie wissen.«

»Um zu wissen, muß man überlegen, und du läßt mir keine Zeit dazu. Zum Donnerwetter! Gib endlich Ruhe, und Léonard soll den Kolben seines Revolvers loslassen, das stört mich.«

Noch mehr als seine Späße hatte sein spöttischer, unverschämter Ton, in dem er sie vorbrachte, etwas Aufreizendes für die Cagliostro.

Da sie wußte, daß jede Drohung vergeblich sein würde, und des Kämpfens müde, sagte sie endlich:

»Wie du willst! Ich kenne dich, du wirst dein Versprechen halten.«

»Oh, wenn du mir mit der sanften Tour kommst ... nie habe ich der Sanftmut widerstehen können ... He, Léonard, was zu schreiben! Papier aus feinem Stroh, eine Kolibrifeder, das Blut einer schwarzen Maulbeere und als Tintenfaß die Fruchtschale eines Zedratbaumes, so spricht der Poet.«

Er zog aus seiner Brieftasche einen Bleistift und eine Visitenkarte, auf der schon einige Worte in besonderer Reihenfolge aufgezeichnet waren. Er zog einige Striche, um diese Wörter miteinander zu verbinden. Dann schrieb er auf die Rückseite die lateinische Formel:

Ad lapidem currebat olim regina.

»Was für ein Küchenlatein!« sagte er halblaut. »Ich hätte an Stelle der guten Mönche etwas Besseres gefunden und wäre auch zu dem gleichen Ergebnis gekommen. Schließlich müssen wir jedoch mit dem vorliebnehmen, was wir haben. Also die Königin galoppierte zum Grenzstein ... Sieh auf deine Uhr, Joséphine.«

Er lachte nicht mehr. Eine oder zwei Minuten lang war sein Gesicht ernst. In seinen Augen, die ins Leere starrten, lag die Anstrengung seiner Überlegungen. Er bemerkte jedoch, daß Josine ihn mit einem Blick beobachtete, in dem grenzenlose Bewunderung und Vertrauen lagen; zerstreut lächelte er ihr zu, ohne seinen Gedankenfaden zu unterbrechen.

»Du siehst die Lösung, nicht wahr?« fragte sie.

Unbeweglich in seinen Fesseln und mit angstvollem Gesicht lauschte Beaumagnan. Würde das große Geheimnis wirklich bekanntwerden?

Noch einmal vergingen höchstens ein oder zwei Minuten in unendlicher Stille.

Joséphine Balsamo fragte:

»Was hast du, Raoul? Du siehst so erregt aus.«

»Ja, ja, sehr erregt«, sagte er. »Diese ganze Geschichte, diese in einem Grenzstein versteckten Reichtümer, auf freiem Feld, das ist schon ziemlich eigenartig. Aber das ist noch nichts, Josine, gegen den Grundgedanken, auf dem diese Geschichte basiert. Du kannst dir nicht vorstellen, wie seltsam es ist ... und wie schön! ... Wieviel Poesie und Naivität!«

Er schwieg – nach einem kurzen Augenblick sagte er geziert:

»Josine, die Mönche des Mittelalters waren Dummköpfe.«

Er stand auf:

»Mein Gott, ja, fromme Menschen, aber ich wiederhole es, auch wenn ich Gefahr laufe, dich nicht zu überzeugen, Dummköpfe! Sieh mal! Wenn es einem großen Geschäftsmann einfallen würde, seinen Safe dadurch zu schützen, daß er darauf schreibt: ›Öffnen verboten!‹, würde man ihn als Dummkopf betrachten, nicht wahr? Die von ihnen erwählte Art, ihre Reichtümer zu sichern, ist ungefähr genauso naiv.«

Sie flüsterte:

»Nein ... nein ... das ist unglaublich! Du hast es nicht erraten! Du irrst dich ...!«

»Dummköpfe sind auch alle die, die seither gesucht und nichts gefunden haben. Blinde! Beschränkte Geister! Wieso? Du, Léonard, Godefroy d'Etigues, Beaumagnan, seine Freunde, die ganze Gesellschaft Jesu, der Erzbischof von Rouen, ihr seht diese fünf Worte, und das genügt euch nicht! Teufel! Ein Kind in der Volksschule löst schwierigere Probleme.«

»Es handelt sich aber um ein Wort und nicht um fünf«, warf sie ein.

»Aber es ist da, das Wort, zum Donnerwetter! Als ich vorhin behauptete, daß Beaumagnan und der Baron dieses notwendige Wort durch das Kästchen erfahren hätten, wollte ich dich nur erschrecken, um dir deine Beute abzujagen. Denn diese Herren konnten sich keinen Reim darauf machen. Aber das notwendige Wort ist da! Es ist da, versteckt in fünf lateinischen Wörtern! Anstatt zu verzagen, wie Ihr alle es bei dieser undeutlichen Formel getan habt, brauchtet Ihr sie schlicht und einfach nur zu lesen, die fünf ersten Buchstaben zusammensetzen und euch mit dem Wort, das aus diesen fünf Anfangsbuchstaben entstand, zu beschäftigen.«

Leise sagte sie:

»Wir haben daran gedacht – das Wort ›Alcor‹, nicht wahr?«

»Ja, das Wort ›Alcor‹.«

»Ja, und?«

»Wieso und? Aber dieses Wort enthält doch alles! Weißt du, was es bedeutet?«

»Es ist ein arabisches Wort und bedeutet ›Probe‹.«

»Die Araber und alle anderen Völker benutzen es, um was damit zu bezeichnen?«

»Einen Stern.«

»Welchen Stern?«

»Einen Stern, der zum Sternbild des Großen Bären gehört. Aber das ist doch nicht wichtig. Was kann denn für ein Zusammenhang bestehen . . .?«

Raoul hatte nur ein mitleidiges Lächeln.

»Natürlich, nicht wahr? Der Name eines Sterns kann in gar

keinem Zusammenhang stehen mit dem Standort eines Grenzsteins. Man stellt diese idiotischen Überlegungen an, und die Anstrengungen in dieser Richtung werden bald wieder aufgegeben. Pechvögel! Aber gerade das hat mich überrascht, als ich das Wort ›Alcor‹ aus den fünf Anfangsbuchstaben der lateinischen Inschrift bildete! Da ich jetzt einerseits das Lösungswort kenne und andererseits festgestellt habe, daß sich das ganze Abenteuer um die Zahl sieben dreht – sieben Abteien, sieben Mönche, sieben Arme des Leuchters, sieben bunte Steine in sieben Ringe gefaßt –, habe ich sofort, hörst du, sofort registriert, in einer Reflexbewegung meines Gehirns, daß der Stern ›Alcor‹ zum Sternbild des Großen Bären gehört. Und das Problem ist gelöst.«

»Gelöst? ... Wieso!«

»Aber verdammt noch einmal! Weil das Sternbild des Großen Bären genau aus sieben Hauptsternen besteht! Sieben! Immer die Zahl sieben! Siehst du jetzt allmählich den Zusammenhang? Muß ich dich daran erinnern, daß die Araber die Bezeichnung ›Alcor‹ gewählt und die Astronomen sie seitdem übernommen haben, weil dieser ganz kleine, kaum sichtbare Stern eine ›Probe‹ ist, hörst du, eine Probe, um festzustellen, ob jemand gut sieht, ob er diesen Stern mit bloßem Auge erkennen kann. ›Alcor‹ muß man sehen, er ist das, was man sucht, die versteckte Sache, der verborgene Schatz, der unsichtbare Grenzstein, in dem man kostbare Steine verbirgt, er ist der Safe.«

Josine murmelte, der endgültigen Lösung entgegenfiebernd: »Ich verstehe nicht ...«

Raoul hatte seinen Stuhl so gedreht, daß er zwischen Léonard und dem Fenster saß. Er hatte das Fenster in der festen Absicht geöffnet, im richtigen Augenblick zu fliehen. Während er sprach, beobachtete er aufmerksam Léonard, der hartnäckig seine Hand in der Tasche behielt.

»Du wirst es verstehen. Es ist so klar wie ein Bergbach.«

Er zeigte ihr die Visitenkarte, die er in Händen hielt.

»Sieh! Diese Karte trage ich seit Wochen bei mir. Gleich zu Beginn unserer Suche habe ich mir auf einem Atlas die genaue

Lage der sieben Abteien, deren sieben Namen ich auf diese Karte geschrieben hatte, angesehen. Hier stehen sie alle sieben, und zwar so, wie sie geographisch zueinander liegen. Als ich das Wort herausbekommen hatte, brauchte ich vorhin nur noch die sieben Punkte mit Strichen zu verbinden, um diese letzte große Entdeckung zu machen, Josine, diese wunderbare, kolossale und dennoch ganz natürliche Feststellung, daß die Zeichnung genau den Großen Bären darstellt. Begreifst du die erstaunliche Lösung? Die sieben Abteien von Caux, die sieben alten Abteien, in denen die Reichtümer des christlichen Frankreichs zusammengetragen wurden, waren wie die sieben Hauptsterne des Großen Bären angelegt. An dieser Tatsache gibt es nichts zu zweifeln. Nimm einen Atlas und mach die Gegenprobe: es ist die kabbalistische Zeichnung des Großen Bären.

Als ich das erkannt hatte, drängte sich mir die Wahrheit sofort auf. An derselben Stelle, an der sich ›Alcor‹ auf der Himmelszeichnung befindet, steht mit Sicherheit der Grenzstein. Und da ›Alcor‹ am Himmel etwas rechts unter dem Stern liegt, der in der Mitte des Schwanzes vom Großen Bären liegt, muß sich der Grenzstein etwas rechts unterhalb der Abtei, die diesem Stern entspricht, befinden, das heißt, etwas rechts unterhalb der Abtei von Jumièges, die früher die mächtigste und reichste der normannischen Abteien war. Das ist absolut klar, mathematisch exakt. Der Grenzstein ist dort, sonst nirgends.

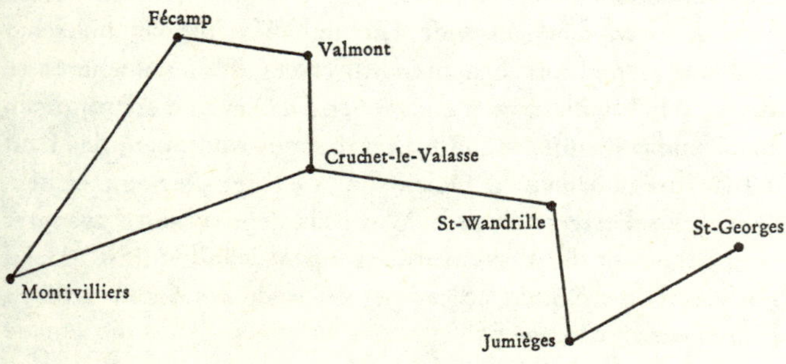

Außerdem muß man sofort daran denken, daß sich etwas südwestlich von Jumièges, eine kleine Meile entfernt, in dem Weiler von Mesnil-sous-Jumièges, ganz in der Nähe der Seine, die Ruine der Burg von Agnes Sorel, der Geliebten König Karls VII., befindet, und daß die Abtei mit der Wohnung durch einen unterirdischen Gang verbunden war, dessen Öffnung man noch sehen kann. Schlußfolgerung: der legendäre Grenzstein befindet sich in der Nähe der Burg von Agnes Sorel am Ufer der Seine, und der Spruch will zweifellos sagen, daß die Geliebte des Königs, seine ›Liebeskönigin‹, zu diesem Stein läuft, dessen wertvollen Inhalt sie nicht kannte, um sich dort niederzulassen und zu beobachten, wie die königliche Barke auf dem alten normannischen Fluß dahinglitt.

Ad lapidem currebat olim regina.«

Raoul d'Andrésy schwieg, und auch Joséphine Balsamo sagte kein Wort. Das Rätsel war gelöst. Licht vertrieb die Dunkelheit. Es schien, als hätte sich der ganze Haß zwischen ihnen gelegt. Dem unversöhnlichen Streit, der sie entzweite, war ein Waffenstillstand gefolgt. Nichts blieb als das Erstaunen, daß man in die geheimnisvolle Vergangenheit eindringen konnte, die Zeit und Raum gegen die Neugier der Menschen verteidigten.

Raoul saß neben Josine, er sah auf die Skizze, die er gezeichnet hatte, und gedämpft, voll unterdrückter Erregung, fuhr er fort:

»Ja, sie waren sehr unvorsichtig, diese Mönche, die ein solches Geheimnis einem so durchsichtigen Wort anvertrauten! Aber was für naive und reizende Dichter! Was für ein hübscher Gedanke, den Himmel an ihren irdischen Gütern teilnehmen zu lassen! Als Nachkommen der großen Denker und Astronomen aus Chaldäa nahmen sie ihre Eingebungen von oben; der Lauf der Gestirne ordnete ihr Dasein, und sie baten die Sternzeichen, über ihre Schätze zu wachen. Wer weiß denn, ob die Lage ihrer sieben Abteien nicht von vornherein so gewählt wurde, um auf normannischem Boden die riesige Gestalt des Großen Bären darzustellen? Wer weiß ...«

Raouls lyrischer Erguß war natürlich durchaus gerechtfertigt, aber er konnte ihn nicht zu Ende führen. Zwar mißtraute er Léonard, hatte aber dabei Joséphine Balsamo vergessen. Plötzlich gab sie ihm mit ihrem Totschläger einen Schlag auf den Schädel.

Es war wirklich das letzte, womit er gerechnet hatte, obgleich solche hinterlistigen Angriffe der Art der Cagliostro entsprachen. Betäubt sackte er auf seinem Stuhl zusammen, fiel in die Knie und lag schließlich ausgestreckt auf dem Boden.

Zusammenhanglos stammelte er:

»Es ist wahr... Teufel!... ich war nicht mehr tabu...«

Dann sagte er noch mit spitzbübischem Hohnlächeln, das ihm zweifellos sein Vater Théophraste Lupin vererbt hatte:

»Dieses gemeine Weib!... Nicht einmal Respekt vor dem Genie!... Ah! Du Bestie, hast du denn einen Stein an Stelle des Herzens?... Du hast selber schuld, Joséphine, wir hätten den Schatz geteilt. Nun werde ich ihn ganz für mich behalten.«

Und er verlor das Bewußtsein.

Der Geldschrank der Mönche

Es war nur eine Betäubung, wie sie bei einem Boxer vorkommt, der an einer empfindlichen Stelle getroffen wurde. Als Raoul erwachte, stellte er fest – übrigens ohne im geringsten überrascht zu sein –, daß er sich in der gleichen Lage befand wie Beaumagnan, wie jener gefesselt und an die Mauer gelehnt.

Genausowenig war er davon überrascht, daß er Joséphine Balsamo auf den zwei Stühlen vor der Tür ausgestreckt liegen sah. Wieder einmal war sie einer ihrer nervösen Depressionen erlegen, die bei ihr durch zu heftige und andauernde Erregungen hervorgerufen wurden. Der Schlag, den sie Raoul versetzte, hatte die Krise ausbrechen lassen. Ihre Komplize Léonard kümmerte sich um sie und hielt ihr Riechsalz unter die Nase.

Er mußte einen seiner Komplizen gerufen haben, denn Raoul sah einen jungen Mann eintreten, den er unter dem Namen Dominique kannte und der den kleinen Wagen vor dem Haus von Brigitte Rousselin bewacht hatte.

»Teufel!« sagte der Hinzugekommene, als er die beiden Gefangenen sah. »Es hat Streit gegeben. Beaumagnan! d'Andrésy! Die Chefin hat ordentlich zugeschlagen. Das Ergebnis: eine Ohnmacht, was?«

»Ja. Aber sie ist gleich zu Ende.«

»Was wollen wir machen?«

»Sie in den Wagen tragen, ich fahre sie zur ›Nonchalante‹.«

»Und ich?«

»Du wirst die beiden hier bewachen«, sagte Léonard und wies auf die Gefesselten.

»Zum Henker! Unangenehme Kunden. Ich mag das nicht.«

Sie machten sich daran, die Cagliostro aufzuheben. Aber als sie die Augen öffnete, sagte sie zu ihnen so leise, daß sie nicht im mindesten vermutete, Raoul könnte mit seinem feinen Gehör auch nur einen Fetzen der Unterhaltung mitbekommen:

»Nein. Ich kann allein gehen. Du bleibst hier, Léonard. Es ist besser, wenn du Raoul bewachst.«

»Laß mich doch Schluß mit ihm machen!« zischte Léonard, wobei er die Cagliostro duzte. »Der Kerl wird uns Unglück bringen.«

»Ich liebe ihn.«

»Er liebt dich nicht mehr.«

»Doch, er wird zu mir zurückkommen. Wie dem auch sei, ich lasse ihn nicht gehen.«

»Was willst du aber tun?«

»Die ›Nonchalante‹ muß in Caudebec sein. Ich werde mich bis in die frühen Morgenstunden dort ausruhen. Ich habe es nötig.«

»Und der Schatz! Wir brauchen Hilfe, um einen Stein von diesem Kaliber fortzutragen.«

»Heute abend werden die Brüder Corbut benachrichtigt, daß sie mich morgen früh in Jumièges treffen sollen. Dann werde ich mich um Raoul kümmern ... es sei denn ... Ach! Frag mich jetzt nicht mehr. Ich bin halbtot ...«

»Und Beaumagnan?«

»Wir befreien ihn, wenn wir den Schatz haben.«

»Hast du keine Angst, daß Clarisse uns anzeigt? Die Polizei hätte ein leichtes Spiel, den alten Leuchtturm zu umzingeln.«

»Absurd. Glaubst du, sie hetzt die Polizei auf ihren Vater und Raoul?«

Sie erhob sich vom Stuhl und fiel augenblicklich stöhnend wieder zurück. Minuten vergingen. Schließlich gelang es ihr, sich mit einer Anstrengung, die sie zu erschöpfen schien, aufrecht zu halten. Auf Dominique gestützt, näherte sie sich Raoul.

»Er ist wie betäubt«, murmelte sie. »Bewach ihn gut, Léonard, den anderen auch. Wenn einer von beiden verschwindet, ist alles in Frage gestellt.«

Mit langsamen Schritten entfernte sie sich. Léonard begleitete sie zu dem alten Wagen und kehrte gleich darauf zurück, nachdem er noch die Pforte mit dem Vorhängeschloß gesichert hatte. Er hatte ein Paket mit Lebensmitteln bei sich. Dann vernahm man die Hufe auf der steinigen Straße.

Schon prüfte Raoul die Haltbarkeit seiner Fesseln, wobei er sich mit sich selbst unterhielt:

»Wirklich, ein wenig schwächlich, die Chefin! Erstens, und sei es noch so leise, ihre kleinen Geschäfte vor Zeugen zu erwähnen; und zweitens, Burschen wie Beaumagnan und mich unter der Aufsicht eines einzigen Mannes zu lassen, das sind Fehler, die einen schlechten physischen Zustand beweisen.«

Allerdings machte Léonards Erfahrung auf diesem Gebiet jeden Fluchtversuch schwierig.

»Laß deine Fesseln in Ruhe«, fauchte er, als er eintrat, »sonst schlage ich zu...«

Der furchterregende Kerkermeister griff zu weiteren Vorsichtsmaßnahmen, die ihm seine Aufgabe erleichtern sollten. Er hatte die beiden äußeren Enden der beiden Seile, mit denen die Gefangenen gebunden waren, verknotet und um die Lehne eines Stuhls geschlungen, den er so gestellt hatte, daß er nur ein labiles Gleichgewicht bewahrte. Den Dolch, den Joséphine Balsamo ihm gegeben hatte, legte er sodann auf diesen Stuhl. Wenn einer der beiden Gefesselten sich bewegte, fiel der Stuhl um.

»Du bist weniger dumm, als du aussiehst«, sagte Raoul zu ihm.

Léonard knurrte:

»Noch ein Wort, und ich schlage zu.«

Er begann zu essen und zu trinken; wieder versuchte Raoul es:

»Guten Appetit! Wenn etwas übrigbleibt, vergiß mich nicht.«

Léonard stand mit erhobenen Fäusten auf.

»Na, laß schon gut sein, alter Knabe«, sagte Raoul. »Ich habe die Schnauze voll. Zwar von etwas, das weniger nahrhaft ist als deine Wurst, aber ich werde mich damit begnügen.«

Stunden vergingen. Die Dunkelheit brach herein.

Beaumagnan schien zu schlafen. Léonard rauchte Pfeife. Raoul führte Selbstgespräche und ärgerte sich darüber, Josine gegenüber so unvorsichtig gewesen zu sein.

»Ich hätte ihr mißtrauen sollen ... Was muß ich noch alles lernen! Die Cagliostro ist viel ungeschickter als ich, aber was für eine Entschlußkraft! Welch klarer Blick für die Wirklichkeit und wie wenig Skrupel! Ein winziges Handikap, sonst wäre das Ungeheuer vollkommen: ihr degeneriertes Nervensystem. Heute bedeutet diese Tatsache ein Glück für mich, es ist die Chance, vor ihr in Mesnil-sous-Jumièges anzukommen.«

Denn die Möglichkeit, Léonard zu entfliehen, bezweifelte er keinen Augenblick. Er hatte festgestellt, daß sich die Fesseln an seinen Fußgelenken durch bestimmte Bewegungen lockerten, und da er fest damit rechnete, sein rechtes Bein frei zu bekommen, malte er sich schon zufrieden lächelnd die Wirkung eines schönen Fußtritts auf Léonards Kinn aus. Von nun an bedeutete es den Wettlauf zum Schatz.

Es wurde immer dunkler im Raum. Léonard zündete eine Kerze an, rauchte eine letzte Pfeife und trank ein letztes Glas Wein. Danach wurde er so schläfrig, daß er immer wieder zur rechten oder linken Seite sank. Vorsichtshalber hielt er die Kerze in der Hand, so daß ihn das heiß herunterlaufende Wachs von Zeit zu Zeit weckte. Ein Blick auf seine Gefangenen, ein weiterer auf die doppelte Schnur, die ihm als Alarmglocke diente, und er schlief wieder ein.

Raoul setzte unbemerkt und mit einigem Erfolg seine kleine Befreiungsarbeit fort. Es mußte etwa neun Uhr abends sein.

›Wenn ich um elf Uhr hier fortkomme‹, sagte er sich, ›bin ich um Mitternacht in Lillebonne, wo ich erst einmal essen werde; gegen drei Uhr morgens erreiche ich den gesegneten Platz, und im ersten Morgengrauen stecke ich den Geldschrank der Mönche in meine Tasche. Ja! In meine Tasche! Ich brauche weder die Brüder Corbut noch sonst jemanden.‹

Aber um halb elf Uhr war er noch nicht weitergekommen. So locker die Knoten auch waren, sie gaben nicht nach, und Raoul begann schon zu verzweifeln, als er plötzlich ein leises Geräusch zu vernehmen glaubte, das aus der nächtlichen Stille der fallenden Blätter, der Vögel, die sich auf den Zweigen bewegen, und dem Säuseln des Windes hereindrang.

Das wiederholte sich zweimal, und er hatte die Gewißheit, daß jemand durch das Seitenfenster stieg, das er geöffnet und das Léonard nachlässig wieder zugestoßen hatte.

Tatsächlich schien einer der Fensterflügel nach vorne zu schwenken.

Raoul sah zu Beaumagnan. Auch er hatte etwas gehört und starrte in die Dunkelheit.

Ihnen gegenüber erwachte Léonard mit verbrannten Fingern, wiederholte sein kleines Überwachungsmanöver und schlief von neuem ein. Vom Fenster her hörte man wieder das für einen Augenblick unterbrochene Geräusch, das bewies, daß jede Bewegung des Kerkermeisters aufmerksam verfolgt wurde.

Was bereitete sich vor? Da die Pforte geschlossen war, mußte die Person die mit Glasscherben gespickte Mauer überklettert haben. Das konnte nur dem gelingen, der die Örtlichkeiten genau kannte und eine Lücke gefunden hatte, die frei von Scherben war. Wer? Ein Bauer? Ein Wilddieb? Bedeutete es Hilfe? Ein Freund von Beaumagnan? Oder ein Herumstreicher?

Ein Kopf tauchte auf, den man in der Dunkelheit nicht erkennen konnte. Das niedrige Fensterbrett wurde leicht überklettert.

Im gleichen Augenblick erkannte Raoul die Gestalt einer Frau, und ohne genauer hinzusehen, wußte er, daß diese Frau niemand anders war als Clarisse.

Er war gerührt! Joséphine Balsamo hatte sich doch geirrt, als sie glaubte, Clarisse würde nicht handeln. Beunruhigt und von der Furcht vor den Gefahren, die Raoul drohten, zurückgehalten, hatte das junge Mädchen ihre Müdigkeit und Angst überwunden und sich in der Nähe des alten Leuchtturms versteckt, um die Nacht zu erwarten.

Und jetzt versuchte sie das Unmögliche, um den zu retten, der sie so rücksichtslos verraten hatte.

Sie machte drei Schritte. Von neuem erwachte Léonard, der ihr glücklicherweise den Rücken zukehrte. Sie hielt inne und setzte sich wieder in Bewegung, als er weiterschlief. So gelangte sie an seine Seite.

Der Dolch Joséphine Balsamos lag auf dem Stuhl. Sie nahm ihn in die Hand. Würde sie zustoßen?

Raoul erschrak. Das jetzt klarer beleuchtete Gesicht des jungen Mädchens schien ihm von einem wilden Willen beherrscht und verzerrt. Doch als sich ihre Blicke trafen, unterwarf sie sich seinem wortlosen Befehl. Sie stach nicht zu. Raoul beugte sich ein wenig vor, damit sich das Seil, das ihn an den Stuhl band, lockerte – Beaumagnan tat das gleiche.

Langsam, ohne zu zittern, hob sie das Seil mit einer Hand und setzte die Klinge an.

Das Glück wollte es, daß Léonard nicht erwachte. Clarisse hätte ihn auf der Stelle getötet. Ohne ihn aus den Augen zu lassen, von dem Gedanken zu töten beherrscht, beugte sie sich zu Raoul und suchte, im Finstern tappend, seine Fesseln. Die Handgelenke wurden frei.

»Gib mir das Messer«, flüsterte er.

Sie gehorchte. Aber eine andere Hand war schneller als Raoul. Beaumagnan, der ebenfalls geduldig und in stundenlanger Arbeit seine Fesseln bearbeitet hatte, griff nach der Waffe.

Wütend packte Raoul seinen Arm. Wenn es Beaumagnan gelang, sich vor ihm zu befreien und zu flüchten, verlor Raoul alle Hoffnung, den Schatz zu erobern. Sie kämpften hitzig, einen unsichtbaren Kampf, bei dem jeder seine ganze Kraft anwandte. Beide wußten, daß Léonard bei dem geringsten Geräusch aufwachen würde. Clarisse, die vor Furcht zitterte, kniete sich auf den Boden, um sie beide anzuflehen.

Aber so leicht Beaumagnans Wunde auch war, hinderte sie ihn doch daran, lange Widerstand zu leisten. Er gab nach.

Im gleichen Augenblick bewegte Léonard den Kopf, öffnete halb die Augen und starrte auf das Bild vor ihm, die beiden halb erhobenen Männer, die sich in Kampfstellung gegenüberstanden, und die vor ihnen kniende Clarisse d'Etigues.

Das dauerte wenige Sekunden, wenige schreckliche Sekunden, denn es bestand kein Zweifel daran, daß Léonard, wenn er diese Szene begriff, seine Feinde mit dem Revolver zusammenschießen würde. Aber er sah sie nicht. Seinem auf sie gerichteten Blick gelang es nicht, sie bewußt zu sehen. Die Lider senkten sich wieder, ohne daß das Bewußtsein geweckt worden war.

Da schnitt Raoul seine letzten Fesseln durch. Er streckte sich, den Dolch in der Hand. Er war frei. Er flüsterte, während Clarisse aufstand:

»Schnell... lauf weg...«

›Nein‹, deutete sie durch ein Kopfschütteln an.

Sie wies auf Beaumagnan, als wäre sie nicht einverstanden, diesen Gefangenen der Rache Léonards ausgeliefert zurückzulassen.

Raoul drängte. Sie blieb unerschütterlich bei ihrem Willen.

Des Kampfes müde, reichte er seinem Gegner das Messer.

»Sie hat recht«, flüsterte er, »wir wollen faire Spieler sein. Hier, befrei dich damit... Und von nun an jedem sein eigenes Spiel, he?«

Er folgte Clarisse. Nacheinander sprangen sie aus dem Fenster. Als sie an der Einfriedung waren, nahm sie ihn bei der Hand und führte ihn an eine Stelle der Mauer, an der diese eingefallen war und einen Spalt freigab.

Er half ihr hindurchzuschlüpfen.

Aber als er auch sich hindurchgezwängt hatte, sah er niemanden mehr.

»Clarisse«, rief er, »wo sind Sie denn?«

Die sternlose Nacht ließ das Gehölz pechschwarz erscheinen. Als er lauschte, hörte er im anschließenden Dickicht jemand leichtfüßig laufen. Er stürzte hinterher, riß an Zweigen und Dornen, die ihm den Weg versperrten, und mußte zum Pfad zurückkehren.

›Sie flieht vor mir‹, dachte er. ›Wenn ich gefangen bin, riskiert sie alles, um mich zu befreien. Bin ich frei, will sie mich nicht mehr sehen. Mein Verrat, die gräßliche Joséphine Balsamo, das scheußliche Erlebnis, alles das hat ihr Schrecken eingejagt.‹

Als er zu seinem Ausgangspunkt zurückkehrte, rollte gerade jemand die Mauer herunter, durch die er sich gezwängt hatte. Es war Beaumagnan. Gleich darauf knallten Schüsse aus der gleichen Richtung. Léonard schoß durch den Spalt in die Finsternis.

So brachen etwa um elf Uhr abends drei Gegner zur gleichen Zeit zum Stein der Königin auf, der elf Meilen entfernt lag. Welche Hilfsmittel standen ihnen zu Gebot, um dorthin zu gelangen? Davon hing alles ab.

Auf der einen Seite hatten Beaumagnan und Léonard ihre Komplizen und eine mächtige Organisation hinter sich. Wenn Beaumagnan von seinen Freunden erwartet wurde, und wenn Léonard die Cagliostro erreichen konnte, dann gehörte die Beute dem Schnelleren. Aber Raoul war jünger und energischer. Wenn er nicht die Dummheit begangen hätte, sein Fahrrad in Lillebonne zu lassen, wären alle Chancen auf seiner Seite gewesen.

Man muß zugeben, daß er ohne zu zögern darauf verzichtete, Clarisse zu finden, und daß der Wettlauf nach dem Schatz seine einzige Sorge war. In einer Stunde schaffte er die zehn Kilometer nach Lillebonne. Um Mitternacht weckte er den Kellner seines Hotels, stärkte sich eilig und bestieg sein Fahrrad, nachdem er zwei Dynamitpatronen, die er sich einige Tage vorher besorgt hatte, in einen Koffer verpackt hatte. Die Lenkstange hatte er mit einem Leinensack umwickelt, in den er die Edelsteine sammeln wollte. Seine Rechnung war folgende:

›Von Lillebonne nach Mesnil-sous-Jumièges achteinhalb Meilen. Ich werde also im Morgengrauen dort sein. Beim ersten Tageslicht finde ich den Grenzstein und sprenge ihn mit Dynamit. Es ist möglich, daß mich die Cagliostro oder Beaumagnan mitten in der Arbeit überraschen. In diesem Fall wird geteilt. Der dritte hat das Nachsehen.‹

Als er Caudebec-en-Caux hinter sich gelassen hatte, stieg er zu Fuß die Steigung hinauf, die durch Weiden und Schilf zur Seine führte. Wie am Abend jenes Tages, an dem er Joséphine Balsamo seine Liebe gestanden hatte, lag auch heute die ›Nonchalante‹ dort vor Anker, eine düstere Silhouette in dem undurchdringlichen Dunkel.

Er bemerkte einen Lichtschimmer hinter dem verhängten Fenster der Kabine, in der die junge Frau wohnte.

›Sie wird sich anziehen‹, sagte er sich. ›Ihre Pferde werden sie abholen ... Vielleicht wird Léonard die Expedition zur Eile drängen ... Zu spät, Madame!‹

Schnell fuhr er weiter. Als er eine halbe Stunde später die steile Küste hinabradelte, merkte er plötzlich, daß sich ein Rad seines Fahrrads in etwas verwickelte. In hohem Bogen flog er gegen einen Steinhaufen.

Da tauchten zwei Männer auf, eine Laterne richtete sich auf den Haufen, hinter dem er kauerte, und eine Stimme rief:

»Er ist es! Das muß er sein! ... Ich habe es ja gesagt: ›Ein gespanntes Seil, und wir haben ihn, wenn er vorbeikommt.‹«

Es war Godefroy d'Etigues; sofort berichtigte Bennetot:

»Wir werden ihn haben ... wenn er einwilligt, der Schuft.«

Wie ein gehetztes Tier war Raoul kopfüber in ein Gebüsch von Schilf und Dornen, die seine Kleider zerrissen, gestürzt und hatte sich außer Reichweite versteckt. Die anderen riefen und fluchten vergeblich, er blieb unauffindbar.

»Genug gesucht«, sagte eine schwache Stimme aus dem Wagen, es war Beaumagnan. »Die Hauptsache ist, wir demolieren sein Fahrrad. Kümmere dich darum, Godefroy, wir wollen verschwinden. Das Pferd hat sich erholt.«

»Aber Sie, Beaumagnan, halten Sie noch durch?«

»Wohl oder übel, wir müssen hin ... Aber verflucht! Ich verliere mein ganzes Blut durch diese verdammte Verletzung. Das Pflaster hält nicht.«

Raoul hörte, wie sie die Räder seines Fahrrads mit den Füßen zertrampelten. Bennetot entfernte die Verdunklungstücher von den beiden Laternen, und mit Peitschenhieben angetrieben trabte das Pferd los. Raoul rannte hinter dem Wagen her.

Er tobte vor Wut. Um nichts auf der Welt wollte er den Kampf aufgeben. Es handelte sich nicht mehr nur um Millionen und aber Millionen und um etwas, das seinem Leben einen wunderbaren Verlauf geben würde; er versteifte sich auch aus Eigenliebe darauf. Da er das schwierige Rätsel gelöst hatte, mußte er als erster ans Ziel gelangen. Nicht dort zu sein, nicht zu nehmen, sondern zuzusehen, wie andere nehmen, das wäre für ihn bis zu seiner letzten Stunde eine unerträgliche Demütigung gewesen.

So lief er, ohne seine Erschöpfung zu spüren, in einem Abstand von hundert Metern hinter dem Wagen her, von dem Gedanken ermutigt, daß das Problem noch nicht restlos gelöst war, daß seine Gegner genauso wie er gezwungen sein würden, den Standort des Grenzsteins zu suchen, und er bei dieser Verzögerung seinen Vorteil wiedergewinnen würde können.

Das Glück war ihm hold. Als er sich Jumièges näherte, sah er vor sich das schwankende Licht einer Laterne und vernahm das schrille Geräusch einer Klingel. Er hielt an, während die anderen geradeaus weiterfuhren.

Es war der Pfarrer von Jumièges in der Begleitung eines Kindes, der gerade von einer Letzten Ölung kam. Raoul schloß sich ihm an, erkundigte sich nach einer Herberge, und gab sich während der Unterhaltung als Liebhaber der Archäologie aus. Er erzählte von einem seltsamen Stein, von dem man ihm berichtet hätte.

»Der Runenstein der Königin ... oder etwas Ähnliches ... hat man mir erzählt. Es ist ausgeschlossen, daß Sie diese Sehenswürdigkeit nicht kennen, Herr Pfarrer.«

»Es hat ganz den Anschein, mein Herr, als handle es sich um den Stein, den wir hier in der Gegend den Stein der Agnes Sorel nennen.«

»In Mesnil-sous-Jumièges, nicht wahr?«

»Genau, kaum eine Meile von hier. Aber das ist keineswegs eine Sehenswürdigkeit ... höchstens eine Anhäufung von kleinen Felsen, von denen der höchste die Seine um einen oder zwei Meter überragt.«

»Gemeindegelände, wenn ich nicht irre?«

»Bis vor einigen Jahren, ja, aber die Gemeinde hat es einem Bürger verkauft, einem gewissen Simon Thuilard, der seine Weide vergrößern wollte.«

Aufgeregt vor Freude verließ Raoul den guten Pfarrer.

Er hatte genaue Auskünfte erhalten, die ihm um so nützlicher waren, als er so den großen Marktflecken von Jumièges vermeiden und kleine Feldwege einschlagen konnte, um nach Mesnil zu gelangen. So hatte er einen Vorsprung vor seinen Gegnern.

›Wenn sie nicht auf den Gedanken kommen, sich einen Führer zu nehmen, verirren sie sich bestimmt. Es ist unmöglich, sich mitten in der Nacht mit einem Wagen in diesem Gewirr zurechtzufinden. Und dann, wohin sich wenden? Wo den Stein finden? Beaumagnan ist am Ende seiner Kräfte, und Godefroy d'Etigues wird das Rätsel bestimmt nicht lösen. Ich habe die Partie gewonnen.‹

Tatsächlich kroch er kurz vor drei Uhr unter einem Gatter durch, das das Grundstück des Herrn Simon Thuilard abgrenzte. Im Schein einiger Streichhölzer sah er eine Wiese, die er eilig überquerte. Ein erst kürzlich errichteter Damm ging am Fluß entlang. Er erreichte ihn auf dem äußersten rechten Ende und ging ihn entlang. Da er aber seinen Vorrat an Streichhölzern nicht erschöpfen wollte, sah er nichts mehr.

Ein weißer Streifen wurde am Horizont sichtbar.

Er wartete, durchdrungen von einem Glücksgefühl, das ihn zum Lächeln brachte. Der Grenzstein war in seiner Nähe, wenige Schritte entfernt. Jahrhundertelang waren die Mönche vielleicht gerade um diese Nachtstunde heimlich zu diesem Fleck auf der weiten Erde gekommen, um ihre Reichtümer zu vergraben. Nacheinander waren die Prioren und Schatzmeister durch den unterirdischen Gang von der Abtei zur Burg gegangen. Andere wiederum waren sicher mit Booten über den alten normannischen Fluß gekommen, der an Paris vorbeifließt, an Rouen, und dessen Wasser an drei oder vier der sieben heiligen Abteien vorbeirauschte.

Und jetzt sollte er, Raoul d'Andrésy, an dem großen Geheimnis teilhaben. Er beerbte die tausend und aber tausend Mönche, die früher in ganz Frankreich gearbeitet, gesät und unermüdlich geerntet hatten. Was für ein Wunder! In seinem Alter einen solchen Traum zu verwirklichen! Den Mächtigsten ebenbürtig zu sein und unter den Herrschern zu regieren!

Am fahlen Himmel verschwand der Große Bär mehr und mehr. Den leuchtenden Punkt des Alcor erriet man mehr, als daß man ihn sah, der schicksalhafte Stern, der in der Unermeßlichkeit des Weltraums dem kleinen Granitblock entsprach, auf den Raoul d'Andrésy als Eroberer seine Hand legen würde. Das Wasser plätscherte friedlich gegen das steile Ufer. Die Oberfläche des Flusses stieg aus dem Dunkel auf und leuchtete im ersten Morgendämmern.

Er kletterte auf den Damm. Schon konnte er Umrisse und Farben der Dinge erkennen. Ein feierlicher Augenblick! Sein Herz schlug heftig. Und plötzlich sah er dreißig Schritt von sich entfernt einen Erdhügel, der kaum die flache Ebene der Wiese aufbauschte; dort ragten einige Spitzen grauen Felsens aus dem Gras hervor.

»Dort...«, murmelte er, bis auf den Grund seiner Seele aufgewühlt, »dort... ich bin am Ziel...«

Seine Hände berührten in seiner Tasche die beiden Dynamitpatronen, seine Augen suchten gierig den höchsten Stein, von dem ihm der Pfarrer aus Jumièges erzählt hatte. War es dieser? Oder der dort? Nur wenige Sekunden würde er benötigen, um die Patronen in die von Pflanzen überwachsenen Spalten einzulassen. Drei Minuten später würde er die Diamanten und Rubine in den Beutel schaufeln, den er von seiner Lenkstange geknotet hatte. Wenn in den Trümmern noch Krümchen übrigblieben, würde er sie seinen Feinden großzügig hinterlassen.

Schritt für Schritt ging er näher heran, aber immer mehr erkannte er, daß der Erdhügel eine Form hatte, die keineswegs dem entsprach, was Raoul erwartete. Kein Stein, der höher war, kein Gipfel, der darauf schließen ließ, daß die, die man ›Königin Tausendschön‹ nannte, sich auf ihn setzte, um in der Flußkrümmung die Ankunft der königlichen Schiffe zu erspähen. Nichts Vorspringendes. Im Gegenteil ... Was war da geschehen? Hatte ein plötzliches Steigen des Flusses oder ein Gewitter gerade jetzt das verändert, was die alle hundert Jahre einmal ausbrechenden Naturkatastrophen respektiert hatten? Oder ...

Mit zwei Sätzen schaffte Raoul die zehn Schritte, die ihn von dem Erdhügel trennten.

Ein Fluch entfuhr ihm. Seinen Blicken offenbarte sich die schreckliche Wahrheit. Der mittlere Teil des Hügels war aufgerissen. Der Grenzstein, der legendäre Grenzstein war zwar da, aber zerfetzt, zertrümmert, zerkleinert, und seine Überbleibsel, schwarz angelaufene Steine, lagen auf dem Hang eines Kraters. Verbrannte Grassoden rauchten noch. Kein einziger Edelstein. Kein Stückchen Gold oder Silber. Der Feind war ihm zuvorgekommen.

Diesen grausamen Anblick konnte Raoul nicht länger als eine Minute aushalten. Mechanisch, zerstreut und wortlos begann er die Untersuchung, entdeckte die Fußspuren und Beweise, daß die Arbeit erst vor wenigen Stunden durchgeführt worden war; er erkannte die Abdrücke eines Frauenabsatzes, weigerte sich aber, daraus einen logischen Schluß zu ziehen. Er ging einige Meter von der Stelle fort, zündete eine Zigarette an und setzte sich auf die Rückseite des Dammes.

Er wollte nicht mehr denken. Die Niederlage und vor allem die Art, wie man sie ihm beigebracht hatte, war zu eindeutig, als daß er die Gründe und Auswirkungen hätte untersuchen wollen. In einem solchen Fall muß man Gleichmut und Kaltblütigkeit bewahren. Aber die Ereignisse des Vortages und des Abends davor drängten sich ihm trotz allem auf. Ob er es wollte oder nicht, im Geist rollten Joséphine Balsamos Taten vor ihm ab. Er sah sie, wie sie ihre Übelkeit überwand und alle für einen derartigen Augenblick notwendige Energie wiedererlangte. Sich ausruhen, wenn die Schicksalsstunde schlug? Wie denn! Hatte er sich etwa ausgeruht? Und Beaumagnan, hatte der sich, so zerschlagen wie er war, die geringste Ruhe gegönnt? Nein, eine Joséphine Balsamo konnte nicht einen solchen Fehler machen. Vor Anbruch der Nacht war sie mit ihren Helfershelfern zu dieser Wiese gekommen und hatte, erst bei Tageslicht, später beim Schein der Laternen, die Arbeiten geleitet.

Und als Raoul sie hinter der verhängten Scheibe ihrer Kabine vermutete, bereitete sie sich nicht für die Expedition vor, sondern kam zurück, wieder einmal als Siegerin, weil sie es kleinen Zufällen, sinnlosem Zögern und überflüssigen Skrupeln niemals gestattete, sich hindernd zwischen sie und die sofortige Ausführung ihrer Pläne zu drängen.

Länger als zwanzig Minuten starrte Raoul vor sich hin, erholte sich in der Sonne, die hinter den gegenüberliegenden Hügeln auftauchte, von seiner Erschöpfung und realisierte die bittere Wirklichkeit, an der seine Träume von Macht und Herrschaft gescheitert waren; er mußte schon sehr in Gedanken versunken gewesen sein, daß er das Geräusch des Wagens nicht hörte, der auf dem Weg hielt, und die drei Männer nicht sah, die ausstiegen, das Gatter entfernten und die Wiese überquerten ... bis zu dem Augenblick, da einer von ihnen, am Erdhügel angelangt, wütend fluchte.

Es war Beaumagnan. Seine beiden Freunde, d'Etigues und Bennetot, stützten ihn.

Wenn Raouls Enttäuschung auch groß gewesen war, so stand sie in keinem Vergleich zu der Niedergeschlagenheit des Mannes, der sein ganzes Leben auf diese Sache mit dem geheimnisvollen Schatz gesetzt hatte! Totenbleich, mit verstörten Augen und blutdurchtränkten Leinenfetzen über seiner Wunde, stierte er dumpf auf das verwüstete Gelände, als käme ein grauenvolles Etwas auf ihn zu. Der wunderbare Stein war geplündert.

Man hätte meinen können, daß die Welt vor ihm zusammenstürzte und er in einen Abgrund voll schrecklicher Abscheulichkeiten blicke.

Raoul trat vor und murmelte:

»Das ist *sie*!«

Beaumagnan erwiderte nichts. Konnte man daran zweifeln, daß *sie* es war? War nicht diese Frau gleichbedeutend mit allem, was es auf der Erde an Unglück, Umsturz, Sintflut und höllischen Leiden gab? Hatte er es nötig, sich wie seine Freunde zu Boden zu werfen und in dem Chaos zu wühlen, um ein vergessenes Stück des Schatzes zu finden? Nein! Nein! Nachdem die Hexe dagewesen war, blieb nur noch Staub und Asche! Sie war die große Pest, die zerstört und tötet. Sie war die Verkörperung selbst des Satans. Sie war das Nichts und der Tod!

Er reckte sich, immer noch theatralisch und romantisch in seinen ihm eigenen Gebärden und blickte mit einem schmerzlichen Ausdruck in den Augen um sich; da stach er sich plötzlich, nachdem er das Zeichen des Kreuzes gemacht hatte, mit einem heftigen Dolchstoß in die Brust – es war der Dolch, der Joséphine Balsamo gehörte.

Die Bewegung kam so unerwartet, daß niemand ihr hätte zuvorkommen können. Bevor seine Freunde und Raoul begriffen hatten, krümmte sich Beaumagnan in dem Graben zwischen den Trümmern, die einmal der Geldschrank der Mönche waren. Seine Freunde stürzten zu ihm. Er atmete noch und stammelte:

»Einen Priester ... einen Priester ...«

Bennetot entfernte sich eilig. Bauern liefen herbei. Er erkundigte sich bei ihnen nach einem Priester und sprang in den Wagen.

Neben dem Graben lag Godefroy d'Etigues auf den Knien, betete und schlug sich gegen die Brust. Zweifellos hatte Beaumagnan ihm gesagt, daß Joséphine Balsamo noch lebte und alle seine Verbrechen kannte. Das und Beaumagnans Selbstmord machten ihn irrsinnig. Sein Gesicht war von Schrecken verkrampft.

Raoul beugte sich zu Beaumagnan nieder und sagte:

»Ich schwöre Ihnen, daß ich *sie* finden werde. Ich schwöre Ihnen, daß ich *ihr* die Reichtümer abjagen werde.«

Haß und Liebe blieben im Herzen des Sterbenden. Nur solche

Worte konnten sein Leben um einige Minuten verlängern. In der Stunde des Todeskampfes, im Zusammenbruch aller seiner Träume, klammerte er sich verzweifelt an alles, was eine Rache sein könnte.

Seine Augen winkten Raoul herbei, der sich noch tiefer hinunterbeugte und ihn stammeln hörte:

»Clarisse ... Clarisse d'Etigues ... du mußt sie heiraten ... Hör ... Clarisse ist nicht die Tochter des Barons ... er hat es mir gestanden ... sie ist die Tochter eines anderen, den ihre Mutter liebte ...«

»Ich schwöre Ihnen, sie zu heiraten ... ich schwöre es Ihnen ...«

»Godefroy«, rief Beaumagnan.

Der Baron betete weiter. Raoul schlug ihn auf die Schulter und drückte ihn zu Beaumagnan hinunter.

»Clarisse wird d'Andrésy heiraten ... ich will es ...«

»Ja ... ja ...«, sagte der Baron, unfähig sich zu widersetzen.

»Schwöre es.«

»Ich schwöre es.«

»Auf dein ewiges Heil?«

»Auf mein ewiges Heil.«

»Du wirst ihm dein Geld geben, damit er uns rächt ... alle Reichtümer, die du gestohlen hast ... Schwörst du es?«

»Auf mein ewiges Heil.«

»Er kennt deine ganzen Verbrechen. Er hat Beweise dafür. Wenn du nicht gehorchst, wird er dich anzeigen.«

»Ich werde gehorchen.«

»Sei verflucht, wenn du lügst.«

Beaumagnans Stimme ging in Röcheln über, seine Worte wurden immer undeutlicher. Raoul, der neben ihm lag, verstand sie nur mit Mühe:

»Raoul, du wirst sie verfolgen ... du mußt ihr die Steine entreißen ... Sie ist der Teufel ... Höre ... Ich habe entdeckt ... in Le Havre ... sie hat ein Schiff ... ›Le Ver-Luisant‹ ... Höre ...«

Er hatte nicht mehr die Kraft, weiterzusprechen. Trotzdem hörte Raoul noch:

»Geh... sofort... such sie... von heute an...«

Seine Augen schlossen sich.

Der Todeskampf begann.

Am Rande des Grabens kniend, schlug sich Godefroy d'Etigues immer noch auf seine Brust.

Raoul ging fort.

Am Abend veröffentlichte eine Pariser Zeitung den folgenden Artikel als letzte Meldung:

»Herr Beaumagnan, der in den streitbaren royalistischen Kreisen wohlbekannte Advokat, dessen Tod schon versehentlich in Spanien gemeldet wurde, hat heute morgen in dem normannischen Dorf Mesnil-sous-Jumièges am Ufer der Seine Selbstmord verübt.

Die Gründe für diesen Selbstmord sind absolut mysteriös. Seine beiden Freunde, Godefroy d'Etigues und Oscar de Bennetot, die ihn begleiteten, erzählen, daß sie die vergangene Nacht im Schloß von Tancarville übernachteten, wo sie für einige Tage zu Gast waren, als Herr Beaumagnan sie weckte. Er war verletzt und äußerst aufgeregt. Er verlangte von seinen Freunden, daß sie anspannen und sofort mit ihm nach Jumièges und von dort aus nach Mesnil-sous-Jumièges fahren sollten. Warum? Wozu eine derartige Expedition in einsame Felder? Warum dieser Selbstmord? So viele Fragen, auf die sie keine Antwort wissen.«

Am übernächsten Tag brachten die Zeitungen von Le Havre eine Reihe von Nachrichten, die der folgende Artikel inhaltsgetreu zusammenfaßt:

»In der vergangenen Nacht wurde Prinz Lavorneff, der nach Le Havre gekommen war, um eine Probefahrt mit seiner Vergnügungsjacht zu machen, die er kürzlich gekauft hatte, Zeuge eines schrecklichen Dramas. Er war auf dem Weg zur französischen Küste, als Flammen aus dem Meer schlugen und höchstens eine halbe Meile entfernt eine Explosion erfolgte. Diese Explosion wurde übrigens an mehreren Stellen der Küste gehört. Prinz Lavorneff lenkte seine Jacht sofort an die Stelle des Unglücks, wo er schließlich einige auf dem Wasser schwimmende Bootsplanken entdeckte. An einer von ihnen hatte sich ein Matrose festgeklammert, den man aus dem Wasser ziehen konnte. Man hatte gerade noch Zeit, ihn auszufragen und zu erfahren, daß das Schiff ›Le Ver-Luisant‹ hieß und der Gräfin de Cagliostro gehörte, als er wieder über Bord sprang und schrie: ›Sie ist es ... sie ist es ...‹

Tatsächlich entdeckte man im Laternenschein eine weitere Planke, an der sich eine Frau festklammerte, deren Kopf über Wasser schwamm.

Dem Mann gelang es, sie zu erreichen und zu fassen, doch hielt sie sich so krampfhaft und verzweifelt an ihm fest, daß sie seine Bewegungen lähmte und beide in den Fluten verschwanden. Die Suche verlief ergebnislos.

Nach Le Havre zurückgekehrt, hat Prinz Lavorneff seine Aussage gemacht, die von den vier Männern seiner Besatzung bestätigt wurde.«

Dann fügte die Zeitung noch hinzu:

»Die letzten Nachrichten lassen vermuten, daß die Gräfin de Cagliostro eine Abenteuerin war, die man unter dem Namen Pellegrini gut kannte und die gelegentlich auch den Namen Balsamo trug. Von der Polizei verfolgt, die sie zwei- oder dreimal an verschiedenen Orten der Provinz Caux, wo sie sich in letzter Zeit herumtrieb, fast gefangen hatte, wird sie beschlossen haben, ins Ausland zu fahren, und ist nun mit allen ihren Komplizen bei dem Untergang ihrer Jacht ›Le Ver-Luisant‹ ums Leben gekommen.

Wir erwähnen außerdem mit allem Vorbehalt ein Gerücht, nach dem ein enger Zusammenhang zwischen gewissen Abenteuern der Gräfin de Cagliostro und dem mysteriösen Drama von Mesnil-sous-Jumièges bestehen soll. Man erzählt von einem ausgegrabenen und geraubten Schatz, von Verschwörung und uralten Dokumenten.

Aber hier gelangen wir in das Gebiet der Fabel. Begnügen wir uns mit dem Vorliegenden und überlassen wir diese Affäre den Gerichten.«

Am Nachmittag des Tages, an dem diese Zeilen erschienen, das heißt, genau sechzig Stunden nach dem Drama von Mesnil-sous-Jumièges, betrat Raoul das Arbeitszimmer des Barons Godefroy in Haie d'Etigues, dasselbe Zimmer, in das er eines Nachts vor vier Monaten eingebrochen war. Wieviel Abenteuer hatte er seitdem bestanden, und um wie viele Jahre war er älter geworden!

Die beiden Vettern saßen vor einem Ziertisch, rauchten und tranken große Gläser Cognac.

Ohne Einleitung erklärte Raoul:

»Ich komme, um Sie um die Hand von Fräulein d'Etigues zu bitten, und ich nehme an...«

Für einen Heiratsantrag war er kaum in der angemessenen Aufmachung. Ohne Hut und Mütze, eine alte wollene Matrosenbluse, an den Beinen eine zu kurze Hose, die seine nackten, in leinenen Schlüpfschuhen steckenden Füße zeigte.

Aber weder Raouls Aufmachung noch die Absicht seines Besuchers interessierten Godefroy d'Etigues. Mit tiefliegenden Augen und verstörtem Gesicht reichte er Raoul ein Paket Zeitungen und stöhnte:

»Haben Sie gelesen? Die Cagliostro?«

»Ja, ich weiß«, sagte Raoul.

Er verabscheute diesen Mann und konnte sich nicht enthalten zu sagen:

»Um so besser für Sie, was? Der endgültige Tod der Joséphine Balsamo ist eine Sache, die Sie von einem schweren Gewicht befreien muß!«

»Aber jetzt! ... Die Folgen!« stammelte der Baron.

»Was für Folgen?«

»Das Gericht. Es wird versuchen, Licht in die Sache zu bringen. Schon beim Selbstmord von Beaumagnan sprach man von der Cagliostro. Wenn das Gericht alle Fäden der Geschichte zusammenfügt, wird es auch noch weiter gehen, bis zum Schluß.«

»Ja«, spottete Raoul, »bis zu der Witwe Rousselin, bis zum Mord an einem gewissen Jaubert, das heißt, bis zu Ihnen und Vetter Bennetot.«

Die beiden Männer zuckten zusammen. Raoul beruhigte sie:

»Sie können ruhig sein, alle beide. Das Gericht wird nicht in alle diese finsteren Geschichten Licht bringen, aus dem einfachen Grund, weil es im Gegenteil versuchen wird, sie zu begraben. Beaumagnan war ein Schützling von Interessengruppen, die weder den Skandal noch die letzte Wahrheit mögen. Die Affäre wird im Keim erstickt werden. Was mich bedeutend mehr beunruhigt, ist nicht die Arbeit der Justiz...«

»Was?« fragte der Baron.

»Es ist die Rache von Joséphine Balsamo.«

»Da sie doch tot ist...«

»Selbst tot ist sie noch zu fürchten. Deswegen bin ich gekommen. Hinten im Obstgarten steht ein kleiner, unbewohnter Gärtnerpavillon. Dort quartiere ich mich ein ... bis zur Hochzeit. Benachrichtigen Sie Clarisse von meiner Gegenwart und sagen Sie ihr, daß sie niemanden empfangen soll... nicht einmal mich. Sie möchte aber in der Zwischenzeit dieses Verlobungsgeschenk annehmen, das Sie ihr bitte von mir übergeben werden.«

Und Raoul reichte dem verblüfften Baron einen riesigen Saphir von unvergleichlicher Reinheit und so geschliffen, wie man einstens Edelsteine schliff...

Die teuflische Kreatur

»Wirf den Anker aus«, flüsterte Joséphine Balsamo, »hierher muß das Boot kommen.«

Auf dem Meer herrschte dichter Nebel, der die Nacht noch finsterer, undurchdringlicher machte, so daß nicht einmal mehr die Lichter von Etretat zu sehen waren. Nicht einmal der Scheinwerfer des Leuchtturms von Antifer durchdrang den dichten Dunst, in dem die Jacht des Prinzen Lavorneff langsam schwamm.

»Was beweist dir, daß wir in der Nähe der Küste sind?« fragte Léonard.

»Mein Wunsch, dort zu sein«, erwiderte die Cagliostro.

Er wurde ärgerlich.

»Es ist reine Idiotie, diese Fahrt, reine Idiotie! Wie! Jetzt sind es vierzehn Tage her, daß wir Erfolg hatten. Ich gebe zu, wir haben es nur dir zu verdanken, daß wir diesen so erstaunlichen Sieg davontrugen. Der Schatz der kostbaren Steine liegt verschlossen in einem Safe in London. Jede Gefahr ist vorüber. Cagliostro, Pellegrini, Balsamo, Marquise de Belmonte, alles das liegt seit dem Untergang der ›Ver-Luisant‹ auf dem Grund des Meeres, weil du die bewundernswerte Idee hattest, diesen Schiffbruch zu organisieren, den du mit so viel Energie geleitet hast. Zwanzig Zeugen haben von der Küste aus die Explosion gesehen. Du bist für jeden tot, hundertmal tot wie auch ich und alle deine Komplizen. Wenn es gelänge, die Geschichte von dem Schatz der Mönche zu rekonstruieren, würde man schließlich feststellen, daß er mit der ›Ver-Luisant‹ auf dem Meeresgrund liegen muß, an einer Stelle, die niemals jemand wiederfinden wird noch beschreiben kann, und daß die Steine verstreut im Meer liegen. Und du kannst mir glauben, daß das Gericht über diesen

Untergang und den Tod begeistert ist, daß es die ganze Sache nie genau untersuchen wird, weil es von höherer Seite beeinflußt wird, die Affäre im Keim zu ersticken.

Also ist alles in bester Ordnung. Du bist Herr der Lage und Sieger über alle deine Feinde. Und das ist der Augenblick, da uns die primitivste Klugheit befiehlt, Frankreich den Rücken zu kehren und so weit wie möglich aus Europa zu verschwinden. Diesen Augenblick aber wählst du, um an den Ort zurückzukehren, der dir Unglück gebracht hat, und um den einzigen Gegner, der übrigblieb, anzugreifen. Und was für einen Gegner, Joséphine! Ein Mann von so außergewöhnlichem Genie, daß du ohne ihn nie den Schatz entdeckt hättest. Gib zu, daß es Idiotie ist!«

»Die Liebe ist eine Idiotie«, murmelte sie.

»Dann verzichte.«

»Ich kann nicht, ich kann nicht. Ich liebe ihn.«

Sie hatte ihre Ellenbogen auf die Reling gestützt, den Kopf in die Hände vergraben und flüsterte voll Verzweiflung:

»Ich liebe... es ist das erstemal... Die anderen Männer, das zählt nicht... Während Raoul... Oh! Ich will nicht von ihm sprechen... Durch ihn habe ich die einzige Freude meines Lebens gehabt... aber auch meinen größten Schmerz... Bevor er kam, kannte ich das Glück nicht... noch den Schmerz... und dann... das Glück ist zu Ende... und nur mein Schmerz bleibt... Es ist schrecklich, Léonard... Der Gedanke, daß er heiraten wird... daß eine andere an seiner Seite lebt... und daß ein Kind aus ihrer Liebe geboren wird... nein, das geht über meine Kräfte. Alles eher als das!... Lieber will ich alles riskieren, Léonard. Lieber will ich sterben.«

Leise sagte er:

»Meine arme Joséphine...«

Sie schwiegen lange, sie stand gebeugt und schwankend.

Als sich das Boot näherte, richtete sie sich auf und sagte, mit einem Schlag herrisch und hart:

»Aber ich riskiere nichts, Léonard... nicht mehr als sterben oder keinen Erfolg zu haben.«

»Was willst du also tun?«

»Ihn entführen.«

»Oh, oh! Du hoffst...«

»Alles ist bereit. Alle Einzelheiten sind vorbereitet.«

»Wie?«

»Mit Hilfe von Dominique.«

»Dominique?«

»Ja, gleich am ersten Tag, noch bevor Raoul in Haie d'Etigues eintraf, hat sich Dominique als Stallknecht einstellen lassen.«

»Aber Raoul kennt ihn.«

»Raoul hat ihn vielleicht ein- oder zweimal gesehen, aber du weißt, wie geschickt Dominique im Schminken ist. Es ist absolut unmöglich, daß man ihn unter dem ganzen Schloß- und Stallpersonal erkennt. Dominique hat mich also täglich auf dem laufenden gehalten und nach meinen Weisungen gearbeitet. Ich weiß die Stunde, zu der Raoul aufsteht oder schlafen geht, weiß, wie er lebt, und alles, was er tut. Ich weiß, daß er Clarisse noch nicht wiedergesehen hat, daß man aber dabei ist, die für die Heirat notwendigen Papiere zu besorgen.«

»Ist er mißtrauisch?«

»Meinetwegen? Nein. Dominique hat Fetzen einer Unterhaltung gehört, die zwischen Raoul und Godefroy d'Etigues an dem Tag stattfand, als er ins Schloß kam. An meinem Tod bestand für sie kein Zweifel. Aber Raoul wollte nichtsdestoweniger, daß man gegen mich, obwohl ich tot bin, alle möglichen Vorsichtsmaßnahmen treffe. Deswegen beobachtet und belauert er alles, bewacht das Schloß und horcht die Bauern aus.«

»Und Dominique läßt dich trotzdem kommen?«

»Ja, aber nur für eine Stunde. Ein kühner Handstreich, schnell, während der Nacht, und danach die Flucht.«

»Das soll heute abend sein?«

»Heute abend von zehn bis elf Uhr. Raoul wohnt in einem Pavillon, der früher dem Gärtner gehörte und der jetzt leersteht. Er ist nicht weit entfernt von dem alten Turm, in den Beaumagnan mich damals bringen ließ, steht mitten auf der Umfriedungsmauer und hat zu den Feldern hin nur ein Fenster im Erdgeschoß, keine Tür. Will man dort eindringen, muß man, wenn die Läden geschlossen sind, durch das große Tor des Obstgartens gehen und sich an die Innenseite der Mauer halten. Die beiden Schlüssel werden heute abend unter einem großen Stein in der Nähe des Tores liegen. Wenn Raoul zu Bett gegangen ist, werden wir ihn überfallen, ihn in seine Matratze und die Decken wickeln und hierher bringen. Im selben Augenblick fahren wir.«

»Das ist alles?«

Joséphine Balsamo zögerte und antwortete dann deutlich:

»Das ist alles.«

»Aber Dominique?«

»Er wird mit uns fahren.«

»Du hast ihm keinen besonderen Auftrag gegeben?«

»In welcher Hinsicht?«

»Wegen Clarisse. Du haßt sie, diese Kleine. Darum fürchte ich, daß du Dominique mit einer Arbeit beauftragt hast...«

Wieder zögerte Josine, bevor sie antwortete:

»Das geht dich nichts an.«

»Trotzdem...«

Das Boot lag an der Seite des Schiffes. Josine erklärte in scherzendem Ton:

»Hör, Léonard, seit ich dich zum Prinzen Lavorneff gemacht und dich mit einer herrlich ausgerüsteten Jacht beschenkt habe, wirst du etwas sehr indiskret. Wir wollen unsere Abmachungen halten, nicht wahr? *Ich* befehle, und *du* gehorchst. Du hast höchstens das Recht auf einige Erklärungen. Ich habe sie dir gegeben. Tu so, als genügten sie dir.«

»Sie genügen mir«, sagte Léonard, »und ich erkenne, daß deine Sache verdammt gut kombiniert ist.«

»Um so besser. Laß uns umsteigen.«

Sie kletterte als erste in das Boot und ließ sich nieder.

Léonard und vier der Komplizen begleiteten sie. Zwei von ihnen ergriffen die Riemen, während sie sich nach hinten setzte und ihre Anweisungen so leise wie möglich gab.

»Wir fahren an der Mole von Amont vorbei«, sagte sie nach einer Viertelstunde, obgleich ihre Helfershelfer den Eindruck hatten, wie Blinde zu fahren.

Sie kündigte rechtzeitig die Felsen an, die kaum aus der Wasserfläche ragten, und korrigierte den Kurs nach Anhaltspunkten, die für die anderen unsichtbar waren. Erst das Knirschen der Kiesel unter dem Kiel zeigte ihnen an, daß sie landeten. Sie hoben sie auf die Arme und trugen sie zum Ufer, an das sie auch das Boot zogen.

»Bist du ganz sicher«, flüsterte Léonard, »daß wir auf keinen Zöllner stoßen?«

»Bestimmt. Das letzte Telegramm von Dominique garantiert uns das.«

»Er kommt uns nicht entgegen?«

»Nein. Ich habe ihm geschrieben, unter den Leuten des Barons im Schloß zu bleiben. Er wird um elf Uhr zu uns stoßen.«

»Wo?«

»In der Nähe von Raouls Pavillon. Genug geredet.«

Sie verschwanden alle auf der ›Escalier du Curé‹ und stiegen schweigend aufwärts.

Obgleich sie zu sechst waren, hätte auch das aufmerksamste Ohr von der ersten bis zur letzten Minute ihres Aufstiegs kein Geräusch vernommen.

Oben war der Nebel weniger dicht, er schwebte in zerfetzten Streifen über dem Boden, so daß das Leuchten einiger Sterne zu sehen war. So konnte die Cagliostro auf das Schloß d'Etigues zeigen, dessen Fenster an der Fassadenseite hell erleuchtet waren. Von der Kirche von Bénouville schlug es gerade zehn Uhr.

Josine schauderte.

»Oh! Das Geläute dieser Glocke!... Ich kenne es wieder...Zehn Schläge wie damals... Zehn Schläge! Einen nach dem anderen zählte ich sie auf meinem Weg in den Tod.«

»Du hast dich gut gerächt«, sagte Léonard.

»An Beaumagnan, ja, aber an den anderen?«

»An den anderen auch. Die beiden Vettern sind halb verrückt.«

»Das ist wahr«, sagte sie. »Aber erst in einer Stunde werde ich vollkommen gerächt sein. Dann brauche ich nur noch Ruhe.« Sie warteten, bis eine Nebelwolke kam, damit sich keiner ihrer Schatten von der nackten Ebene, die sie überqueren mußten, abhob. Dann schlug Joséphine Balsamo den Pfad ein, auf dem Godefroy und seine Freunde sie einst getragen hatten. Die anderen folgten ihr wortlos im Gänsemarsch. Das Korn war geschnitten worden. Hier und dort ragten riesige Mieten aus dem Boden.

In der Nähe des Gutes wurde der Pfad enger. Die Ränder waren mit Schilf überwuchert, zwischen dem sie immer vorsichtiger voranschritten.

Die hohe Silhouette der Mauern ragte aus dem Dunkel. Noch einige Schritte, und der Pavillon wurde sichtbar.

Mit einer Bewegung versperrte die Cagliostro ihnen den Weg.

»Wartet hier auf mich.«

»Soll ich dir folgen?« fragte Léonard.

»Nein. Ich werde euch hier abholen, und wir gehen zusammen durch das Tor des Obstgartens, das links auf der entgegengesetzten Seite liegt.«

Sie ging allein weiter und setzte ihre Füße so langsam und vorsichtig auf, daß kein Stein unter ihren Sohlen ins Rollen kam und keine Pflanze bei der Berührung ihres Rockes raschelte. Der Pavillon vor ihr wurde größer. Sie erreichte ihn.

Vorsichtig zog sie an den geschlossenen Läden. Der von Dominique vorbereitete Verschluß gab nach. Joséphine Balsamo schob die Flügel einen Spalt weit auseinander. Ein Lichtschimmer drang hindurch.

Sie preßte ihre Stirn gegen den Spalt und sah in das Innere eines Zimmers mit einem Erker, in dem ein Bett stand.

Dort lag Raoul. Eine Lampe, auf der ein Lampenschirm aus Pappe steckte, warf einen leuchtenden Kreis auf sein Gesicht, seine Schultern, das Buch, das er las, und seine auf einem Stuhl sorgfältig gefalteten Kleider. Er sah sehr jung aus, wie ein Kind, das aufmerksam eine Aufgabe lernt und gleichzeitig gegen den Schlaf ankämpft. Mehrmals fiel sein Kopf zur Seite. Er wachte wieder auf, zwang sich zu lesen und schlief wieder ein.

Schließlich klappte er sein Buch zu und löschte die Lampe.

Als sie gesehen hatte, was sie sehen wollte, verließ Joséphine Balsamo ihren Posten und kehrte zu ihren Komplizen zurück. Sie hatte ihnen schon ihre Anweisungen gegeben, aber vorsichtshalber wiederholte sie alles noch einmal. Zehn Minuten lang redete sie:

»Vor allen Dingen keine unnötige Brutalität. Hörst du, Léonard? Da er nichts in Reichweite hat, um sich zu verteidigen, braucht ihr keine Waffen zu benutzen. Ihr seid fünf, das reicht.«

»Wenn er Widerstand leistet?« fragte Léonard.

»Ihr müßt eben so vorgehen, daß er keinen Widerstand leisten kann.«

Durch die Skizzen, die Dominique ihr geschickt hatte, kannte sie die Örtlichkeiten so gut, daß sie ohne Zögern bis zum Haupteingang des Obstgartens ging. Die Schlüssel lagen an der vereinbarten Stelle. Sie öffnete und schlug die Richtung zur Innenseite des Pavillons ein.

Auch die Tür ließ sich leicht öffnen. Von ihren Komplizen gefolgt, trat sie ein. Durch eine mit Steinplatten belegte Vorhalle gelangten sie zum Schlafzimmer, dessen Tür sie unendlich langsam aufstieß.

Das war der entscheidende Augenblick. Wenn Raoul jetzt nicht aufwachte, wenn er noch schlief, war Joséphine Balsamos Plan gelungen. Sie horchte. Nichts rührte sich.

Da wich sie zur Seite, um den fünf Männern den Weg freizugeben. Sie richtete den Strahl einer Taschenlampe auf das Bett und ließ schlagartig ihre Meute los.

Der Angriff kam so schnell, daß der Schläfer erst aufwachen konnte, als jeder Widerstand zu spät war.

Die Männer hatten ihn in seine Decken gerollt und schlugen die Enden der Matratze über ihm zusammen, so daß er ein langes

Wäschepaket bildete, das sie im Handumdrehen verschnürten. Der Überfall hatte bestimmt keine Minute gedauert. Kein Schrei. Kein Möbelstück war verrückt worden.

Wieder einmal triumphierte die Cagliostro.

»Gut«, sagte sie mit einer Erregung, die die Bedeutung, die sie diesem Triumph beimaß, verriet. »Gut ... Wir haben ihn ... und diesmal werden alle Vorsichtsmaßnahmen getroffen werden.«

»Was sollen wir tun?« fragte Léonard.

»Tragt ihn aufs Schiff.«

»Wenn er um Hilfe ruft?«

»Einen Knebel. Aber er wird den Mund halten ... Geht jetzt.«

Léonard trat näher zu ihr, während die Helfershelfer den Gefangenen aufluden.

»Du kommst also nicht mit uns?«

»Nein.«

»Warum?«

»Ich habe doch gesagt, ich warte auf Dominique.«

Sie zündete die Lampe an und hob den Schirm ab.

»Wie blaß du bist!« sagte Léonard leise.

»Vielleicht.«

»Es ist wegen der Kleinen, nicht wahr?«

»Ja.«

»Handelt Dominique in diesem Augenblick? Wer weiß? Es wäre noch Zeit, ihn zu hindern ...«

»Selbst wenn noch Zeit dazu wäre«, sagte sie, »mein Entschluß würde sich nicht ändern. Was sein muß, wird sein. Es ist eine beschlossene Sache. Geh.«

»Warum sollen wir von dir fortgehen?«

»Die einzige Gefahr kommt von Raoul. Wenn Raoul erst einmal auf dem Schiff in Sicherheit ist, brauchen wir nichts mehr zu befürchten. Verschwinde, und laß mich.«

Sie öffnete ihnen das Fenster, durch das sie hinaussprangen und den Gefangenen mit sich zogen.

Sie zog die Läden vor und schloß dann das Fenster.

Einen Augenblick später schlug es vom Kirchturm. Sie zählte

die elf Schläge. Beim elften Schlag war sie an der Tür zum Obstgarten und horchte. Ein leiser Pfiff wurde laut, auf den sie mit einem Schlag des Fußes auf die Dielen antwortete.

Dominique kam angelaufen. Sie zogen sich in das Schlafzimmer zurück, und bevor sie noch die schreckliche Frage stellen konnte, murmelte er:

»Es ist getan.«

»Oh!« sagte sie schwach und so verstört, daß sie wankte und sich setzen mußte.

Sie schwiegen lange. Dann sagte Dominique:

»Sie hat nicht gelitten.«

»Sie hat nicht gelitten?« wiederholte sie.

»Nein, sie schlief.«

»Bist du ganz sicher ...?«

»Daß sie tot ist? Teufel! Ich habe sie dreimal ins Herz gestochen. Dann hatte ich noch den Mut zu bleiben ... um zu sehen ... Aber es war nicht nötig ... sie atmete nicht mehr ... die Hände wurden ganz kalt.«

»Und wenn man es bemerkt?«

»Unmöglich. Man betritt das Zimmer erst am Morgen. Dann erst wird man es sehen.«

Sie wagten nicht, einander anzusehen. Dominique streckte ihr die Hand hin. Aus ihrer Bluse holte sie zehn Banknoten, die sie ihm reichte.

»Danke«, sagte er, »aber wenn ich es noch einmal tun müßte, würde ich mich weigern. Was soll ich tun?«

»Weggehen. Wenn du läufst, holst du die anderen ein, bevor sie das Schiff erreicht haben.«

»Haben sie Raoul d'Andrésy bei sich?«

»Ja.«

»Um so besser, er hat es mir schwergemacht, der Kerl, seit vierzehn Tagen. Er mißtraute mir. Oh! ... eine Frage noch ... die Edelsteine?«

»Wir haben sie.«

»Keine Gefahr mehr?«

»Sie sind in einem Banksafe in London.«

»Sind es viele?«

»Ein ganzer Koffer voll.«

»Teufel! Mehr als hunderttausend Francs für mich, was?«

»Mehr. Aber beeile dich ... Es sei denn, du willst lieber auf mich warten ...«

»Nein, nein«, sagte er schnell. »Ich möchte möglichst schnell weg von hier ... so weit weg wie möglich ... Aber Sie?«

»Ich werde nachsehen, ob hier nicht noch einige für uns gefährliche Papiere herumliegen, dann komme ich nach.«

Er verschwand. Sofort begann sie die Schubladen des Tisches und eines kleinen Schreibtisches zu durchwühlen; als sie nichts fand, leerte sie auch die Taschen der am Kopfende des Bettes zusammengefalteten Kleider.

Vor allem erregte die Brieftasche ihre Aufmerksamkeit. Sie enthielt Geld, Visitenkarten und eine Photographie.

Es war die von Clarisse d'Etigues.

Joséphine Balsamo betrachtete sie lange mit einem Ausdruck, in dem kein Haß lag, der aber hart und unversöhnlich war.

Sie stand unbeweglich in der für sie typischen abwesenden Haltung, in der ihre Augen auf man weiß nicht was für ein schmerzliches Schauspiel starrten, während ihre Lippen das sanfte Lächeln behielten.

Vor ihr hing ein Spiegel, in dem sich ihr Bild widerspiegelte. Sie stemmte ihre Ellenbogen auf den Marmor des Kamins und betrachtete ihr Bild. Ihr Lächeln wurde deutlicher, so als erkenne sie ihre Schönheit und freue sich darüber. Sie hatte eine Kapuze aus braunem Wollstoff auf, die sie jetzt auf ihre Schultern gleiten ließ, und zog den Schleier, auf den sie nie verzichtete und den sie in der Art der Jungfrau von Bernardino Luini trug, tiefer in die Stirn. So betrachtete sie sich minutenlang. Dann fiel sie in ihre Träumerei zurück. Es schlug ein Viertel nach elf Uhr. Sie bewegte sich nicht mehr. Man hätte meinen können, sie schliefe mit offenen, starren Augen.

Mit der Zeit nahmen diese Augen jedoch einen bestimmten

Ausdruck an, der sich schließlich völlig festigte. So passiert es uns in manchen Träumen, in denen sich alle verworrenen und unzusammenhängenden Gedanken in einen immer genauer werdenden Gedanken, in ein immer deutlicheres Bild umwandeln. Was war das für ein verwirrendes Bild, das sie zu sehen schien und nicht begreifen wollte? Sie starrte in den Erker, in dem das Bett stand und der durch Vorhänge abgeschlossen war. Dahinter aber mußte es einen freien Raum geben, eine verborgene Nische, denn man hätte meinen können, daß eine Hand die Vorhänge bewegte.

Und diese Hand nahm immer plastischere Umrisse an. Ein Arm folgte ihr, und über diesem Arm tauchte bald ein Kopf auf.

Joséphine Balsamo, die an spiritistische Sitzungen gewöhnt war, bei denen die Schattenbilder eine bestimmte Bedeutung haben, gab dem, den ihre erschreckte Phantasie aus dem Dunkel hervorsteigen ließ, einen Namen. Er war weiß gekleidet, und sie wußte nicht, ob die Verzerrung seines Mundes ein liebevolles Lächeln oder ein höhnisches Grinsen war.

Sie stammelte:

»Raoul... Raoul... Was willst du von mir?«

Das Phantom zog einen der Vorhänge zur Seite und kam am Bett entlang auf sie zu.

Josine senkte stöhnend die Lider, hob sie aber sofort wieder. Die Halluzination war noch nicht zu Ende, und das Wesen näherte sich ihr, schob die Möbel zur Seite und brachte Lärm in die Stille. Sie wollte fliehen. Im gleichen Augenblick fühlte sie auf ihrer Schulter den festen Griff einer Hand, die bestimmt nicht zu einem Phantom gehörte. Und eine belustigte Stimme rief:

»Schau mal, meine gute Joséphine, wenn ich dir einen Rat geben darf, dann bitte doch den Prinzen Lavorneff, dir eine kleine Kreuzfahrt zur Erholung anzubieten. Du hast sie nötig, meine gute Joséphine. Wie? Du hältst mich für einen Geist, mich, Raoul d'Andrésy? Ich muß ja wohl oder übel in Nachthemd und Unterhose sein, aber darin bin ich für dich doch kein Unbekannter.«

Während er sich anzog und seine Krawatte band, wiederholte sie:

»Du! Du ...!«

»Mein Gott, ja, ich!«

Er setzte sich neben sie und fuhr lebhaft fort:

»Vor allem, meine liebe Freundin, schimpfe nicht auf Prinz Lavorneff und glaube nicht, daß er mich noch einmal entkommen ließ. Aber nein, aber nein, was seine Freunde und er fortgeschafft haben, ist ganz einfach nur eine Matratze und eine Puppe, alles schön in Decken gewickelt. Ich aber habe den Raum zwischen dem Bett und der Wand, wohin ich mich geflüchtet hatte, nicht verlassen, seit du deinen Posten hinter den Läden aufgegeben hast.«

Joséphine Balsamo war sprachlos und unfähig, auch nur eine Bewegung zu machen, als ob man sie festgenagelt hätte.

»Teufel!« sagte er, »du bist nicht gut aufgelegt. Willst du ein Glas Likör, um deine Lebensgeister anzuregen? Ich muß dir gestehen, Jósephine, daß ich dein Entsetzen verstehe und daß ich nicht an deiner Stelle sein möchte. Alle die kleinen Kameraden fort, vor einer Stunde keine Hilfe ... und vor dir in einem abgeschlossenen Zimmer der besagte Raoul. Da muß man ja schwarzsehen! Unglückliche Joséphine ... Was für eine Pleite! Wie hübsch sie ist, meine Verlobte, nicht wahr? Ich habe mit Vergnügen bemerkt, daß du sie vorhin bewundertest. Du weißt, daß wir in einigen Tagen heiraten?«

»Sie ist tot«, murmelte die Cagliostro.

»In der Tat, ich habe davon reden hören. Der kleine junge Mann von vorhin hat sie in ihrem Bett erschlagen, nicht wahr?«

»Ja.«

»Ein Dolchstich?«

»Drei Dolchstiche mitten ins Herz«, sagte sie.

»Oh, einer genügte«, bemerkte Raoul.

Sie wiederholte langsam, wie zu sich selbst:

»Sie ist tot, sie ist tot.«

»Was willst du?« spottete er. »Das passiert alle Tage. Und

wegen derartiger Kleinigkeiten werde ich meine Pläne nicht ändern. Tot oder lebendig, ich heirate sie. Wir werden, so gut es geht, damit zurechtkommen. Du bist gut damit fertig geworden, nicht wahr?«

»Was willst du damit sagen?« fragte Joséphine Balsamo, der allmählich diese Spöttelei auf die Nerven ging.

»Ja, nicht wahr? Der Baron hat dich ein erstes Mal ertränkt. Ein zweites Mal bist du mit deinem Schiff ›Le Ver-Luisant‹ in die Luft gegangen. Und! Und! Das hindert dich nicht daran, hier zu sein. Deswegen besteht auch kein Grund, daß ich Clarisse, nur weil sie drei Dolchstiche ins Herz bekommen hat, nicht heirate. Bist du denn dessen so sicher, was du behauptest?«

»Einer meiner Männer hat sie erdolcht.«

»Oder wenigstens hat er behauptet, zugeschlagen zu haben.«

»Warum sollte er gelogen haben?«

»Verdammt! Um die zehn Tausenderscheine zu bekommen, die du ihm gegeben hast.«

»Dominique ist unfähig, mich zu verraten. Für hunderttausend Francs würde er mich nicht verraten. Außerdem weiß er genau, daß er mir nicht entkommen könnte. Er erwartet mich mit den anderen.«

»Bist du ganz sicher, daß er auf dich wartet, Josine?«

Sie zuckte zusammen. Sie hatte das Gefühl, als zapple sie in einem immer enger werdenden Netz.

Raoul schüttelte den Kopf.

»Es ist merkwürdig, wie viele Böcke wir, du und ich, einander gegenüber geschossen haben. Mußtest du, meine gute Joséphine, denn wirklich so naiv sein zu glauben, daß ich auch nur eine Minute lang an die Explosion der ›Ver-Luisant‹, an den Untergang der Pellegrini-Cagliostro und an die Aufschneidereien des Prinzen Lavorneff geglaubt habe? Wieso bist du nicht dahintergekommen, daß ein Junge, der nicht gerade ein Dummkopf ist und den du in deiner Schule gehabt hast – und was für eine Schule! –, in deinem Spiel wie in einer offenen Bibel lesen würde?

Wirklich zu bequem, der Schiffbruch! Man ist mit Verbrechen

belastet, die Hände triefen von Blut, die Polizei ist hinter euch her. Da läßt man also ein altes Schiff absaufen, und die ganze Vergangenheit mitsamt den Verbrechen, dem gestohlenen Schatz, den Reichtümern, alles das geht unter. Man wird für tot gehalten. Man bekommt eine neue Haut. Und man beginnt woanders von neuem, unter einem anderen Namen, man tötet, man foltert, und man besudelt seine Hände mit Blut. Aber ohne mich, meine Liebe! Ich habe mir gesagt, als ich von deinem Schiffbruch las: das Auge offen halten, und zwar gut! Und ich bin hierher gezogen!«

Nach kurzem Schweigen fuhr Raoul fort:

»Sieh mal, Joséphine, dein Besuch war einfach unvermeidlich! Und du mußtest ihn unbedingt mit Hilfe einiger Komplizen vorbereiten. Die Jacht des Prinzen Lavorneff mußte eines Abends hier vorbeikommen. Zwangsläufig mußtest du die Hühnerstiege hochklettern, die man dich auf einer Tragbahre hinuntergetragen hatte. Na also! Ich habe meine Maßnahmen getroffen, meine erste Sorge war es, mich umzuschauen, ob nicht jemand auftauchen würde, den ich kenne. Ein Verbündeter ist das A und O dieser Kunst.

Auf Anhieb habe ich den gewissen Dominique wiedererkannt, den ich einmal – davon weißt du nichts, auf dem Kutschbock deines Wagens vor der Haustür von Brigitte Rousselin gesehen habe. Dominique ist ein ehrlicher Diener, den aber die Angst vor der Polizei und eine Handvoll Stockschläge, die ich ihm verabreicht habe, weich gemacht haben, so daß seine ganze Ehrlichkeit jetzt zu meinen Diensten steht, was er damit bewies, daß er dir falsche Berichte und falsche Schlüssel schickte und kurz vor dir mit meinem Einverständnis die Falle öffnete, in die du gestolpert bist. Der Gewinn für ihn: die zehn Noten aus deiner Tasche, die du nicht wiedersehen wirst, denn dein ehrlicher Diener ist unter meinem Schutz zum Schloß zurückgekehrt. So steht es also mit uns, meine gute Joséphine. Ich hätte dir natürlich diese kleine Komödie ersparen und dich hier mit dem einfachen Vergnügen, deine Hand zu drücken, empfangen können. Aber ich wollte sehen, wie du die Sache anpackst, und während ich im Hintergrund blieb, wollte ich auch sehen, wie du den angeblichen Mord an Clarisse d'Etigues aufnehmen würdest.«

Josine wich zurück. Raoul scherzte nicht mehr. Nahe vor ihr sagte er mit verhaltener Stimme:

»Ein wenig Erschütterung... kaum sichtbar... das ist alles, was du empfunden hast. Du hast geglaubt, dieses Kind sei tot, tot durch deinen Befehl, und das hat dir nichts ausgemacht! Der Tod der anderen zählt nicht für dich. Man ist zwanzig Jahre alt, hat das ganze Leben vor sich ... ist jung, schön ... Du vernichtest das alles, wie du eine Nuß zerknacken würdest. Keine Gewissensbisse. Natürlich, du lachst nicht darüber ... aber du weinst auch nicht. In Wirklichkeit denkst du gar nicht daran. Ich erinnere mich, daß dich Beaumagnan eine teuflische Kreatur nannte, eine Bezeichnung, die mich empörte. Und dennoch trifft das Wort genau. In dir ist die Hölle. Du bist eine Art Ungeheuer, an das ich nicht mehr ohne Schaudern denken kann. Aber du, Joséphine Balsamo, bist du nicht selbst ab und zu über dich entsetzt?«

Sie hielt den Kopf gesenkt und preßte die Fäuste an die Schläfen, wie sie es oft tat. Raouls mitleidlose Worte riefen nicht den Ausbruch von Wut und Entrüstung hervor, den er erwartet hatte. Raoul fühlte, daß sie einen jener Augenblicke des Daseins erreicht hatte, in denen man den geheimen Urgrund seiner Seele erkennt, dieser scheußlichen Klarsicht nicht entfliehen kann und unwissentlich Geständnisse macht.

Er war darüber nicht übermäßig überrascht. Wenn auch nicht an der Tagesordnung, so waren aber doch solche Minuten bei diesem unausgeglichenen Wesen nicht selten, bei ihr, deren an der Oberfläche kaltblütige Natur so leicht an Nervenkrisen scheiterte. Was sich ereignet hatte, war genau das Gegenteil von dem, was sie erwartet hatte, und Raouls Erscheinen war so überraschend, daß sie sich nicht gegen den Gegner auflehnen konnte, der sie so grausam beleidigte.

Dicht neben ihr sitzend, nutzte er ihr Schweigen und sagte eindringlich:

»Nicht wahr, Josine, du bist manchmal auch entsetzt? Nicht wahr, es kommt vor, daß du dich verabscheust?«

Josines Angst war so groß, daß sie murmelte:

»Ja ... ja ... manchmal ... aber du darfst nicht mit mir darüber sprechen ... ich will es nicht wissen ... Schweig ... Schweig ...«

»Nein, im Gegenteil, du mußt dir darüber klar sein«, sagte Raoul. »Wenn du dich vor solchen Taten ekelst, warum begehst du sie dann?«

»Ich kann nicht anders«, sagte sie mit äußerster Müdigkeit.

»Du versuchst es also?«

»Ich, ich versuche, ich kämpfe, aber immer endet es in einer Niederlage. Man hat mich das Schlechte gelehrt ... ich tue Schlechtes, wie andere Gutes tun ... Ich tue das Schlechte, wie man atmet ... Man hat es so gewollt ...«

»Wer?«

Er hörte verwirrt die beiden Worte: »Meine Mutter«, und fuhr gleich fort:

»Deine Mutter? Die Spionin? Die, die sich diese ganze Cagliostro-Geschichte ausgedacht hat ...?«

»Ja ... Aber klage sie nicht an ... Sie liebte mich sehr ... Nur war sie nicht erfolgreich ... Sie war arm, unglücklich, und sie wollte, daß ich Erfolg hatte ... daß ich reich sei ...«

»Aber du warst doch schön. Für eine Frau ist die Schönheit der größte Reichtum. Die Schönheit genügt.«

»Meine Mutter war auch schön, Raoul, und doch hat ihr ihre Schönheit zu nichts genützt.«

»Du sahst ihr ähnlich?«

»Zum Verwechseln. Und das war mein Verderben. Sie wollte, daß ich fortsetze, was ihre große Idee gewesen war ... das Erbe des Cagliostro ...«

»Hatte sie Dokumente?«

»Ein Stück Papier ... das Papier mit den vier Rätseln, das eine ihrer Freundinnen in einem alten Buch gefunden hatte ... es schien wirklich Cagliostros Handschrift zu sein ... Das hat sie berauscht, wie auch ihr Erfolg bei der Kaiserin Eugénie. So mußte ich ihr Werk fortführen. Als ich noch ganz klein war, hat sie es mir schon eingehämmert. Man hat mein Gehirn auf diesen einen Gedanken gedrillt. Das sollte mein Broterwerb sein, mein Schicksal ... Ich war die Tochter des Cagliostro ... Ich nahm ihrer beider Leben auf ... ein glanzvolles Leben, wie das, das er in den Romanen geführt hat ... das Leben einer von allen vergötterten Abenteuerin, die die Welt beherrscht. Keine Skrupel ... Kein Gewissen ... Ich mußte sie für alles rächen, was sie selbst erlitten hat. Als sie starb, sagte sie mir nur die Worte: ›Räche mich!‹«

Raoul überlegte. Dann sagte er:

»Gut, aber die Verbrechen? ... War es notwendig, zu töten?«

Er konnte ihre Antwort nicht verstehen und auch nicht das, was sie ihm erwiderte, als er fragte:

»Deine Mutter war es doch nicht allein, die dich aufzog, Josine, die dich auf das Schlechte dressierte. Wer war dein Vater?«

Er glaubte, Léonards Namen zu hören. Aber wollte sie sagen, daß Léonard ihr Vater war, daß Léonard der Mann war, der zu gleicher Zeit wie die Spionin aus Frankreich ausgewiesen worden war – das schien immerhin möglich –, oder daß Léonard sie zu Verbrechen erzogen hatte?

Raoul erfuhr nicht mehr darüber und konnte nicht weiter in jene dunklen Bereiche eindringen, in denen die schlechten Instinkte geboren werden und wo alles gärt, was das Gleichgewicht stört: der Trieb zu zerstören, zu zersetzen, alle Laster, alle Eitelkeit, jeder blutrünstige Haß, alle unerbittlichen und grausamen Leidenschaften, die sich unserer Kontrolle entziehen.

Er fragte sie nicht mehr weiter.

Sie weinte schweigend, er fühlte Tränen und Küsse auf seinen Händen, die sie krampfhaft in den ihren hielt, und er war schwach genug, sie ihr zu überlassen. Dumpfes Mitleid stieg in ihm auf. Das böse Geschöpf nahm menschlichere Züge an, wurde zu einer dem kranken Instinkt ausgelieferten Frau, die dem Gesetz unbezwingbarer Kräfte unterworfen war, und die man vielleicht mit ein wenig Nachsicht behandeln mußte.

»Stoß mich nicht zurück«, sagte sie. »Du bist der einzige Mensch auf der Welt, der mich vor dem Schlechten hätte retten können. Ich habe es sofort gefühlt. Du hast etwas Gesundes, Kräftiges. Oh! Die Liebe ... die Liebe ... nur sie hat mich beruhigt ... und nur dich habe ich geliebt ... Wenn du mich jetzt zurückstößt ...«

Ihre weichen Lippen berührten Raoul. Sehnsucht und Verlangen verstärkten dieses gefährliche Mitleid, das die Männer weich werden läßt.

Vielleicht wäre er, hätte sich die Cagliostro mit dieser bescheidenen Geste begnügt, von sich aus der Versuchung erlegen, noch einmal den Mund, der sich ihm bot, zu küssen. Sie aber hob den Kopf und ließ ihre Arme an seinen Schultern entlanggleiten, sie umschlang seinen Hals und sah ihn an, und dieser Blick genügte, daß Raoul in ihr nicht mehr die Frau sah, die um sein Mitleid bat, sondern die, die verführen will und sich dabei der Faszination ihrer Augen und aller weiblichen Mittel bedient.

Der Blick entzündet den Funken zwischen Liebenden. Aber Raoul wußte genau, was hinter diesem reizenden Ausdruck steckte, der naiv und schmerzlich schien! Die Reinheit des Äußerlichen verdeckte nicht alle Häßlichkeit und Schändlichkeit, die er zu deutlich vor sich sah.

Langsam fand er seine Fassung wieder. Er widerstand der Versuchung, stieß die Sirene, die ihn umschlang, zurück und sagte:

»Erinnerst du dich ... damals ... auf dem Boot ... jeder hat vor dem anderen Angst gehabt, als würden wir versuchen, einander zu erwürgen. Heute ist es dasselbe. Wenn ich mich von neuem von dir umgarnen lasse, bin ich verloren. Morgen, übermorgen, bedeutet es den Tod ...«

Sie richtete sich auf, plötzlich feindselig und böse. Wieder packte sie der Stolz, und der Sturm brach plötzlich zwischen ihnen los; er warf sie ohne Übergang von der Erstarrung, in die sie die Erinnerung an ihre Liebe gebracht hatte, unter das harte Diktat des Hasses und der Herausforderung.

»Aber ja«, fuhr Raoul fort, »im Grunde waren wir vom ersten Tag an wilde Feinde. Wir haben beide nur an die Niederlage des anderen gedacht. Überhaupt du! Ich war der Rivale, der Eindringling. In deinem Gehirn vermischte sich mein Bild mit dem Gedanken an den Tod. Freiwillig oder nicht, du hattest mich verurteilt.«

Sie schüttelte den Kopf und sagte herausfordernd:

»Bis jetzt noch nicht.«

»Aber jetzt, ja, nicht wahr? Nur hat sich etwas Neues ergeben. Ich pfeife nämlich jetzt auf dich, Joséphine. Der Schüler ist der Meister geworden, das wollte ich dir beweisen, als ich dich hierherkommen ließ und mich zum Kampfe stellte. Allein habe ich mich dir und deiner Bande ausgesetzt. Und jetzt stehen wir uns gegenüber, und du kannst nichts gegen mich unternehmen. Niederlage auf der ganzen Linie, was? Clarisse lebt. Ich bin frei. Los, meine Schöne, verschwinde aus meinem Leben, du hast ausgespielt, und ich verachte dich.«

Er warf ihr diese hämischen Worte, die sie wie Peitschenhiebe trafen, mitten ins Gesicht. Sie war leichenblaß. Ihr Gesicht war entstellt, und zum erstenmal zeigte ihre unverwüstliche Schönheit Spuren des Alters und des Verwelkens.

Sie zischte:

»Ich werde mich rächen.«

»Unmöglich«, spottete Raoul, »ich habe dir die Flügel gestutzt. Du hast Angst vor mir, und das ist herrlich, es ist mein heutiges Verdienst: du hast Angst vor mir.«

»Mein Leben lang werde ich versuchen, mich zu rächen«, murmelte sie.

»Nichts zu machen. Alle deine Spielchen sind bekannt. Du hast versagt. Es ist aus.«

Sie schüttelte den Kopf.

»Ich habe andere Mittel.«

»Welche?«

»Das unschätzbare Vermögen ... jene Reichtümer, die ich erobert habe.«

»Wem hast du das zu verdanken?« fragte Raoul fröhlich. »Wenn es jemanden gab, der dieses merkwürdige Abenteuer gedeichselt hat, dann war das doch ich.«

»Vielleicht. Aber ich habe zu handeln und zu nehmen gewußt. Davon hängt alles ab. An Worten mangelt es dir nie, aber bei dieser Gelegenheit bedurfte es einer Tat, die ich vollbracht habe. Weil Clarisse lebt und du frei bist, schreist du Sieg. Aber Clarisses Leben und deine Freiheit, Raoul, sind kleine Dinge neben dem großen Einsatz, um den es in unserem Duell ging, das heißt um die tausend und aber tausend Edelsteine. Das war die wirkliche Schlacht, Raoul, und ich habe sie gewonnen, denn der Schatz gehört mir.«

»Weiß man es?« sagte er spöttisch.

»Ja doch, er gehört mir. Ich habe selbst die unzählbaren Steine in einem Koffer verstaut, der vor meinen Augen verschnürt und versiegelt wurde und den ich dann nach Le Havre gebracht habe. Dort habe ich ihn in den untersten Schiffsraum der ›Ver-Luisant‹ gebracht und ihn mir wiedergeholt, bevor das Schiff in die Luft gesprengt wurde. Jetzt ist er in London in einem Banksafe, verschnürt und versiegelt wie zu Anfang ...«

»Ja, ja«, stimmte Raoul zu, »die Schnur ist ganz neu, noch straff und sauber ... Es sind fünf Siegel darauf aus violettem Lack, mit den Anfangsbuchstaben J. B. - Joséphine Balsamo. Der Koffer ist aus geflochtenen Weidenruten mit Riemen und Griffen aus Leder ... Etwas Einfaches, was die Aufmerksamkeit nicht auf sich zieht ...«

Die Cagliostro sah ihn entsetzt an.

»Du weißt also? ... Woher weißt du ...?«

»Wir hatten miteinander zu tun, der Koffer und ich, ein paar Stunden lang«, sagte er lachend.

»Lüge! Du redest aufs Geratewohl ... Ich habe den Koffer von der Wiese in Mesnil-sous-Jumièges bis zum Safe nicht einen Augenblick aus den Händen gelassen.«

»Doch, denn du hast ihn in den unteren Schiffsraum der ›Ver-Luisant‹ gebracht.«

»Ich habe mich auf die eiserne Tür gesetzt, die über dem Schiffsraum liegt, und einer meiner Männer bewachte die Luke, durch die du hättest einsteigen müssen, und zwar die ganze Zeit über, die wir auf der Reede von Le Havre lagen.«

»Ich weiß.«

»Woher solltest du es wissen?«

»Ich war im Schiffsraum.«

Ein fürchterlicher Satz! Er wiederholte ihn noch einmal, und als er Joséphine Balsamos verblüfftes Gesicht sah, machte es ihm Spaß, ihr den Vorgang zu erzählen:

»Vor dem zerstörten Grenzstein in Mesnil-sous-Jumièges bin ich zu folgender Überlegung gekommen: wenn ich die gute Joséphine suche, werde ich sie nicht finden. Ich muß also den Platz erraten, wo sie am Abend dieses Tages sein wird, mich vor ihr dorthin begeben, dort sein, wenn sie kommt, und die erste Gelegenheit beim Schopf nehmen, um die Edelsteine zu stibitzen. Von der Polizei gejagt, von mir verfolgt, begierig, den Schatz in Sicherheit zu bringen, mußtest du unvermeidlich fliehen, das heißt ins Ausland fahren. Wie? Mit deinem Schiff, der ›Ver-Luisant‹.

Mittags war ich in Le Havre. Um drei Uhr gingen die drei Männer deiner Besatzung zum Kaffeetrinken in die Bar, ich überquerte die Brücke, kroch in den unteren Schiffsraum und versteckte mich hinter aufgestapelten Kisten, Fässern und Säcken mit Lebensmitteln. Um sechs Uhr kamst du, ließest deinen Koffer mit Hilfe einer Schnur herunter und übergabst ihn mir so zur Bewachung...«

»Du lügst... du lügst...«, stammelte die Cagliostro aufgebracht.

Er fuhr fort:

»Um zehn Uhr kam Léonard zu dir. Er hatte die Abendzeitung gelesen und von dem Selbstmord Beaumagnans erfahren. Um elf Uhr wurde der Anker gelichtet. Um Mitternacht, auf offenem Meer, läuft uns ein anderes Schiff an. Léonard, der Prinz Lavorneff wird, leitete den Umzug. Alle Matrosen, sämtliche

Pakete von Wert, das alles wechselte von einem Deck zum anderen, vor allem natürlich der Koffer, den du aus dem Schiffsraum herauszogst. Und dann, zum Teufel mit der ›Ver-Luisant‹!

Ich gebe zu, das waren zunächst scheußliche Minuten für mich. Ich war allein. Keine Mannschaft mehr. Keiner steuerte das Schiff. Am Steuerrad der ›Ver-Luisant‹ schien sich ein Betrunkener festzuklammern. Man hätte meinen können, sie sei ein Kinderspielzeug, das man aufgezogen hat und das sich dreht und dreht... Und dann erriet ich deinen Plan, die Bombe war irgendwo hingelegt, der Mechanismus würde sie auslösen, eine Explosion...

Ich war schweißüberströmt. Mich ins Wasser werfen? Ich hatte mich gerade dazu entschlossen, als ich in dem Augenblick, als ich meine Schuhe ausziehen wollte, mit unbändiger Freude feststellte, daß an einem Tau im Kielwasser der ›Ver-Luisant‹ ein Kahn hing, der auf den Wellen tanzte. Das war die Rettung. Zehn Minuten später und aus sicherer Entfernung sah ich ruhig zu, wie einige hundert Meter weiter eine Flamme aus dem Dunkel schoß. Ich hörte eine Detonation über die Oberfläche des Wassers hinrollen, die wie das Echo des Donners klang. Die ›Ver-Luisant‹ ging in die Luft...

Einen Tag lang wurde mein Kahn wie ein Spielball auf den Wellen herumgeworfen, in der folgenden Nacht nicht weit von Kap d'Antifer in die Nähe der Küste getrieben. Ich sprang ins Wasser, schwamm zum Ufer... und am selben Tag noch stellte ich mich hier ein, um mich auf deinen lieben Besuch vorzubereiten, meine gute Joséphine.«

Ohne ihn zu unterbrechen, hatte ihm die Cagliostro mit ziemlich ruhigem Gesicht zugehört. ›So viele unnütze Worte‹, schien sie sagen zu wollen. ›Die Hauptsache ist der Koffer.‹ Ob sich Raoul in dem Schiff versteckt hatte und dem Schiffbruch dann entgangen war, hatte keinerlei Bedeutung für sie.

Sie zögerte jedoch, die endgültige Frage zu stellen, da sie trotz allem wußte, daß Raoul nicht der Mann war, der so viel riskierte, um nichts anderes zu erreichen, als sich selbst zu retten. Sie war ganz bleich.

»Und«, sagte Raoul, »du fragst mich gar nichts?«

»Was soll ich dich fragen? Du redest ja ununterbrochen. Ich habe den Koffer wieder an mich genommen. Ich habe ihn an einen sicheren Ort gebracht.«

»Und du hast ihn nicht überprüft?«

»Mein Gott, nein. Warum sollte ich ihn öffnen? Die Schnur und die Siegel waren in Ordnung.«

»Du hast an der Seite kein Loch gesehen, eine Ritze zwischen den Maschen des Flechtwerks?«

»Eine Ritze?«

»Verdammt! Glaubst du, ich bleibe zwei Stunden untätig und bewundere den Koffer? Also, Joséphine, so dumm bin ich wirklich nicht.«

»Und?« fragte sie schwach.

»Da habe ich nach und nach mit viel Geduld den ganzen Inhalt des Koffers herausgezogen, meine arme Freundin, so daß...«

»So daß...?«

»So daß du, wenn du ihn öffnest, nur eine etwa gleich schwere Menge nicht sehr kostbarer Lebensmittel finden wirst... das, was ich in Reichweite hatte... was ich aus den Lebensmittelsäkken nehmen konnte... einige Pfund Bohnen und Linsen... kurz, Waren, die kaum so viel wert sind, daß du für sie die teure Miete eines Safes in der Bank von London bezahlst.«

Sie versuchte, etwas einzuwenden, und murmelte:

»Das ist nicht wahr... es ist unmöglich, daß es dir gelungen sein sollte...«

Er nahm vom Schrank eine kleine Holzlade, aus der er zwei oder drei Dutzend Diamanten, Rubine und Saphire in seine Hand leerte, die er jetzt lässig darin tanzen und funkeln ließ.

»Ich habe noch andere«, sagte er. »Natürlich hat mich die drohende Explosion daran gehindert, alles mitzunehmen, und ein Teil der Reichtümer der Mönche liegt auf dem Grund des Meeres verstreut. Aber trotzdem, nicht wahr, für einen jungen

Mann reicht es, um sich zu amüsieren und über die Runden zu kommen. Was meinst du, Joséphine? Du antwortest nicht? Aber Himmel! Was ist denn los? Was? Ich hoffe doch, daß du nicht in Ohnmacht fällst. Oh! Diese verdammten Frauen, sie können nicht einmal eine Milliarde verlieren, ohne gleich umzukippen. Was für Schwächlinge!«

Joséphine Balsamo kippte nicht um, wie Raoul es nannte. Sie hatte sich aufgerichtet, leichenblaß, mit erhobenem Arm. Sie wollte den Feind beschimpfen. Sie wollte ihn schlagen. Aber sie erstickte an ihrem Zorn. Ihre Hände schlugen in der Luft herum wie Hände eines Schiffbrüchigen, der auf der Wasseroberfläche kämpft. Heiser stöhnend fiel sie auf das Bett.

Ruhig wartete Raoul das Ende der Krise ab. Aber er hatte ihr noch etwas zu sagen, und so spottete er:

»Ja! Habe ich dich zur Aufgabe gezwungen? Haben die Schultern von Madame den Boden berührt? Bist du *knock-out?* Zusammenbruch auf der ganzen Linie, was? Das wollte ich dich fühlen lassen, Joséphine. Du wirst von hier in der Überzeugung fortgehen, daß du gar nichts gegen mich ausrichten kannst und daß es besser ist, auf alle deine kleinen Machenschaften zu verzichten. Auch wenn du es nicht willst, ich werde glücklich sein, und Clarisse auch, wir werden viele Kinder haben. Ein paar Tatsachen, an denen es nichts zu rütteln gibt.«

Er begann im Zimmer auf und ab zu wandern, und in immer fröhlicherem Tone fuhr er fort:

»Was willst du, du hast Pech. Du bist gegen einen Burschen in den Krieg gezogen, der tausendmal stärker und schlauer ist als du, mein armes Mädchen. Ich selbst bin über meine Kraft und Gewitztheit erstaunt. Potztausend! Was für ein Phänomen an Geschicklichkeit, Schläue, Intuition, Energie und Hellsichtigkeit! Ein wahres Genie! Nichts entgeht mir. In dem Gehirn meiner Feinde lese ich wie in einem offenen Buch. Ich kenne ihre kleinsten Gedanken. So drehst du mir im Augenblick den Rücken zu, nicht wahr? Du liegst flach auf dem Bett, und ich sehe dein reizendes Gesicht nicht. Ich bin mir vollkommen klar darüber, daß du gerade dabei bist, deine Hand in deine Bluse gleiten zu lassen und einen Revolver zu ziehen, den du...«

Er konnte den Satz nicht beenden. Plötzlich war die Cagliostro herumgeschnellt, den Revolver in der Hand.

Der Schuß ging los. Aber Raoul, der darauf gefaßt gewesen war, hatte noch Zeit, ihren Arm zu ergreifen und so zu verdrehen, daß der Lauf auf sie zeigte. In die Brust getroffen, sank sie zusammen.

Die Szene war so brutal und die Lösung so unvorhergesehen, daß er sprachlos vor dem plötzlich reglosen Körper stand, der mit schneeweißem Gesicht vor ihm auf dem Boden lag.

Trotzdem war er nicht beunruhigt. Er glaubte nicht, daß sie tot war. Tatsächlich stellte er, als er sich zu ihr beugte, fest, daß das Herz gleichmäßig schlug. Mit der Schere schnitt er ihre Bluse auf. Die von seitwärts kommende Kugel hatte sie gestreift und ihr Fleisch oberhalb des schwarzen Males auf ihrer rechten Schulter aufgerissen.

»Keine ernste Verletzung«, sagte er und dachte, daß der Tod dieser Kreatur nur eine gerechte und wünschenswerte Sache gewesen wäre.

Er hielt die Schere in der Hand, mit der Spitze nach vorne, und fragte sich, ob es nicht seine Pflicht wäre, diese mehr als vollkommene Schönheit zu zerstören, die Haut zu zerfetzen und es der Sirene unmöglich zu machen, weiterhin Schaden anzurichten. Ein tiefgeschnittenes Kreuz mitten über das Gesicht, das für immer seine Narben hinterlassen würde, das wäre eine gerechte Sühne und zugleich eine nützliche Maßnahme, vielen Verbrechen vorzubeugen und Unglück zu verhüten.

Er hatte nicht den Mut dazu und wollte sich dieses Recht nicht herausnehmen. Er hatte sie zu sehr geliebt...

Lange betrachtete er sie, ohne sich zu bewegen und unendlich traurig. Der Kampf hatte ihn erschöpft. Er fühlte in sich nur Bitterkeit und Widerwillen. Sie war seine erste große Liebe, und dieses Gefühl, an das ein naives Herz auf immer eine so unmittelbare und zarte Erinnerung bewahrt, würde bei ihm nur

Groll und Haß hinterlassen. Sein ganzes Leben lang würde er auf den Lippen den Geschmack der Enttäuschung und in der Seele den Eindruck des Vergänglichen behalten.

Sie atmete kräftiger und hob die Lider.

Da fühlte er die unausweichliche Notwendigkeit, sie nicht mehr zu sehen und nicht einmal mehr an sie zu denken.

Er öffnete das Fenster und lauschte. Es schien ihm, als hörte er von der Klippe her Schritte kommen. Am Flußufer mußte Léonard bemerkt haben, daß der Erfolg der Expedition sich auf die Gefangennahme einer Puppe beschränkte, und zweifellos in Sorge um Joséphine Balsamo würde er nun zurückkehren, um ihr zu helfen.

›Soll er sie hier finden und sie forttragen!‹ sagte er sich. ›Soll sie sterben oder leben! Glücklich sein oder unglücklich! Ich pfeife darauf. Ich will nichts mehr von ihr wissen. Genug! Genug von dieser Hölle!‹

Und ohne ein Wort, ohne einen Blick für die Frau, die die Arme nach ihm ausstreckte und ihn anflehte, ging er fort.

Am nächsten Morgen ließ Raoul sich bei Clarisse d'Etigues melden.

Um nicht zu früh an kaum verheilte Wunden zu rühren, hatte er das junge Mädchen bis jetzt nicht wiedergesehen. Aber sie wußte, daß er da war, und er sah, daß die Zeit schon das Ihre getan hatte. Ihre Wangen hatten wieder Farbe bekommen, die Augen leuchteten hoffnungsvoll.

»Clarisse«, sagte er, »am ersten Tag schon haben Sie mir versprochen, mir alles zu verzeihen ...«

»Ich habe Ihnen nichts zu verzeihen, Raoul«, sagte das junge Mädchen, das an ihren Vater dachte.

»Doch, Clarisse, ich habe Ihnen viel Kummer bereitet. Mir selbst auch, und ich bitte Sie nicht nur um Ihre Liebe, sondern um Ihre Obhut und Ihren Schutz. Ich brauche Sie, Clarisse, um schreckliche Erinnerungen zu vergessen, um wieder Vertrauen zum Leben zu gewinnen und um das Schlechte in mir zu besiegen, das mich fortzieht, wohin ich nicht möchte. Wenn Sie mir helfen, bin ich sicher, daß ich ein ehrlicher Mann bleibe, ich habe den aufrichtigen Willen dazu, und ich verspreche Ihnen, daß Sie glücklich sein werden. Wollen Sie meine Frau werden, Clarisse?«

Sie reichte ihm die Hand.

Nachspiel

Wie Raoul schon vermutet hatte, blieb das weitverzweigte Intrigennetz um die Eroberung des sagenhaften Schatzes im Dunkel. Der Selbstmord Beaumagnans, die Abenteuer der Pellegrini, die geheimnisvolle Persönlichkeit der Gräfin de Cagliostro, ihre Flucht, der Schiffbruch der ›Ver-Luisant‹, das alles waren so viele Tatsachen, die das Gericht nicht miteinander in Zusammenhang bringen konnte oder wollte. Das Tagebuch des Kardinalerzbischofs wurde vernichtet oder verschwand. Beaumagnans Verbündete lösten sich auf und schwiegen. Man erfuhr nichts.

Daher kam niemand auf den Gedanken, daß Raoul in dieser ganzen Affäre eine Rolle gespielt hatte. Seine Hochzeit verlief ohne Aufsehen. Doch wie gelang es ihm, sich unter dem Namen Vicomte d'Andrésy zu verheiraten? Zweifellos muß man diesen Coup den ungeheuren Möglichkeiten zuschreiben, die ihm die zwei Handvoll Edelsteine gaben, die er von dem Schatz gerettet hatte. Damit kauft man sich leicht Verbündete.

Daher war natürlich der Name Lupin zunächst einmal ausgelöscht. In keinem Personenstandregister, in keiner Urkunde war mehr die Rede von Arsène Lupin, noch von seinem Vater Théophraste Lupin. Vor dem Gesetz gab es nur noch den Vicomte Raoul d'Andrésy. Dieser Vicomte machte mit der Vicomtesse, geborene Clarisse d'Etigues, eine Reise durch ganz Europa.

Zwei Ereignisse fielen in diese Zeit. Clarisse gebar ein Mädchen, das nicht lebensfähig war. Einige Wochen später erfuhr sie den Tod ihres Vaters.

Godefroy d'Etigues und sein Vetter Bennetot kamen bei einer Bootsfahrt ums Leben. Unfall? Selbstmord? Die beiden Vettern galten in der letzten Zeit ihres Lebens für verrückt, und man nahm allgemein an, daß sie sich getötet hatten. Es wurde aber auch eine Version über ein Verbrechen laut, man sprach von einer Luxusjacht, die das Boot versenkt haben und geflüchtet sein sollte. Es gab keine Beweise.

Auf jeden Fall wollte Clarisse nichts von dem Geld ihres Vaters. Sie stiftete es Wohlfahrtseinrichtungen.

Herrliche, unbeschwerte Jahre vergingen.

Raoul hielt eins der Versprechen, die er Clarisse gegeben hatte: sie wurde vollkommen glücklich.

Das andere Versprechen hielt er nicht: er wurde nicht ehrlich. Er konnte es nicht. Es lag ihm im Blut zu nehmen, zu kombinieren, zu mystifizieren, zu betrügen und sich auf Kosten anderer zu amüsieren. Er hatte einen Hang zum Schmuggler, Freibeuter, Plünderer, Seeräuber, Verschworenen und hauptsächlich zum Bandenchef. Außerdem hatte er in der Schule der Cagliostro mit gewissem Stolz sich selbst gegenüber seine wahrhaft außergewöhnlichen Fähigkeiten bewiesen, die unabhängig machten. Er glaubte an sein Genie. Er war überzeugt, daß er das Recht auf eine glänzende Zukunft hätte, die völlig anders sein würde als jene aller seiner Zeitgenossen. Er würde über allen stehen. Er war der Meister.

Ohne Clarisses Wissen und ohne daß die junge Frau jemals auch nur den geringsten Verdacht schöpfte, zog er Unternehmen auf und hatte Erfolg in Vorhaben, bei denen sich seine Autorität immer mehr festigte und seine wirklich außergewöhnlichen Fähigkeiten sich weiterentwickelten.

Aber vor allem, sagte er sich, kommt die Ruhe und Clarisses Glück! Er achtete seine Frau. Daß sie die Frau eines Diebes war oder daß sie erfuhr, dies zu sein, das ließ er nicht zu.

Ihr Glück dauerte fünf Jahre. Zu Beginn des sechsten Jahres starb Clarisse im Wochenbett. Sie hinterließ einen Sohn, den er Jean nannte.

Am nächsten Tag aber verschwand dieser Sohn spurlos, und Raoul konnte nie herausbringen, wer in das kleine Haus, das er in

Auteuil bewohnte, eingebrochen war, noch wie der Handstreich hatte gelingen können.

Hingegen war ihm klar, wer ihm diesen Schlag versetzt hatte. Er war überzeugt, daß der Untergang der beiden Vettern auf das Konto der Cagliostro ging, und hatte außerdem erfahren, daß Dominique vergiftet worden war. Für ihn selbst war es selbstverständlich, daß die Cagliostro die Entführung organisiert hatte.

Sein Schmerz wandelte ihn. Da er weder Frau noch Sohn mehr hatte, die ihn zurückhielten, stürzte er sich entschlossen in die Bahn, in die es ihn mit aller Kraft zog. Von einem Tag zum anderen wurde er Arsène Lupin. Keine Vorbehalte mehr. Keine Schonung. Im Gegenteil. Skandale, Herausforderungen, Anmaßungen, Herauskehren der Eitelkeit und des Spotts, sein Name an den Mauern, seine Visitenkarte in den Geldschränken: Arsène Lupin!

Aber ob es nun unter diesem Namen war oder unter den verschiedenen anderen, die er sich spaßeshalber zulegte, ob er sich Graf Bernard d'Andrésy (er hatte die Papiere eines Vetters seiner Familie, der im Ausland starb, gestohlen), Horace Velmont, Oberst Sparmiento, Herzog de Charmerace, Prinz Serine oder Don Luis Perenna nannte, immer und überall, mit jedem neuen Namen und unter allen Masken suchte er die Cagliostro und seinen Sohn Jean.

Er fand seinen Sohn nicht wieder. Er sah Joséphine Balsamo niemals wieder.

Lebte sie noch? Würde sie es wagen, nach Frankreich zu kommen? Verfolgte und tötete sie weiterhin? Sollte er zulassen, daß die Drohung auf lebenslängliche Verfolgung, die sie ihm gegenüber bei ihrem Bruch ausgesprochen hatte, in einer grausameren Rache als der Entführung seines Kindes enden würde?

Arsène Lupins ganzes Leben – verrückteste Unternehmen, übermenschliche Bewährungsproben, unerhörte Triumphe, zügellose Leidenschaftlichkeit und überspannter Ehrgeiz – sollte abrollen, bevor ihm die Ereignisse ermöglichten, auf diese entscheidenden Fragen eine Antwort zu finden.

Erst nach einem Vierteljahrhundert, nach unendlich vielen Abenteuern fand diese erste für ihn so entscheidende Geschichte ihre Fortsetzung, die Arsène Lupin gerne als sein letztes Abenteuer bezeichnet.